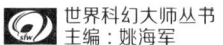世界科幻大师丛书
主编：姚海军

星怨
域仇

Ⅲ 应许之地

[日]梶尾真治 著　罗凌琼 译

四川科学技术出版社

VENDETTA PLANET Promised Land

Copyright © 2015 by Shinji Kajio

This book is published by arrangement with Hayakawa Publishing Corporation

Simplified Chinese edition copyright: 2021 SCIENCE FICTION WORLD

All rights reserved.

图书在版编目（CIP）数据

怨仇星域Ⅲ：应许之地 / [日]梶尾真治 著；罗凌琼 译

-- 成都：四川科学技术出版社，2021.9

（世界科幻大师丛书 / 姚海军 主编）

ISBN 978-7-5727-0266-2

Ⅰ . ①怨… Ⅱ . ①梶… ②罗… Ⅲ . ①幻想小说—日本—现代 Ⅳ . ① I313.45

中国版本图书馆 CIP 数据核字（2021）第 181158 号

图进字：21-2021-82

世界科幻大师丛书

怨仇星域Ⅲ：应许之地

出 品 人	程佳月
丛书主编	姚海军
著　　者	[日]梶尾真治
译　　者	罗凌琼
责任编辑	宋 齐　姚海军
特邀编辑	李闻怡
封面绘画	陶 唐
封面设计	施 洋
版面设计	施 洋
责任出版	欧晓春
出版发行	四川科学技术出版社
	四川省成都市槐树街 2 号 出版大厦　邮政编码：610031
成品尺寸	140mm×203mm
印　　张	10.5
字　　数	208 千
插　　页	2
印　　刷	成都博瑞印务有限公司
版　　次	2022 年 04 月成都第一版
印　　次	2022 年 04 月成都第一次印刷
定　　价	46.00 元

ISBN 978-7-5727-0266-2

目录

恶魔的降落

距"诺亚方舟号"到达应许之地的卫星轨道只余数月。

飞船上,用于将乘客运送到地面的航天飞机尚未完工。工期大幅延迟了。恐怕就算"诺亚方舟号"已经抵达行星,也无法马上降落在地表。在航天飞机完工之前,世代飞船只能在卫星轨道上绕行等待。

不过,此时飞船已向应许之地派出了侦察装置。

"诺亚方舟号"并没有掌握应许之地的详细情况。虽然在到达应许之地所在星系之前,便侦测过行星上的水、大气以及植被情况,但这并不意味着资料已经齐全。

最终,"诺亚方舟号"的乘客们都将移居到应许之地。所以,当世代飞船抵达行星轨道时，势必需要更精确的行星的信息。

应许之地是唯一适合人类移居的行星，这一认识不曾改变。但在即将移居之际，需要收集的行星情报实在太多了。

从行星的卫星轨道上能够观测到的那些信息，临时再收集就行。但有些情况必须提前了解。比如，已经知道应许之地的大气成分中，氮气和氧气的比例与地球几乎相同，可是，大气成分仅此而已吗？没有其他对人体有害的成分吗？万一大气对人体有害，能找到解决的办法吗？

关于大气的问题不过是冰山一角，了解气温的变化情况也非常重要。因为人类只能在极其狭窄的气温区间内生存，上限与下限之差顶多三十来摄氏度而已。如果超过了这个限度，就不得不考虑各种应对方法了。

必须掌握基本情报，而且要尽可能快。

于是，"诺亚方舟号"向应许之地的地表发射了三架行星侦察机。这是飞船第三次发射侦察机。

此时，"诺亚方舟号"尚未得知原住民已在应许之地建立起了文明社会，所以，侦察机仅搭载了基础功能，能够传回从行星上采集到的资料。

更详细的行星情报，等下一阶段再收集就行了。出于这样的考虑，行星侦察机没被赋予带回地表样本的任务。要让侦察机返回，"诺亚方舟号"就得多承担数倍的成本和风险；而且，如果一开始就放弃回收侦察机,反而能将精力放在资料传输功能的开发上,提升其准确性。

三架侦察机在发射后都顺利冲入了应许之地的大气层。但是,其中两架沉入了海底。应许之地表面有百分之九十五是海洋。"诺亚方舟号"虽然是朝余下百分之五的陆地位置发射侦察机的,但那两架的着陆位置发生了偏差。侦察机原本会在海拔五千米的位置张开降落伞进行软着陆,但不巧的是,一股气流就像飞镖瞄准靶心一般,将两架侦察机推向了难以预料的方向。

另一架侦察机发生了故障。降落伞的启动装置在高度五千米时没有正常运转,因祸得福,机体得以继续下落,而后启动装置也奇迹般地恢复了运转,在高度七百米时打开了降落伞。

结果只有那一架侦察机没有被风卷走,在应许之地表面成功软着陆。

在琉恩小时候,父亲曾告诉他,自己的祖先是如何来到这颗星球、在这颗星球上定居的。

父亲说,几个世代前,祖先们还生活在一个叫作地球的遥远行星上。可是,由于预测到太阳耀斑会将那个星系的行星全部烧光,他们便被传送到了这颗人类可以居住的星球上。

地球上的文明十分发达,祖先们原本过着便利而自在的生活。可到了这个星球之后,又再次回到了原始人的生活水平。他们重新开始，将文明复兴到了当下的程度。

父亲还告诉了他一些关于传送的故事。当人类面临危机时，有一群人却制造了世代飞船，自顾自地逃掉了。那就是大国总统艾迪森一行。他们抛弃了人类，现在仍在宇宙中旅行着，但最终会抵达这颗星球。

父亲是如何评价这件事的，琉恩记不太清了，他只把这件事当作历史。

毕竟，就算琉恩想弄清楚，也已经来不及了，父亲很早就过世了。

一天，父亲突然说胸口疼痛便倒下了。母亲陪在父亲身边，琉恩则跑到山下的聚落找医生。当时，山下聚落还没有医生。等急诊医生从新伊甸赶到他家时，一切都晚了。

从那以后，琉恩就和母亲一起，在天元山山麓的梯田上，以种植稻米为生。父亲骤亡时，母亲肚子里已有了一个妹妹，不久后，妹妹也出生了。所以，有段时间琉恩独自一人扛下了所有农活。如果父亲健在，他就会让琉恩去新伊甸念书，学习更加高效的农业技术后再回乡，活用学到的知识，父子一同努力提高田地的产量。琉恩原本有着这样的梦想，如今却彻底破灭了。父亲在世时，琉恩一家与山下聚落还有交流，而那之后，琉恩能感觉到，尽管村民们口中说着"有什么事都可以来商量"，态度却越来越冷淡。来访的次数也越来越少。

又过了几年，母亲也病倒了。那天早上，是琉恩见母亲的最后一面。当年幼的妹妹一边哭一边跑到田地来的时候，琉恩胸口一阵狂跳。结果不祥的预感应验了。琉恩慌慌张张回到家中，发现了母亲的遗体。如同炭火燃烧净尽般，母亲留下年幼的妹妹离开了人世。

之后，琉恩与妹妹玛尤相依为命。琉恩在父母留下的梯田上种植稻米和蔬菜。他像父母那样，育苗之后种入土中，接着清除杂草、消灭害虫、收获作物，再换成货币，以此糊口。

他们没有依靠其他人。山下的村民在琉恩母亲过世时帮忙举办了葬礼，但之后便不再有什么往来了。琉恩后来拿农产品下山换钱时才知道，山下聚落建起了诊所。

为什么事到如今才做这种事？琉恩想。如果聚落早一点儿建起诊所，也许父母都能得救。琉恩内心如有沙暴过境一般空虚。这个聚落里，净是些自私任性的家伙，脑子里想的只有自己。

接着，一阵恶意涌上琉恩的心头，山下聚落的那帮家伙，干脆统统罹患流行病死掉算了。

"哥哥，你怎么突然不说话了？"背上的玛尤担心地问道。

直到这时，琉恩还一边爬坡一边想着，这么活着也毫无意义。没有目标，日复一日。

然后他突然意识到：如果没有玛尤，自己应该已经自杀了吧。

现在自己会勉强留在世上，不过是因为不能丢下妹妹一个人。若非如此，琉恩对这个世界根本没有任何留恋，不过是怀抱着不幸活下去罢了。

琉恩只和山下聚落的一小部分人有接触，与他们的对话也只停留在必要的最小限度内。那天，琉恩是到聚落卖干野菜，并大量购买生活用品，所以，同他交谈过的只有新伊甸的贸易负责人，以及管理店铺的中年女性。

购买燃料、粮食、日用杂货时，爱说话的中年女性完全没有考虑琉恩的心情，一个劲儿地发问，这对琉恩来说十分痛苦，可聚落里没有其他店铺，他只得尽力回以一些最简单的句子，几乎都是"是"或"不是"。

新伊甸贸易办事处同时还承担着公共机构的职责，因此里面有诊所，有兼具集会所和学校功能的空间，邮递及物流服务也在此办理。而店铺就紧挨着贸易办事处。

聚落的管理者之一哈努为琉恩办理了售卖干野菜的手续。琉恩感觉他总是皱着眉，眼神像瞄着可疑东西似的找自己搭话。

当琉恩将干野菜堆到称重机上时，哈努一如往常地抛出了毫无关系的话题——琉恩父母的事情实在遗憾，但多亏了他们，在聚落里建造诊所的声势才高涨了起来。哈努毫无顾忌地说出了这样的话后，又虚情假意地说道："你一直都住在山上，也不与人来往，这事儿你大概还不知道，我来告诉你吧。

"听说在伊甸那边，正义人类党很是厉害。来自地球的恶魔后裔的宇宙飞船终于到我们跟前了。你知道的吧，就是艾迪森的子孙们。正义人类党要向他们报仇，洗雪祖先们的怨恨。如果爆发了战争，各种物资都会短缺。唉，现在还不知道究竟会怎样就是了，但从这儿卖到伊甸去的粮食，价钱也许能涨一些。所以，可以长期保存的粮食悠着点儿卖会更有利，人家是这么说的。"

琉恩接过钱，只回了一句："我知道了。"

"啊，还有，听说伊甸的农业指导员要过来，已经安排好要去你那里了。因为上次的培训你还是没来参加，这回被列为指导员访问名单里的第一个了。"

琉恩正要离开时，背后传来了这样的话，他没有回应。办事处的集会所会定期开展农业培训，从伊甸过来的指导员会向村民传达最新消息，但琉恩一次都没有出席过。他没有什么增加收成的欲求，自然便当作耳边风了。

琉恩双手拿着东西，背着妹妹沿着坡道一直走。妹妹已经睡着了。

假如没有玛尤，自己是不是早就自杀了？现在只是凭着要将妹妹抚养长大的责任感而活着罢了。还需要几年的时间？

十年？

到时候玛尤能自立了，自己的任务也就完成了。

同时，琉恩也想起了新伊甸贸易办事处墙上的告示内容。

上面写着"如果您见到陌生人或可疑装置，请立即上报"。当时琉恩牵着玛尤的手，盯着告示看了好一会儿，研究着其中的含义。

哈努看出了琉恩的疑惑，便告诉他："那艘恶魔后裔的宇宙飞船如果到了这颗行星，然后发现行星上有敌人，你觉得他们会怎么做？会把敌人全部消灭掉再着陆，是吧？那么，他们应该会事先派间谍过来，或是用未知的武器将新伊甸烧个精光。告示就是提醒我们注意那种武器的降临。"

虽然琉恩并没有询问，但是哈努还是向他说明了。

如果真的像告示上写的一样，恶魔艾迪森的后裔在着陆之前，会对地面使用大规模杀伤性武器进行"净化"，那到时，这颗星球上的生命将会瞬间灭亡吧。那些人从遥远的太阳系出发，花上好几代人的时间抵达这里。拥有那样技术的人，做出这种程度的事情也许稀松平常，琉恩想。既然如此，当人们发现"可疑装置"时，岂不是为时已晚？

不过，若是真的演变成那种局面，倒也无所谓。琉恩心不在焉地想着。

自己无法主动放下抚养妹妹玛尤长大的责任，可如果是终极灭绝武器导致这颗星球上的所有生命都灰飞烟灭的话，自己会把它视为命运，坦然接受……琉恩如此认为。

山下聚落的那帮家伙也一块儿消失就好了。而没法自我了结，又不明白为何活着的自己，人生也会被打上休止符。

对玛尤来说也一样，长大成人后难道会有美好的未来吗？当这颗星球上的所有生命都灭绝的时候，妹妹跟自己走上相同的命运也许会更加幸福。

想到这里，琉恩长叹一口气。天已经黑了。

琉恩继续往山坡上踏出一步。再往前八十米的坡顶上，是琉恩继承自双亲的农地和住处，它们是沿着斜面建造开垦的。一旁有来自天元山山顶的水涌出，多亏这点，琉恩的梯田和旱田不必担心水源问题。而土壤的肥沃程度也正好满足不加人工干预的自然耕作法的要求。因此，使用父亲传授的耕作法没有任何不便。琉恩不觉得有接受农业指导员培训的必要。

琉恩听到了睡眠时的呼吸声。

看来妹妹已经在背上睡熟了。琉恩两只手都拿着东西，所以没办法抱玛尤。不过，她双手无意识地环着琉恩的脖子，支撑着自己以免滑落。琉恩停下脚步，休息了一会儿。不能让信赖着自己而陷入沉眠的妹妹遇到危险。尽管再走几十米就能到家，但脚下的路已经昏暗不清了。

琉恩抬头望去，只见满天星光璀璨。他突然想到，在那其中，是否也有那艘艾迪森后裔们的宇宙飞船的光芒？可就连飞船是从哪个方向接近应许之地的，他都不知道。

玛尤也抬起头，对琉恩说："哥哥，对不起，我睡着了。"

"不要紧。别担心，马上就到家了。"

接下来的这段路玛尤走在前头。还有十年，琉恩对自己说，再过十年，等到玛尤能够自立，能够离开这里去新伊甸就行了。事实上，玛尤已经逐渐可以独立生活了。到那时，琉恩对这个世界不会再有任何留恋。

到家后，琉恩和玛尤烤了从店铺里买来的养殖的毯牛肉当晚餐。他们不是经常能吃到这种肉，只是因为难得去一趟山下聚落，而且考虑到偶尔也得给玛尤吃点儿美味的东西才买的。

"味道好奇怪，而且还很臭。"玛尤将咬了一口的毯牛肉吐了出来，嘟着嘴说道。

琉恩也试着放了一块肉在嘴里，酸味很重。他调高平时亮度较低的灯光查看情况。

跟在店铺里确认过的毯牛肉明显不一样。毯牛肉原本的绿色变成了紫色，已经开始腐坏了。

是店铺的女主人把肉调包了吗？也许事实就是如此。一思及此，琉恩便心生怒气，难道是因为他们父母双亡，所以被女主人瞧不起，她才卖这种糊弄人的肉给自己？也有可能是她对自己和妹妹怀有恶意。琉恩拼命抑制住如沸水般滚烫翻腾的怒意。

"哥哥，不要紧的，我已经吃饱了。"

妹妹很担心，拼命摇着琉恩的肩膀，总算让他恢复了冷静。

两人跟往常一样，用热水将干野菜泡开，填饱了肚子。

那天晚上，琉恩做了一个梦，他偶尔会做这样的梦。在梦中，琉恩同时失去了母亲和妹妹。原因唯有一个。琉恩抓起采野菜用的大镰刀奔向山下聚落。梦中的琉恩知道，是山下聚落的人们害死了自己的母亲和妹妹，所以他要去报仇。

山下聚落的人们聚集在中央广场上。看到扛着大镰刀飞奔而来的琉恩，每个人的面孔都因恐惧而扭曲。

活该，琉恩想，你们都得为瞧不起我而付出代价。

但琉恩并没有挥下镰刀，因为他总是会在这时醒来。

浑身被虚汗浸湿，琉恩在星光下坐起身，发觉方才的一切都是梦境。

没有母亲的身影，但妹妹就在琉恩身旁酣睡。

琉恩长叹一口气，或许刚才的梦才是自己真正的想法。

随后琉恩将视线投向窗外，窗外只传来些许虫鸣声，漫天星斗的光辉没有被树木遮蔽，熠熠荧荧，仿佛有人在天上撒了一把光粒。这一晚，空气特别清新，万里无云，绚丽的天空一望无际。

琉恩不禁盯着天上的光芒看了好一阵子。

琉恩相信星星不会移动，所以那时他以为是自己看错了。天空中偶尔可以看到流星，但都转瞬即逝。那个光点并非流星。

突然，琉恩发现了一个闪烁着绿色光芒的东西，它在动……想到这里，琉恩马上直起身子，又过了几秒后，那个物体靠近了，降落下来。

绿光迅速消失在了窗外，琉恩慌忙跑过去，把头伸出窗外，但已经什么都看不到了。

琉恩转念一想，那不是错觉，自己清清楚楚地看到了。有什么东西飞了过来，越过屋顶不见了。

如果不是错觉，那究竟是什么东西？

琉恩心不在焉地猜测着光点的真面目，之前在聚落里听说，恶魔一样的人所乘坐的宇宙飞船正在接近。是那艘宇宙飞船的光芒吗？琉恩搞不懂。

那不是星光。可宇宙飞船会闪烁着绿光靠近这里吗？感觉也不对。

接着，琉恩想起新伊甸贸易办事处墙上的告示说的"可疑的装置"。如果绿光就是将新伊甸的人们和一切生物都抹杀的终极武器的话，那把腐坏的毯牛肉卖给自己的那帮无情的家伙，全都会消失。

真是活该。

琉恩钻回被窝继续思考时，脑袋里面就像有一块幕布落下一样，他被迷迷糊糊的思绪包围着陷入了沉睡。

琉恩总是与朝阳同时醒来，那天早晨也不例外。玛尤用屋子角落里石头堆的灶台烧了热水。琉恩则到家旁边的斜坡上，用涌出地面的水洗脸。这些水往山下流淌，水量不断增大，最后形成了天元川。也多亏了这些水，琉恩才不必担心梯田的用水问题，还可以收获优质的农作物。

接着，琉恩一边吃着玛尤做的豆汤，一边和她商量今天要做什么农活。玛尤还小，但她想要以自己的方式帮上琉恩的忙。琉恩也十分珍视玛尤的这份心意。

由于昨天花了一整天的时间往返于山下聚落,该干的活儿还有很多。这天,他们决定去采收沿斜坡种植的爬藤作物奶嘴莓。那是天元山独有的水果,产量不多,但一旦采收稍晚一些,果实就会破裂。由于独特的甘甜和酸味,它很受人们的喜爱。但因为收获期很短,通常会晾晒成果干,所以这种莓果必须在熟透前进行加工。

两人背着篮子前往朝南的斜坡,在那块斜坡上劳作对玛尤来说是最安全的。要干的活儿很简单,就是细心地将拳头大小的奶嘴莓一颗一颗摘下,在不伤到果实的情况下放入篮子里。干活期间,琉恩会将他的知识教给玛尤,但也仅限于手上的活儿安全且简单的时候。

"玛尤,听好了。你跟着我念,把这些都记下来。"

"知道了。"

"今天教你六的乘法口诀。一六得六,二六十二。"

"二六十二……"

琉恩知道,在新伊甸的镇上,小孩子们会在学校接受教育。不过,琉恩自己也没去过学校,知识都是父母教给他的。就跟现在教玛尤一样,父母也是在琉恩帮着干农活时,教了他各种各样的知识,比如计算、会话,还有这颗星球上的人类历史。既然父母不在,自己能够教给妹妹的东西就尽量教。但琉恩也明白,这还远远不够。他并没有将学到的东西全部教给妹妹,只教了非常小的一部分而已。更多的知识,就等玛尤去新伊甸之后再自行学习吧。

"下一个是七的乘法口诀。你不停地念,多念几遍,就算大脑没有记住,嘴也会记住的。"

"可是,记这个有用吗?我从没见哥哥用过呀。"

"最重要的是先记住。它会在意想不到的地方派上用场的。"

"我知道了。"

"好,你跟着我念。一七得七,二七十四……"

"二七十四。"

他们一边念一边摘下奶嘴莓,整齐地摆放在篮子里。

"七七……"念到这里,琉恩支吾了一下。七乘七的答案出不来。玛尤说得没错,这个确实不常用到。

琉恩再次念道:"七七……"玛尤等待着答案。在琉恩沉默了数秒后,答案却从意想不到的地方飞了过来。

"四十九。"

琉恩转身一看,一个陌生人站在他们身后。琉恩的第一个念头便是,为什么有人在这里?由于逆光,琉恩只知道来者是一名女性。他并不习惯与人接触,此时就像冻结了一般僵立在原地。

"你们好。"陌生人一边走近一边打招呼,"您是琉恩·佩克先生吧?"

"我是。"

只听声音的话,女性应该比自己年轻,她究竟来这里做什么?

想到这里，琉恩勉强挤出一句："你是？"

"我叫和子·米勒，是新伊甸贸易的农业指导员，平时会到各地传达有关农业的最新消息。在天元地区，只有琉恩·佩克先生您，我还未曾拜会过，所以我过来跟您打个招呼，希望能参观一下您的农田。"

自称和子的女性戴着一顶帽子，脸部被防风玻璃面罩遮着，看不见表情。她穿着一条宽松的西裤，脚下踩着皮靴，上半身则是长袖衬衫加一件装着各种工具的背心，宽大的衣服掩盖了女性线条，琉恩是听到声音才发现她是女性的。

琉恩想起来，新伊甸贸易办事处的那个男人确实提起过这样的事，不过，他并不需要向农业指导员学习任何事情，只要她别多管闲事就好。

"嗯，不过我现在正忙着采奶嘴莓，没法儿招待你。"

琉恩冷漠地甩下这句话，打算接着干活。但那个叫和子的指导员并不在乎，反而走到近前说道："这里可以种出形状非常漂亮的奶嘴莓啊。请让我也来帮忙采摘，事情做完再聊吧。"琉恩本想说你别管那么多，但玛尤高兴地拿着篮子跑到了和子身边，他只好闭口不语。

玛尤与和子一边念着乘法口诀，一边开心地采摘莓果。三个人一同干活的效率很高，琉恩切身体会到了这一点。而且还听到了许久不曾听见的玛尤的笑声。玛尤总是注意着琉恩的脸色，琉恩本觉得她的性格有点儿忧郁，没想到她现在笑得这么快乐，不禁吃了一惊。

正午前，斜坡上的奶嘴莓就全部摘完了。不仅速度比往常快了不少，采摘量也更多了。

玛尤推荐和子试吃一下刚摘下来的果子，和子征得了琉恩的同意后，塞了一颗到嘴里。

"非常甜，吃进嘴里后香气会扩散开来。"和子如此向玛尤述说着感想，琉恩听了感觉倒也不坏。

"不过，在果子快要爆开的时候吃会更甜哦。"玛尤颇为得意地说道。

琉恩和玛尤打道回府，和子也跟着他们回去了。到家后，他们发现家门口放着一个大背包。那是和子的行李。因为琉恩他们不在家，所以和子才把背包放在门口出去找人。

"我想在这里搭个帐篷，希望您能同意。"和子说。

"你要在这里待多久？"

"大概两三天。我这次过来主要是为了掌握您农业生产的实际情况，向您请教这里比较好的生产技术，至于需要改善的部分和方法，我们会在研讨之后，再过来告诉您。"

"你要在这里过夜？太危险了。现在半夜里还会有影卡从山顶飞下来。"

"那个没问题。"和子说着现出了右手腕上戴着的手环，"手环会发出影卡讨厌的电波频率,当然,它对人是无害的。"

琉恩第一次听说这样的装置,也不知道是否真的有效。但也只能耸耸肩,随她去。

琉恩将采摘下来的奶嘴莓用水源的水洗净,再用海绵叶仔细地擦干,最后分列在日光直射的位置,这个活儿就告一段落了。

"两周后就可以得到奶嘴莓干了,接下来的一整年都可以吃到。"

"这里没有烤箱吗?"和子问琉恩。

"没有。不需要。"

"用烤箱的话,只要三天就能制成奶嘴莓干了。"

"现在这样就行。"

"你们没有采用别的加工方法吗?"

"我们就是直接吃,或者做成果干吃一整年。而且烤箱要用电吧,这里也没有通电。"

和子从背包中取出一块薄板,摊开后形成一个边长两米的方形。

"用这个就可以利用太阳光发电了。只要两块这样的发电板,就能满足您家所需的电力。"

琉恩有点儿生气,语气也变得粗暴起来:"我从不觉得有必要用这种东西。"

和子好像毫不在意,将发电板折叠后收回包里,然后马上换了个话题，就像切换开关一样干脆。

"奶嘴莓的加工方法只有晒干这一种吗？"

"是。"

"把奶嘴莓做成果酱的话，市场价格会比果干高出百分之三十。而且，现在新伊甸流行食用发酵食品，其中果酱因为和乳酸菌很搭，需求非常大。这些奶嘴莓如果做成果酱再卖出去的话，收益会是果干制品的两倍。我想，您的原料没有品质问题，尝试一下这种做法应该也很有意思。"

农业指导员原来是做这种事情的，琉恩再次更新了自己的认知。她说的话也许不错，但是太盛气凌人了，琉恩完全不想接受。最重要的是，她说话的时候也没摘下面罩，根本看不到表情，能相信这种人出的主意吗？

那之后，琉恩再也没有主动与和子交谈，尽管原本也没有与她推心置腹，但现在的琉恩只希望她赶紧从自己的生活中消失。

和子肯定注意到了琉恩的不悦，但她一点儿都没有表现出在意的样子。要是在乎这种事情，就没法儿在这种穷乡僻壤当农业指导员吧，琉恩想。

不过，和子的存在让琉恩觉得不自在，这点是不变的。

和子是新伊甸贸易的指导员，并没有任何强制力。征收名为社会改善费的税费让琉恩很不快，可当真排斥一个女性指导员，未免太小孩子气，因此琉恩在面上还是顺着她。只是他感觉和子说话的方式不带感情,冷冰冰的。

"对了,我想尽可能高效地做个参观,也希望能看一看您的梯田,可否请您带路?"和子此时的语气有种不容分说的感觉。

"知道了。田地有好几块,分散在不同的地方,你全都要看吗?还是看一块有代表性的田地就行了? 它们都一样。"

琉恩说的是真心话。无论哪块梯田的条件都是一样的。看一块就足够了吧。看完马上离开就再好不过了。

然而,和子·米勒的回答却让琉恩大失所望。

"这是我第一次到天元地区开展实地调查,没准儿每块田地的环境条件都会有些许不同。也许会耽搁您一些时间,但我还是希望能看一下全部的梯田和旱田。"

听了这话,琉恩拼命忍住瘫倒在地的冲动。

"那今天一天可看不完,每块梯田之间的距离都很远。"

"不要紧的。我一开始也说过,要在这里待上几天时间。"

看来,琉恩从早晨开始计划要干的活儿都得取消了。

"我也有我的安排啊。"琉恩尽可能在话中带着刺。

"没事,如果您忙不过来,我一个人去参观就好。您只要告诉我大致位置就可以了。"和子回答道。接着玛尤便说:"我带姐姐去看,可以吗?"

和子不知何时已经笼络了自己的妹妹,琉恩简直想要叹气了。对他来说,素不相识的农业指导员擅自跑去自己的田地转悠,还要挑出一堆毛病，这是绝对无法忍受的。这几天计划要干的活儿暂时放着也来得及。再说了，如果自己不陪着过去，玛尤一人反而会碍手碍脚，没完没了地浪费时间，让她在天元山逗留更久。

"行吧。我带你去，我会尽可能高效一点儿的。"

和子的表情被面罩遮着，几乎看不清楚，也看不出她是否因琉恩的这句话感到开心。

"谢谢您。我向您保证，看完所有的梯田之后，一定会提出让您高兴的建议的。"尽管和子如此回答，琉恩仍不觉得她的话有多真诚，也不知道是不是真心话。

那天，琉恩带她看了两块梯田和一块旱田。

和子·米勒采集了各种土样，在地图上做了记录，又拍了照，然后询问琉恩："目前，您在耕作中有没有觉得哪里不方便？"

"不，没什么不便的。"

"这里虫蛀的情况好像有些严重。"

"那是在水田阶段就被咬的。不过可食率已经足够高了，我觉得没什么问题。"

"我知道一些很好用的农药。"和子说道。

琉恩立刻生气地反驳："我们这里不使用农药。农药最终不会给人体带来任何好处，我的父亲也要我遵守这一点。"

和子深深地点了点头，没有半点儿退缩的样子。

"是的。我们尊重农户的这种想法。不过，如今也有许多不会造成污染、对人体完全无毒害的农药。而且,如果一定要杜绝农药的话,也有其他办法。您说虫蛀是在水田阶段产生的,那么可以在水田中放养一种叫作基尔戈·特鲁特的鱼苗,这种鱼会吃掉虫子。这样一来,梯田的收成应该会增长不少。到了田地里没水的时候,基尔戈·特鲁特还可以当食物。这是最近颇受关注的基尔戈·特鲁特耕作法,如果您感兴趣的话,我这里有资料。"

农业指导员和子仿佛早已在脑中将这番话整理得条理井然。

"有需要的时候,我会参考的。"琉恩含糊回应。

在前往第二块梯田的路上,琉恩仍走在前头。他偶尔回头,便看到妹妹玛尤频频向和子·米勒搭话,也不知究竟喜欢她哪一点。而和子对年幼的玛尤提出的问题也一一郑重作答,这幅景象让琉恩觉得只有自己被排挤在外,反而对自己生起气来。

走到第二块梯田时,琉恩对和子说道:"你为什么一直用面罩遮着脸?"

琉恩发觉自己之所以对和子感到恼火,是因为看不到她的脸,无法从她的表情中读出人类的情感,于是开口询问。

和子伸出右臂,将衣袖拉到手肘部分。

"抱歉,还需要几个小时的时间。我的过敏反应比一般人要严重,所以只要是到从未去过的地方,直到身体明确表示没问题之前,我都不能摘下面罩。尽管如此,我还是选择了这份工作。本来如果只在新伊甸的室内办公就没有任何问题,可我实在是太喜欢田野工作了。只要今天右臂上的试剂没有反应，我就能摘掉面罩了。"说着，和子稍微动了动右臂。

琉恩想，过敏是什么反应？"万一出现反应呢？"

"虽然有失礼数，但这个就不能摘下来了。摘掉的话，我的鼻子和眼睛都会肿起来，也许甚至会难以走路。所以我一直在祈祷着不要出现任何反应。"

琉恩搞明白了和子戴面罩的原因。但他对此完全无所谓，反而凝视着她的面罩，希望她的右臂赶紧出现过敏反应。那样她也许就会早早离开这里。

"那还真够呛。"琉恩只这么评价了一句。

离开旱地时，太阳已经快要下山了。他们在田地挑了一些蔬菜，准备做沙拉和汤当晚饭。在那期间，和子·米勒仍持续做着每一种作物的笔记。

回到家后，和子跟之前说好的一样，在庭前搭起了帐篷。琉恩原本也想，就允许她到家中过夜吧。毕竟，回家路上玛尤也一直很开心地找和子聊天，这些他都看在眼里。可是，和子搭帐篷时的态度十分坚决，行动也没有半点儿犹疑，琉恩觉得自己贸然多嘴反而干涉了人家的职业观，最后便犹豫着没有开口。

结果吃晚饭的时候也没有招呼和子，只给了她一些田里种的蔬菜。

那天晚上，琉恩仍旧醒了好几次。他又做梦了，一个不明所以的梦。在梦中，火焰从天空落下，地上的一切生物都被烧光，火焰中还传来了影卡的呜呜声。

为什么会做这样的梦？琉恩纳闷着寻找玛尤的身影，却没看到人。

琉恩慌忙下床去找，玛尤并不在屋内。

莫非睡梦中听见的影卡振翅声不是在做梦？琉恩心中越发不安了。

他大声呼喊玛尤。

预感果真应验了，玛尤的声音是从屋外的黑暗中传回的。

"哥哥，你别担心，我在帐篷里面。"

"你在那里做什么！你知道我有多担心吗？"琉恩的愤怒达到了顶点。

"对不起，你不要生和子姐姐的气，是我硬缠着姐姐让我睡进帐篷里的。就今天晚上而已，求你了。"

琉恩无法要求妹妹立刻回到家中，因为在黑暗中移动时发出的动静会招来影卡。

"好吧。但是哥哥对你很生气。影卡当真不会靠近帐篷吧？那你在天亮前一定要好好待在里面。"

"非常抱歉，琉恩先生。我不知道原来您没有同意。今晚我会负起责任照看好玛尤小姐，影卡绝对不会靠近帐篷的，请您放心。"

琉恩没有回答和子·米勒，满腔怒火无从发泄，他离开窗边，再次躺回床上。

　　明早要再次严厉地批评玛尤，这是他身为兄长的义务。

　　然后，他要正式向和子·米勒宣告，他们不需要什么农业指导，也不想听从做出这等荒唐事的指导员所给出的意见。他会请她立即离开天元山，离开他们的住处，今后也不要再有进一步的接触了。

　　这样的想法如回声般在琉恩的脑海中反复回旋，不知何时，他陷入了深深的睡眠。

　　也许是因为深夜时分过于激动，琉恩醒得很迟。在第二次的睡梦中，他依旧梦见天元山被烈焰吞噬了，并在梦中注意到，自己的梦境几乎全和火焰有关。虽然他和玛尤都未出现在梦中，但琉恩确信，两人应该都已在熊熊燃烧的天元山中身亡了。让他惊讶的是，自己的心情却出奇地平静。

　　新伊甸走上末路倒也不错，琉恩嘟囔着。一切重来，新伊甸得到净化。

　　为何自己会这么平静呢？难道早就预感到玛尤会离开自己？

　　想到这里，琉恩便醒了。屋里有动静。他睁开眼，发现阳光早已从窗外射入，于是连忙跳了起来。屋里的声响是玛尤发出的，她在厨房里按自己的做法准备着早餐。

　　发现琉恩醒了后，玛尤对他说道："哥哥，早上好。昨晚我瞒着你跑出去了，对不起。但我过得很开心。以后再也不会这样了，原谅我吧,接下来我都会早起做饭的。"

被抢先了,琉恩想。原本打算起床后狠狠责骂玛尤的。她却拼命向自己道歉。

没法儿再多责备她一句了。"啊……喔。"琉恩只回了这句,"下次不准再犯! "

不过,外头帐篷里的农业指导员和子·米勒就另当别论了。琉恩一定要吼她几句。我们不需要更多指导了! 你走! 不要害我年幼的妹妹遭遇危险! 要痛骂她一顿。

琉恩穿好衣服和鞋子,气势汹汹地跑出门。妹妹似乎也察觉到了他的"杀气",在身后对他喊道:"哥哥,你不要欺负和子姐姐! "

琉恩没有回答,径直走向帐篷。他不会做出那种动手动脚的野蛮行径,但该说的话就要说。

"和子·米勒小姐! "琉恩喊道,却没听到她的动静,"你在里面吧? "帐篷开着,琉恩提心吊胆地看了里面一眼,没有人在。

她去哪里了?

这附近有许多悬崖,不熟悉地形的人很容易失足踩空。而且所有裸露的岩地都不太稳固,容易崩塌。琉恩在帐篷周围转了一圈也没找着人。那么,要往哪个方向去找? 对普通人来说,危险的地方太多了。

这时,琉恩听到了哗啦哗啦的水声,是从离这里最近的梯田旁传来的,那块区域水量比较大,河道也更宽。他赶忙沿着小河跑下去。

然后琉恩停下了脚步。他惊呆了。感觉像是目睹了不属于这个世界的事物。

在那里的是一位将双足浸入清澈水流中的女神。不对……不是女神。比起女神，是和子·米勒的可能性更大。可琉恩实在难以将眼前的人与和子看作同一人。毕竟他从没见过和子摘下帽子和面罩的样子。

平时藏在帽子里的黑色长发垂在她的肩上，长长的睫毛之下是一双仿佛能吸入一切事物的大眼睛，而这双眼睛正看着琉恩。

"早上好，琉恩·佩克先生。非常抱歉让您担心了，玛尤妹妹也好好反省了，所以……"

女人如此说道。但琉恩完全是左耳朵进右耳朵出。她果然是和子·米勒。听声音，毫无疑问是那个农业指导员。

"托您的福，现在可以摘掉面罩了，这里似乎没有会让我产生过敏反应的物质。"

"那、那个……太好了。"琉恩感觉今天净发生一些让人大吃一惊的事情。他觉得自己应该有什么话必须对和子说……要说什么来着？琉恩不停回想。不过，要说什么好像已经不重要了。只不过是摘掉面罩和帽子而已，给人的印象竟然能改变这么多，琉恩不禁咋舌。

"早上我把昨天记下的要点都归纳好了。听玛尤妹妹说，剩下的梯田还有三处，都看完之后，午后我就会告辞。等整理出报告和建议后，我再来拜访。"

是吗，她已经要走了吗？琉恩想。

"这儿真是一块乐土呀。在这里我不会过敏，昨晚还听玛尤妹妹讲了很多开心的事情，她告诉了我这地方每个季节的不同乐趣。玛尤妹妹说，她最喜欢这个地方了，一点儿都不想离开这儿。我也是，把脚浸在水流中，真的感觉神清气爽。"

这时，玛尤大声喊道："哥哥、和子姐姐，我做好早饭啦。已经可以吃了。"

和子微微歪了歪脑袋，看起来像是在询问琉恩：我能接受玛尤的邀请吗？早饭是玛尤做的，琉恩觉得自己没有资格多嘴。

"看来妹妹努力了一把。请。"琉恩尽量不与和子对上视线，也尽可能简短地说道。

玛尤做的早饭是用大米面烤成的薄饼，再加上蔬菜汤。像面包一样的东西上面放了果酱。琉恩正好奇那是什么味道的时候，玛尤告诉他，果酱是和子送给自己的。

"哥哥，好吃吗？"

"嗯，好吃。"

玛尤就说："和子姐姐说，用奶嘴莓应该能做出比这个好吃得多的果酱。"

琉恩转头一看，和子·米勒点着头，就像在说"正是如此"。

"这样啊……"尽管如此回答，琉恩心里却不怎么痛快。

之后，他们按照计划看了各处的梯田。那天，玛尤与和子并排走在前头，琉恩跟在后面，但他的心情却比前一天要好。他很中意和子·米勒长发飘扬的样子，玛尤看上去也很开心。

"我也想一直住在这种地方。"琉恩听见和子对玛尤如此说道。

"那就住下嘛。哥哥也会很高兴的。干脆嫁给哥哥吧？"

接着两人便大笑起来，仿佛这番对话不会传入琉恩耳中。

走在后方的琉恩不禁想象：如果和子嫁给自己，一起在这里生活的话，会是什么样子呢？然后，他又慌忙打消念头，肯定是冲突不断吧。讲话语气这么冲的女人，我才不要呢。

两块梯田之间隔着一片森林。穿过林地时，和子突然停住了，像是被林子里的树木吸引了。可那只不过是司空见惯的伊甸橡树吧，琉恩想。

"这是苦橡树。"

"是伊甸橡树才对吧？"琉恩不假思索地答道。

"它们的确长得很像。但不同的是，苦橡树的树液非常珍贵，可以从里面提取出抗生素。"

之后，和子开始滔滔不绝地讲起该如何提取。她那自傲的神情，让琉恩感到些许烦躁。无论和子长得多么可爱多么有魅力，他都跟不上她的思路。琉恩知道了从苦橡树的树液中提取出的抗生素，能快速治愈这颗行星上特有的地方病；还明白了高度提纯后，那些提取物的价格多么高昂，可这些对他来说根本不重要。这些事跟自己当下的生活没有半点儿关系。本以为随处可见的橡树其实是非常珍贵的东西，虽然如此，琉恩却并不感兴趣，往屋子背面的斜坡上稍走一段，这样的橡树还多着呢。

和子·米勒完成了关于天元山上琉恩·佩克的全部梯田的调查。结束分析即将下山时，和子依依不舍地眺望着周围的风景。看起来真的很喜欢这里。玛尤要求和子与她握手许下约定。

"和子姐姐，你一定要再来这里。说好了哦。"

"我还会来的。分析完这次调查的数据之后，我会带着结果过来和令兄商量。"

"什么时候能分析完呢？要是能快点儿就好了。"

"回到新伊甸后我会马上开始分析。不过，山下的新伊甸办事处请我去做几天培训，培训完我才回去。"

随后，和子一个人下山了。

"哥哥，我们送送她吧。"玛尤要求道，琉恩则以农活已经歇了几天为由，拒绝了玛尤。这下终于清静了，琉恩想。

于是，琉恩与玛尤回到了原来的、在天元山半山腰上的日常生活中。

直到那时，琉恩才发觉自己失去了一些东西。

无论是拾掇农田时，还是晾晒奶嘴莓时，他都会想起和子·米勒。想起她随风飘动的黑色长发，想起她微笑时变弯的大眼睛，还有脸上的酒窝。琉恩总是慌忙打断自己的想象，说服自己，那种多管闲事的女人，不在了不是更叫人开心吗？

原本变得十分开朗的玛尤也突然寡言少语了。琉恩也明白，这是因为和子回去了。但他想，过几天玛尤应该就会忘了她吧。

从梯田回家的路上，玛尤对琉恩说道："和子姐姐还会不会再来呀？"

"她说了，分析完会再来的。"

"我最喜欢和子姐姐了。所以我跟她说，请她留下来。"玛尤这么说，让琉恩有点儿惊讶，"和子姐姐也说自己最喜欢这里了。她说这里到处是自然风光，也没有对身体不好的东西，包括玛尤在内，大家人都很好。"

"大家？"

"嗯。所以我说，既然这样，和子姐姐就嫁给哥哥吧。结果和子姐姐就不说话了。"

妹妹竟然说了这种话，琉恩很是吃惊。和子一定惊呆了吧。尽管玛尤还是个小孩子，但这也太唐突了。接着玛尤纳闷地说道："和子姐姐为什么不说话了呢？她的脸都变红了。"

那是怎么回事？琉恩想，是因为妹妹提出的问题太荒唐，和子生气了？还是说……然而那以后，与和子有关的话题就中断了。

讽刺的是，和子·米勒的笑容并没有从琉恩的脑海中消失。至今为止，琉恩从未遇到过这种情况。

这种感情究竟是什么？和子说过，分析完梯田的数据后，她会再来拜访。在她第二次登门前，自己能弄清楚这种感情是怎么回事吗？郁郁不快的感觉一直没有消散。

然后琉恩又想到，马上就要对自家上方的土地进行烧荒开垦了。现在那里是一片森林，被和子称为苦橡树的树木林立其间。就这样烧掉开垦成田地吗？他有点儿拿不定主意。

琉恩让玛尤给奶嘴莓做干燥处理，自己单独前往预定要烧荒的地方。因为通向那里的坡太陡了，小女孩吃不消。

琉恩抓着树根和岩石爬到上方，一片正适合烧荒的森林随即在眼前展开。他许久不曾来到这里了。连续爬了二十分钟的陡坡，开始气喘吁吁的时候，他终于站在了平坦的森林入口处。

在那里，琉恩看到了令他难以置信的东西。一个巨大的像是布的银色物体正挂在周边树木的枝杈上随风飘扬。之前来这儿时，他并没有看到这种东西。

布状物体的边缘垂下一条绳子。

那条绳子延伸至森林深处，琉恩打定主意要弄清楚那东西究竟是什么，害怕是肯定的，但比起恐惧，他更想探明真相。

森林中，头顶上有树木枝叶遮挡，阳光无法射入。但琉恩很快弄清了绳子延伸到了何处。

一个圆筒状、高约两米的金属人造物立在那儿，圆筒下方可以看到六只金属脚。直觉告诉他，这东西是从天而降的。

这时，圆筒的中心部位忽明忽灭地闪起了绿光。看到这一幕，琉恩回想起来。

几天前的夜里，他看到的窗外的光点，就是这个东西。那不是错觉，那东西降落在这里了。

这究竟是什么？琉恩从没见过这样的物体。

仿佛被雷击中一般，他猛地想起新伊甸贸易办事处的墙壁上有这样一句话——

"如果您见到陌生人或可疑装置，请立即上报。"

哈努说过："恶魔的宇宙飞船会用未知的武器将新伊甸烧个精光……"

琉恩此刻确信了，这个圆筒状的金属物体正是恶魔投下的终极武器，距离其恶魔般的力量被启动，已经不剩多少时间了。一旦那个时刻来临……一切都将被燃烧净尽。

琉恩的心怦怦直跳，手心也不断冒出黏糊糊的汗。怎么回事，这不正是自己所期望的事情吗？将山下聚落那帮讨厌的家伙也一块儿拉上做垫背死去。

更让琉恩感到惊奇的是，一个从未有过的想法蹦了出来。

和子·米勒有危险。得去救玛尤与和子·米勒。

和子与玛尤的脸浮现在了琉恩的脑海里。明明是个麻烦又令人不快的女人，明明希望她早点儿回去的，为什么自己会去想她？琉恩摸不着头脑。但此时他没有余力冷静分析个中缘由。和子说过，她还会在山下聚落待几天。该怎么办？必须做点儿什么。

琉恩当即离开森林，冲下陡峭的斜坡，尽管一路上因岩石而磕磕绊绊，也只花了几分钟便赶回了家。正在干活的玛尤马上注意到了他的异样。

"哥哥，怎么了？"

自己的表情大概非常可怕吧，琉恩想。他喊了句"过来"，便直接背起妹妹。

"要去哪里？发生什么事了？"玛尤敲着哥哥的后背问道。

"去救和子·米勒。有一个炸弹在上面，你也要去尽可能远的地方。"

玛尤被琉恩的气势压倒，没再多问什么。琉恩在山路上拼命飞奔。此刻，他心中还有一丝希望，也许现在还来得及阻止恶魔的武器爆炸；即便不能阻止，也能让妹妹与和子到尽可能安全的地方避难吧。至少获救的可能会大一些。

很快，他们就到了山下聚落，快到连琉恩自己都感到惊讶。和子在哪里？既然说要做几天培训，那肯定在新伊甸贸易办事处的集会所了。

琉恩朝那里跑去。冲进集会所，里面没有半个人影。紧挨着集会所的贸易办事处里，只有哈努顶着一张没睡醒的脸在。看到琉恩的表情，他仿佛一下子清醒过来。

"和子·米勒呢？她不是在这里做培训吗？"

"啊，你是说城里来的农业指导员吗？培训刚刚结束，她大概是回新伊甸了吧，好像有什么事要做。"

琉恩烦躁不安，这下该怎么办？要怎么做才能救下和子与妹妹？

琉恩背上的玛尤说道："哥哥说要救和子姐姐。因为有炸弹。"

"炸弹！"哈努的眼睛睁得老大，"真的吗？不是开玩笑吧？"

也许只有这个办法了，琉恩想着，用手指向墙壁："我想应该是这个。有个奇怪的装置在梯田上方，是个很大的圆筒形的金属棒，正在发光。你说过，那个会把新伊甸都烧光的吧。"

哈努慌忙拿起听筒喊道："不好了！天元山半山腰上发现了，就是……那个……疑似恶魔的宇宙飞船投下的屠杀装置。方才接到报告……是。我们是天元山聚落。咦，你们也知道？已经派人来了？马上……马上就到了吗？好的……好的……"

"是新伊甸贸易总部吗？"琉恩询问。

"对。他们说已经派出处理组了。"

在哈努放下听筒的同时，约十名身穿战斗服的男人走了进来。和子·米勒竟然也跟他们在一起。

"玛尤！还有琉恩！你们怎么在这里？"

玛尤代替琉恩答道："哥哥说，发现屋子上面有炸弹。"

那些男人们就是新伊甸贸易派来的处理组。他们在途中遇到和子，从而得知了装置着陆地点附近的情况。

"你为什么要回来？还不知道那个东西有多危险呢。我来带路，你和玛尤留在这里。"

处理组里面一个队长模样的男人告诉琉恩："不用了，我们已经掌握了大致位置，你们在这里等比较安全。"

"可是，是和子·米勒带你们来这里的吧？这不就说明你们需要向导吗？"

"不是的，我们没有请她当向导，是她说十分担心你们，才跟我们一起过来的。"

琉恩立即向和子望去，只见和子·米勒背着背包呆呆地站在原地，默默地看着琉恩。她说："你们没事真是太好了。"她眼眶因泪水而湿润了，大概是终于放下心了吧。

"啊，哥哥笑了。终于笑了。"玛尤这样说道。琉恩不由得摸了摸自己的脸颊。是吗……现在自己正笑着。原来是这么一回事吗？

"琉恩先生是发现了降落物，特地过来通知的吧。"

终于，和子这么说道。但玛尤立即更正："不是的。哥哥说得去救和子姐姐，然后就跑下来了。"

"真的吗？"和子看着琉恩。

"嗯，没错。"

这时，琉恩终于明白了自己的心意。为什么和子·米勒的身影总是在脑海中挥之不去，又为何自己在重逢时会不自觉地露出笑容。

自己其实最喜欢和子·米勒了。如今他才真正明白了这一点。

处理组的人让琉恩他们留下来等结果，然后便朝天元山出发了。

三人在办事处等待着，山下聚落的村民们也纷纷前来。其中也有打理店铺的中年女性，她一瞧见琉恩和玛尤，马上就跑到他们跟前。

"不好意思呀，前阵子卖的毯牛，大家都投诉说肉太差了。因为那天也卖给你们了，我担心得很，可你们住在山上，我又只能干着急。这回我一定给你们最好吃的肉，你们回去的时候顺路过来一趟吧，真是对不住呀。"

而今琉恩觉得那些都已经不重要了。

那天，和子将返回的时间延后了。今后，和子与自己的交往将以何种形式延续呢？耕种梯田的人和他的指导员？

不，琉恩不这么认为，他看得真真切切，和子向他投来的眼神与之前完全不同。

深夜，处理组回到山下聚落，并向等在那里的人们做了说明。

"不是炸弹。它的内部有几个像是观测装置的东西，看上去都是人造物，应该是为了观察地表情况而投下的。

"对……准确来说，那是一台侦察机。至于是谁投下的，我们认为，可能性最大的是那个……从地球飞来的宇宙飞船。我们会把它分解后送去新伊甸做进一步研究。"

琉恩与和子并排站着听处理组代表的说明。得知那不是炸弹的时候，他发觉和子不自觉地用力握紧了自己的左臂。

琉恩长出一口气，想着，从地球飞来的恶魔的宇宙飞船，也许会成为自己走向接下来的美好人生的重要契机。

这是何等讽刺的事实。

正当琉恩如此思考的时候，玛尤从和子与琉恩的手臂间露出了快乐的笑脸。

于转移轨道之上

　　"诺亚方舟号"已经开始在应许之地的卫星轨道上绕行了。飞船向行星发射了侦察机,并收到了第三次发射的侦察机发回的不完整数据。

　　应许之地表面百分之九十五都是海洋,但据推测,海洋中存在着可以利用的资源。

　　余下的百分之五是可供移居的陆地。据发回的数据显示,其环境与"诺亚方舟号"中记录的地球环境极为相似。当然,"诺亚方舟号"的乘客中无人实际体验过地球的环境,因此并没有什么真实感,只能依靠小时候父母带着去过的几个模拟地球环境的设施来想象。但就连想象也很难,娱乐设施所提供的模拟环境或是海滨,或是草原，或是密林，各种环境之间没有任何共通之处。且为了建造移居地表所需的航天飞机，相当一部分娱乐设施都没了踪影。即便是在那些娱乐设施中体验到的地球，对乘客们来说，也不过是回忆中的虚拟地球罢了。

再说了，无论数据表明的行星环境与地球有多像，也无法保证肯定能安全移居。

即便气温、大气成分、引力等条件都合适，也不能就此认为行星上完全不存在未知因素。

证据之一就是，启动后本可以半永久性地传回数据的侦察机，从某一时刻起，突然不再传回数据了。

也许是超出"诺亚方舟号"乘客预测范围的某些因素在作祟。

从卫星影像的分析来看，应许之地上极有可能存在智慧生命，但除此以外，一切都不明朗。

另外也有其他盲点。

比如说，万一行星上存在着地球人未知的微生物或病毒呢？

此类情况是完全无法预测的。然而在下一个阶段，"诺亚方舟号"的乘客们可以选择的道路只有一条。

除病毒以外，对人类可能造成不利影响的因素还能列举出无数个，但都只能是着地之后再加以解决的问题了。

必须启动移居计划了。

航天飞机即将完工，向应许之地移居的工作进入启动倒计时。

丹尼尔·沃克，二十四岁。

他坚信，一旦开始向应许之地移居，最先降落到新天地的人非他莫属。

丹尼尔家族世世代代在俄克拉何马Ⅲ区的宇宙农场中生产蔬菜。一提到秋葵、甜椒、洋蓟，以及收成最多的番茄，任何人都会联想到沃克农场的招牌。几代以前，迈克尔·沃克对番茄进行了品种改良，使沃克农场的番茄进化为了糖度很高，备受人们期待的高级品。

目前丹尼尔与父亲彼得一同经营着沃克农场。

父亲彼得仍精力充沛，因此丹尼尔想，即使现在自己离开沃克农场应该也没问题。

彼得完全没有打算前往新天地。他认为，只要自己种植的蔬菜能让"诺亚方舟号"的乘客们满意，那就够了，他坚信那就是自己存在的价值。

尽管如此，当丹尼尔说自己要在开拓应许之地的队伍中打头阵时，父亲也没有否定。

父亲背对着丹尼尔，一边操作番茄分拣机一边听他讲。父亲一点儿也不感到惊讶，甚至像是理所当然般，数次点头肯定。

"毕竟那是'诺亚方舟号'乘客的最终使命嘛。如果你非要参加先遣队的话，就去参加吧。我呢，要留在诺亚方舟上。听说移居结束后，最终还会有七八千人无法降落到应许之地，要留在这里度过余生。到那个时候，谁来给留下的人提供蔬菜？我觉得，老一辈有老一辈的任务，新一代有新一代的任务。你就按照你的想法，走你自己的路吧。"

父亲彼得算不上高龄，更确切地说，正好是不上不下的年纪。若他能在移民早期阶段降落到应许之地的话，身体应该问题不大。不过，移居计划时间跨度很大，可以料想，到了后期，他的身体状况将不再符合行星环境适应测定值的要求。如果决心移居，就绝不能错过"当下"的机会，而父亲因为自身的价值观，已经得出了明确的结论。

不过，父亲这番话让丹尼尔很高兴，他看清了自己该走的路。

但此时应许之地移居计划的细节仍未公布。

丹尼尔听说，航天飞机最多能搭载二百五十人降落地表。

这个错不了。

但他也听说，那是航天飞机仅运送人员至应许之地时的最大载重量。一开始应该会优先运送开发原始行星地表所需的起重机或物资之类，那么，最先踏上应许之地的，应该是精挑细选出来的最低限度的乘客吧？

丹尼尔如此认为。

为了弄清楚移居计划的具体情况，他还去拜访了俄克拉何马Ⅲ区的区划长。

伯纳德区划长比丹尼尔的父亲还年长两轮，却怀着敬意倾听了年轻的丹尼尔的话。不过，丹尼尔并没有得到想了解的信息。

"据我所知，最终的移居计划是由'诺亚方舟号'的船长、总统以及移居委员会决定的。应该是移居委员会提出计划，总统和船长予以批准。不过，目前区划长会议中还没有进行具体讨论。"

"您能不能推荐我，让我优先被选为先遣队队员？"

"你在测定机上的数值不是一切正常吗？ N-phone 应该也一直在向测定机传输数据才对。"

"是的。"丹尼尔碰了碰左腕上的 N-phone。N-phone 时刻向行星环境测定机传输着自己身体情况变化的数据，同时接收反馈，并将结果以绿光的形式显示出来，"如您所见，我的适应性无比完美。"

几十个数据在瞬间不断切换，每个数据的亮光轮廓上还有一道耀眼的光辉。正常数值会用绿色显示，而当测定机判断该数值特别适应地球环境时，N-phone 上的数值显示还会多一道光辉。

每个项目都闪闪发光显示了一遍后，丹尼尔得意地把手指从 N-phone 上挪开，等区划长发话。

伯纳德区划长深深点头。

"你拥有到新天地的适应性，这点我已经一清二楚了。我向你保证，如果明确宣布移居计划，要求我提供本区开拓组的人员名单，我一定会列出你的名字。"

"比起说'如果'，您能否主动在区划长会议上提议呢？移居计划和第一批移居人员名单会不会同时公布呢？也许现在上头已经在选拔人员了吧？"

对于这些问题，区划长没有给出能让丹尼尔满意的回答。再等等看吧；我不太清楚；如果有机会以区划长的身份参加对先遣移居成员的选拔，我一定不会忘记你。他反反复复说着这几句话。

丹尼尔有一位恋人。

爱丽丝·李，二十三岁。

他们并非通过 N-phone 的介绍系统认识，而是在留存的最后一个娱乐设施"水仙原野"中相识。那已是很多年前的事情了。

那天丹尼尔不用上学，父母都在农场干农活，于是年幼的丹尼尔便独自前往"水仙原野"。那是父母曾带他去过几次的地球模拟场景，也是他最喜欢的娱乐设施。

丹尼尔那时得知设施即将关闭，而且，还会被拆除。据说是为了移居应许之地不得已而为之……仅此而已。

这对年纪尚小的丹尼尔来说是一个重大打击。自己最喜爱的地方竟然突然就要消失了。船上明明还有很多光线暗淡的地方，净放着些不知用来做什么的管道和机器，为什么非得拆除"水仙原野"不可呢？丹尼尔想不通。

但他还是接受了这个现实，毕竟结果已无法避免。既然如此，在"水仙原野"关闭前，他还想再去一趟，将回忆深深刻进脑海。

除了丹尼尔以外，也有许多人不舍设施关闭，在歇班的时候前来游玩。也就是在那天，丹尼尔认识了爱丽丝。

丹尼尔觉得，在设施中央眺望时看到的风景是最棒的。坐在中央看，四周风景仿佛无限延展开来，极目所见尽是草地。远处，草地略微倾斜，形成了一个小山丘。原野上盛开着黄色与白色的水仙花，如地毯般铺满了每个角落。

现实中，这里四面八方都被墙壁围绕着，但人工制造出的模拟空间中，景色仿若地球的自然风光，无边无际地铺陈开来。

丹尼尔在中央坐下，感受祖先所生活的地球的模样。他大口地吸气吐气，虽然不清楚地球上大自然的真正气息是什么样的，但他确实觉得这股香气与平时生活场所中的不同，非常美妙。

接着他又将思绪转向"诺亚方舟号"的最终目的地，那颗被称为应许之地的行星。

那里会有这样的香气吗？

会不会绽放着更多种类的花朵呢？

自己长大成人后，就能踏上那颗星球的土地了。丹尼尔对自己说：那儿肯定有比这个"水仙原野"更加美妙的风景正等着自己。

那天，丹尼尔在"水仙原野"里泡了个够。在草地上也能感受到一天的变化，先是朝阳升起，上午凉爽的风拂过脸庞，俄而太阳越过头顶开始西斜，变为午后的阳光。

当云朵与天空开始染上赤红色，丹尼尔注意到自己脚边有什么东西在发光。

是个金属发饰，大概属于某个来这里游玩的女性。丹尼尔捡起发饰细细端详，看上去不像最近新制的。黑色的底座上绘着金色的花朵，是件手工艺品。虽给人古香古色的感觉，发饰的金属部分却全无锈迹，看来失主平时经常保养它，且不久前才落在这里。

丹尼尔用 N-phone 拍了发饰的照片，又加上一段自己捡到东西的说明，发布到公共服务平台上。

十分钟后，有人联系了丹尼尔。

失主仍在"水仙原野"中，她就是爱丽丝·李。

爱丽丝同样是独自来到"水仙原野"的。她说自己家住附近，还说不知何时弄丢了发饰，自己一直在找。

"这个发饰是奶奶送给我的。奶奶说，这是她的奶奶送给她的，是几百年前在地球上，用一种叫作镶嵌的工艺制造出来的。很少见吧。奶奶告诉我，这个要一代一代传承下去。所以发现它不见了以后，我一直拼了命地找，还去公共服务平台问了好多次。"

爱丽丝跑着来到丹尼尔跟前，开朗利落地向他解释道。丹尼尔没想到失主竟然是个小孩，而爱丽丝看见捡到发饰的人与自己年纪相仿，既惊讶又开心。

那时丹尼尔还没有将爱丽丝当作异性来看待，他只觉得交到了一个年纪相近的朋友。不过，初次相遇那天，两人便在"水仙原野"中一同待到了日落时分。

当时与爱丽丝说了些什么，丹尼尔已经记不清了。但他们一直没有冷场地聊到了日落。因为丹尼尔是独生子，所以他想，自己如果有妹妹的话,大概就是这种感觉吧。

自那以后,爱丽丝开始主动联系丹尼尔,有时通过 N-phone 请教学业,有时到丹尼尔的住处玩耍。

爱丽丝很喜欢丹尼尔,丹尼尔也不讨厌与爱丽丝在一起。两人的交往便由此开始。

丹尼尔与爱丽丝以朋友的身份开始交往,随着不断成长,也逐渐将彼此作为异性看待。等到了 N-phone 会为他们介绍投缘异性的年龄,他们已经认定了对方就是最佳伴侣。丹尼尔甚至无法想象自己与爱丽丝以外的女性交往。

然而,两人的关系就止步于此。他们从未聊过关于结婚之类的话题。因为从孩提时代起,两人在一起就是理所当然的事,丹尼尔一直认为,就算不提结婚,爱丽丝也会永远和自己在一起。

有时爱丽丝会联系丹尼尔;而丹尼尔偶有空闲的时候,也会联系爱丽丝。

这次是爱丽丝提出见面的。爱丽丝现在任职于加利福尼亚 II 区的医疗组织,与丹尼尔的工作没有任何交集。丹尼尔没有详细询问过爱丽丝的工作内容,也没有兴趣了解,只模模糊糊地知道,她的工作虽然与医疗有关,但似乎并不是直接治疗患者。

因为爱丽丝说"仔细说起来也很无聊啦",而丹尼尔也真的全盘接受了。

最近他们经常在饮食广场碰头。爱丽丝住在加利福尼亚 III 区,丹尼尔则住俄克拉何马Ⅲ区，饮食广场是两人居所之间的中间点，宽敞的空间也可以让人放松地等候。虽然广场某些时段会比较拥挤，但是他们会特意避开。在那种时候见面，连人都会变得焦虑起来。

两人在广场中有固定的见面位置。因为他们每次都自然而然地挑同一个位置坐。饮食广场十分宽阔，如果有固定位置，就不必将时间浪费在彼此寻找上。

丹尼尔走进广场，爱丽丝早就知道他会从哪个方向出现，立即朝他用力挥手。

她坐在平时的座位上。

略迟一步的丹尼尔双手拿着饮料朝座位走去。

"我们好久没见面啦。"爱丽丝接过饮料，开心地说道。接着，两人互相交流了近况。当然，他们也会通过 N–phone 互传短信，或是用小型立体影像进行视频通话。但丹尼尔明白，真人面对面交流的感觉与影像完全不同。

以影像的形式交谈时，有时会因为说明不充分等原因造成误解，见面时，这点可以通过观察对方的气场或表情的微妙变化来避免，同时也能感知其话语背后的本意。而有时对方发来的短信中写着一些难以理解的事情，如果能听到本人亲口说明事情的背景，则一下子就能弄明白。

"最近，除了原本的工作，每天还多了一项观察，下班时间都会晚两三个小时。"

没错，爱丽丝曾发来这样的短信。用 N-phone 聊天时，她也说过是在医疗组织里进行观察。丹尼尔曾单纯地以为，爱丽丝是在观察重症患者的症状。但像现在这样互相将脸凑近，看着对方的眼睛详细聆听的时候，丹尼尔才发觉自己弄错了不少事情。

爱丽丝观察的不是患者，而是研究对象。其中一个研究对象是从近期死亡的患者体内取出，并加以培养的癌细胞组织。它们的生命力十分旺盛，一直在分裂。爱丽丝说，那些细胞是她从未见过的类型，在不断培养的过程中，自己甚至对它们产生了感情。

另一个观察的对象是真菌，它们是最近流行于船内的腋下皮肤病的元凶。爱丽丝双眼闪着光向丹尼尔说明这种真菌的性质。这是从未有过的菌种，也许是因为在宇宙空间中，它们才发生了诱因不明的变异。它们符合真菌的一切特征，却与已知的真菌有着完全不同的性质。至少，目前在"诺亚方舟号"中，乘客一旦感染，就很难根治，只能缓解症状。虽然需要研发新型的抗生素，但在船内能制造出的抗生素种类有限。

这既是爱丽丝的工作，也是她所热衷的事情。

而丹尼尔对此没有多大兴趣。

"那你只是一直观察而已吗？目前没有治疗方法吧？"

"要是能找到新的抗生素就有办法了，但现在无计可施。好在这个病发展下去也不会有生命危险，只是不得不忍受定期发痒。不过，患者应该会觉得挺烦的吧。"

丹尼尔差点儿笑出来，但他赶紧忍住了。万一笑出来，爱丽丝肯定会批评他太不严肃。

"那要是感染了那种病菌，就没法儿治好了？"

"只能缓解症状，仍会定期复发，只能对患者做临床处理。对了，听说有一个染上这种皮肤病的人，因为实在痒得受不了，就把工作中用到的稀硫酸涂到了皮肤上。在这个病例里，那人的皮肤病倒是解决了，但创面干燥之后，情况比原来还糟。"

这也太惨了，丹尼尔皱起眉头："那没有什么办法吗？"

"如果我们移居到应许之地，也许可以在地表的生态系统中找到有效的抗生素。但也不一定就是了。"

爱丽丝的这句话让丹尼尔无比高兴，因为话题转到他更感兴趣的事情上了。

"嗯，应许之地有无限可能，所以我才想第一个踏上应许之地，你懂的吧？"

果然，还是转到这个话题上了。爱丽丝不自觉地锁紧了眉头。这个话题两人已经讨论了不知多少次。因为得不出结论，爱丽丝只得耐心等待话题转到别的事情上。丹尼尔也知道爱丽丝不喜欢聊这个，一直在避免主动提及。

不过，丹尼尔说自己要在应许之地移居计划中打头阵的言论，爱丽丝也已经"听得耳朵都要生茧了"。

　　她认为，按顺序排到后，自然会降落到应许之地，根本没必要着急。为什么非得急匆匆地下去不可？毕竟，如果丹尼尔先到了地上，两人就不知何时才能再见了。

　　如果丹尼尔明知如此，还无动于衷，那么他到底有没有考虑过自己？想到这里，爱丽丝就对丹尼尔的敷衍态度气愤不已。

　　不过，像现在这样定期与丹尼尔见面，两人待在一起的时光总能让爱丽丝觉得很幸福。她明白，身为"诺亚方舟号"的乘客，自己总有一天也会降落到应许之地。可丹尼尔满不在乎地要求加入可能会导致两人长期别离的先遣队，这令她难以忍受。

　　由于提到抗生素而引出了应许之地的话题，爱丽丝有些后悔，但也没有强行结束对话，而是对丹尼尔说："我问你件事。打那以后，你有没有再收到关于应许之地的新消息？"

　　丹尼尔很惊讶，爱丽丝居然主动提起移居行星的话题。

　　是为了什么呢？

　　丹尼尔小心翼翼地反问道："新消息？官方消息，还是小道消息？"

　　爱丽丝稍稍歪了歪脑袋，似乎在说二者均可。

　　"据说很快就要开始移居了。航天飞机已经完工，每天都在进行微调。"

　　这是丹尼尔听到的小道消息之一。正因如此，他才独自去请区划长帮忙。

"你有没有听说，应许之地上可能存在智慧生命？"

丹尼尔当然听过这个传闻。

"侦察机没有传回确凿的证据吧。虽然它好像发生了故障，但分析了发回的数据后，已经确定行星上存在植物了，存在动物应该也不奇怪。还有人提出，侦察机之所以发生故障，就是因为行星上的原住智慧生命。

"而且，听说我们在 N-phone 上看到的应许之地的影像是被修改过的。不是说有证据表明地表上有智慧生命吗？但 N-phone 上的影像把关于它的画面删掉了。"

"什么证据？"

"好像是说，可以看到智慧生命制造出来的生活光。当陆地处于夜半球时，会沿海岸线出现亮光。那似乎就是应许之地原住智慧生命制造出来的光芒。现在严令禁止我们用肉眼观察船外情况，表面的理由是避免恒星的光芒直射眼睛，而真正的原因是防止乘客们看到亮光之后胡乱猜测，造成混乱。"

"我听说的也差不多。传闻航天飞机虽然已经完工，却还在微调，拖延第一次移居，就是由于这个缘故。"

"哦。"

两人一时沉默，都伸手去拿桌上的饮料。

"丹尼尔呢？你觉得有智慧生命吗？"

"不知道，也许有，也许没有。宇宙中有无数颗星星，我们也是从中挑出与地球环境相似的行星作为目的地的吧。既然如此，像从前的地球那样，行星上存在着像人类一样的智慧生命也不奇怪。"

"你说像'人类一样'，你是真的这么认为吗？"

"不知道。人类也是生物不断进化之后的最终形态。这颗星球上，也说不定有特别的系统发生①获得了最终胜利。"

"比方说？"

"比方说植物开始走路，变成植物智慧体之类的。"

爱丽丝无法置信般皱起眉头。当然，不光丹尼尔，"诺亚方舟号"的所有乘客都一样，哪怕隐约预感到应许之地上存在原住智慧生命，也绝不会想到那是跳跃而来的地球人的后裔。

"有可能吗？就我学到的知识来考虑，这是绝对不可能的。"

"也不能说绝对没有。晚上吸入氧气并呼出二氧化碳，白天用叶绿素将二氧化碳转化为氧气，然后外表像是人类的植物生命，可能也是存在的。"

这当然只是丹尼尔一时兴起的玩笑话。

"如果地上有那样的原住智慧生命，你移居过去要怎么办？"

"嗯，这要是真的，我就更有必要率先去应许之地了。那是我的专业领域嘛。"

"专业领域？"

"对，我要用沃克农场的专门技术改良蔬菜人的品种。"

---

① 十九世纪德国生物学家恩斯特·海克尔提出的一个概念，指物种演化的历程。

接着两人不约而同放声大笑。爱丽丝的心情好像舒畅一些了，这让丹尼尔松了一口气。

"如果是我……"爱丽丝起了个话头又打住。

丹尼尔觉得奇怪，片刻后开口问道："如果是你的话，会怎么做？"

"到时我就请你帮忙，看能不能从蔬菜人的体液中提取新药的成分；或者看能不能在新环境中，找到处理病菌的突破口。这个就拜托你了，你只要把实验结果告诉我就行了。"

"这能轻易做到吗？"

"我会做份手册，你只要认真按照上面写的去操作，就能得到结果。"

"那你也报名参加不就好了嘛！"丹尼尔想说的是，这样爱丽丝就能和自己一起踏上应许之地了。

"我还……算了。我认为，有必要尽早下去、为'诺亚方舟号'全体乘客做出贡献的人，才应该最先降落到应许之地。"

爱丽丝从未动摇，她总是如此回答。早先丹尼尔提过："既然说是能为'诺亚方舟号'全体乘客做出贡献的人，那我打头阵果然没错。"但在爱丽丝看来，似乎并不是那么一回事："我想那应该站在客观的立场上进行判断。"

丹尼尔也想过，爱丽丝之所以这么说，或许是出于不愿让自己最早降落到应许之地的心理。

"开始移居之后，从第一批人员降落，到所有人都移居完毕，中间不知道得花多少年时间呢。"

也就是说，如果丹尼尔一开始就下去开拓新天地，就等于要与爱丽丝长久分离，所以爱丽丝才劝他不用着急。

"这样的话，你也应该在早期就过来一起开拓吧？"丹尼尔这么说。但爱丽丝早有答案："一万九千名乘客中，只有一万一千五百名可以移居，最后会有七千五百名乘客留在这艘宇宙飞船上。其中有无法承受引力的人，有一开始就因衰老而被适应测定排除在外的人，还有在遭受病痛折磨的人。我们不能坐视那些无法适应应许之地的人自生自灭。我会尽可能为他们工作到最后。那之后该怎么做，到时候再想就是了。"

丹尼尔认为爱丽丝的想法也很正确。他们都明白，彼此作为异性朋友相处，比跟任何其他人相处都要愉快。然而，两人的志向却南辕北辙。

乘客们对应许之地有许多揣测，同样，船内也传出了关于"诺亚方舟号"未来结局的风声。

丹尼尔听说了其中几个，他想，爱丽丝肯定也有所耳闻。

"诺亚方舟号"目前虽在行星的卫星轨道上绕行，但并不会永远如此。当移居结束，飞船便会开始向应许之地坠落，留在船上的人会和"诺亚方舟号"一同在与行星大气的摩擦中化为灰烬。

是哪里最先流出这样的说法，丹尼尔并不清楚。

也有传言说，为防止"诺亚方舟号"坠落，预定在移居计划终了之时，立即让"诺亚方舟号"离开应许之地的卫星轨道并开始宇宙航行。

只不过，那次宇宙航行不再有目的地，持续航行本身就成了"诺亚方舟号"的存在意义。

到那时，乘客们也不再有任何希望。因为飞船上只剩下无法移居到应许之地的老人了。

丹尼尔不知道《姥舍山》①的故事，但他听过彷徨的幽灵船②的传说。留给"诺亚方舟号"的，似乎的确只有永远漂泊一途。

数百年后？

不，数十年后，如果有人发现了在宇宙中漂流的"诺亚方舟号"……

想象着那幅情景，丹尼尔也十分沮丧。船上只剩下老人，负责维护宇宙飞船正常运转的人们一个接一个过世，最终，宇宙飞船中再无一名乘客。在一头撞上某颗星星之前，它只能在宇宙中无尽地游荡。

无论哪种未来，都没有希望可言。

如果所有乘客都能移居就好了。丹尼尔想。但领导层的人也一定多次探讨过这个可能性了。

---

① 以遗弃老人为主题的日本民间故事。
② 是传说中一艘永远无法返乡的幽灵船，注定在海上漂泊航行。

据说逃离地球时，也只有一小部分人乘上了"诺亚方舟号"，大部分人类都牺牲了。总之，就是以人类不至于灭绝为底线。所以，如果无法让所有乘客都在应许之地上生存，就只能寻求可能的途径，选择相信人类在几代之后会繁荣兴旺起来。

那天丹尼尔回到家中，发现自己产生了迷茫。

刚才他和往常一样与爱丽丝笑着互道再见，也明白再过几个小时，彼此又会下意识地用 N-phone 继续联系。但一个人待在房间里思索着，不知怎的就注意到了一件事。

有一道巨大的鸿沟即将出现在自己与爱丽丝之间，而两人却仍未实际体会到这究竟意味着什么。不是吗？现在，丹尼尔只要按下 N-phone 就能与爱丽丝通话。明天也一样。接到爱丽丝要求见面的联络时，他也会出门。丹尼尔现在的日常生活就是如此。

而有一天，丹尼尔会降落到应许之地。

那之后，他会与爱丽丝分隔两地。尽管只要有通信手段就能通话，但也无法随心所欲地使用吧。

因为肯定得优先保障行星开发任务相关的通信。

有时，人会在失去后才明白什么最珍贵。想要打头阵并不代表他再也见不到爱丽丝，然而，何时才能再会却成了未知数。如今，自己与爱丽丝之间相当于没有任何联系的纽带。

丹尼尔发觉了这一点，打算联系爱丽丝。此时 N-phone 响了，正好是爱丽丝打来的。

"正好,我刚想打电话给你呢。"

爱丽丝像是有点儿惊讶地耸了耸肩,"怎么了? 这么正经。"

"没什么,就是想见你。"

"刚刚不是才见过?"

"回家之后,我想了很多。而且我觉得,这些事必须当面告诉你才行。"

"看来是很重要的事情。"

"对,很重要。总之我见了面再跟你说。不过你打电话来,不是找我有事吗?"

"不,其实也不是什么急事,就是今天和你碰面之后总觉得不太对劲。也不是说真的发生了什么,就是有点儿心绪不宁,好像有什么事情放心不下一样。所以就想问问你有没有事。听到你的声音我就放心了,看来是我想多了。"

不对,爱丽丝不是想多了。丹尼尔想,爱丽丝在这个节骨眼儿上给自己打电话,说巧也太巧了,这里面肯定有某种意义。

"我可以尽快和你见面,你呢?"

"好啊。那就定下个班次的休息时间见? 我们同时休息是什么时候来着?"

说实话,丹尼尔觉得自己等不了那么久。

"你不介意的话,不如我们现在再去饮食广场一趟? 不会花很长时间。因为是只有当面才能传达的内容,大概一个小时就够了。

之后再回去休息，也不会影响下一个班次的工作。"

"没关系吗？你不是要保持最佳身体状态吗？不会在 N-phone 的记录里留下不利于行星环境适应测定的记录吧？"

丹尼尔觉得没问题，他对自己的健康管理有信心。

"不会耗很长时间，没问题。还是在饮食广场见行吗？如果……你不方便的话就算了。"

爱丽丝虽然犹豫了一下，却没有拒绝。

"好吧。你这人一旦说了什么就不会再听人劝了。"

挂掉 N-phone 后，丹尼尔一跃而起，穿好衣服，直奔通道，搭上了环线。

房间外的风景一成不变。因为"诺亚方舟号"一刻不停地在航行，各项功能从不停转，只有负责修缮和运行维护的工作人员互相轮换。因此，环线的照明也不曾关闭，往来的人数与丹尼尔活动时并无二致。

"诺亚方舟号"本就永不沉眠。

只不过，往来的乘客与丹尼尔在船内熟识的人完全不同。丹尼尔想过，自己与爱丽丝的工作时段有些许差异，但仍可以见面聊天，如果两人生活的时段彻底相反，也许小时候就不会相遇了。

丹尼尔到了第一饮食广场。

他选择了搭乘环线抵达后马上就能看到的座位，这样爱丽丝就不用在广场里面到处找人了。

广场内播放的音乐与他们平时听到的不同。这个时段播放的不是古典乐,而是会让人联想到地球自然环境的音效。小鸟叽叽喳喳,微风沙沙作响,还掺杂了一些单调的民族音乐。

这些声音并不会让人感到不快,是对精神健康有利才播放的。

而灯光似乎比丹尼尔常去的饮食广场更亮一些。

丹尼尔深深陷进沙发里,望着从加利福尼亚方向过来的环线出口,等待爱丽丝的到来。

在等待中,他开始反省自己实在是太任性了。跟自己穿上衣服就跑出来可不一样,爱丽丝为了再见一次面,还得重新做外出的准备。毕竟女性有女性的价值观。丹尼尔如此告诉自己。

爱丽丝要花更长时间是理所当然的。光是她没有拒绝自己就应该谢天谢地了。

这时,丹尼尔不由得直起身子。

爱丽丝来得很快,她从环线那边走了过来,应该也是匆忙出门的。

丹尼尔不禁站了起来,一边喊着"爱丽丝",一边挥手。

爱丽丝好像已经知道了丹尼尔的位置,她抬起手,笑着走近丹尼尔。

爱丽丝走到丹尼尔面前坐下:"我来啦。"

"嗯,谢谢你。"丹尼尔答道,也面对爱丽丝坐下,随后清了好几次嗓子。

"要谈的是什么事情？你说很重要，我就立刻赶来了。"

这点丹尼尔也十分清楚。

爱丽丝接着问道："是我不爱听的事？"

这是不是爱丽丝不爱听的事呢？丹尼尔想，那得看爱丽丝是如何理解的吧。他没有回答，而是又清了清嗓子，最后终于停下来。

"我一直在想，必须亲口对你说这件事。爱丽丝……我现在就说。我们在一起这么久了，我都还没对你说过。希望将来你能跟我结婚。"

讲到这里，丹尼尔的喉咙就干到冒烟，挤不出下一句话来。

爱丽丝虽然瞪大了眼睛，却并没有表现出惊讶的样子，反而点了点头，然后答道："嗯，我也是这么想的。我们总有一天会结婚的吧。当我在'水仙原野'中第一次见到你时，就一直这么认为了。丹尼尔呢？你不是吗？"

被如此郑重地反问，丹尼尔有些支吾："不、不是。我当然……也是这么认为的。只是，刚才回家后我一直在考虑，然后注意到自己从来没有正式对你提过结婚的事情。"

"为什么突然得在这个时候说？"

"我当时在想自己最先降落到应许之地时的事情。刚才我们也谈过，你要留在'诺亚方舟号'上为大家工作到最后。但那样的话，我们可能就要分居两地好几年。你也知道的，如果按照计划，移居要花上很长一段时间。在那段时间里，我们对彼此的想法也许会发生变化。我肯定会在地上等你下来,可是,没准儿你会因为我没有求婚,而跟别人结婚?而这都怪我没有好好地向你表明我的心意。难保不会发生这种事情吧。"

"是吗?"听完后,爱丽丝回答道,"我知道将来我们肯定会一起住在应许之地上,所以一点儿也不担心。因为一直都和你在一起,所以我很清楚的。也许我会因为工作晚一点儿下去,但也不过几年的时间,我们都还年轻,没什么好担心的。"

听了这话,丹尼尔感觉浑身像要融化般瘫软下去。

"你就好好努力,争取第一批降落到应许之地吧。开拓应该会很辛苦。但反正我之后也会过去的。"

"啊……嗯。"

"那差不多该回去了吧?熬夜会影响接下来的工作。而且,你的行星环境适应测定值也得保持在最佳数值才行。"

爱丽丝干脆地说完,便半直起身。丹尼尔不禁觉得,爱丽丝比自己有男子气概多了。一切行动与思考都没有犹豫,干脆利落。

"见面就是为了这件事吧?"

"是,是啊。"

"那今晚就到此为止。"

那天两人就此分别。他们挥手道别后,便搭乘各自方向的环线离开了。

又值了两轮班之后,爱丽丝联系了丹尼尔:"你看公报了吗?"

公报是通过 N-phone 下发的消息，多的时候，在两次轮班间会收到二十条左右。内容从垃圾处理指南到成立兴趣小组的通知都有，五花八门。还有关于环线或各区之间施工日程的通告。在丹尼尔的认知中，那些几乎都与自己的生活没有太大关系。他只有心血来潮才会查看堆积起来的公报，然后一气删掉不需要的消息。

最近丹尼尔完全没看过公报，说实话，他压根儿就忘记有这回事了。

"没有，我没看。"

他如此回答。结果爱丽丝叫了起来："难以置信！"

"为什么叫呀？公报说什么了？"

二十四小时前下发了一份公报，内容是开始募集第一次降落的移居开发员。

丹尼尔惊讶地"哎？"了一声。

爱丽丝说，第一次移居计划共分为二十批，计划募集二百五十位移居开发员。人数较少是因为需要运送开发所需的资源，所以最初会以最低限度的数量来募集人员。等地上收容人员的设施建设起来后，每一回往地上运送的人数都会增加。

"申请已经快截止了。你说过要打头阵的吧。"

"嗯，那当然了。"

"那得赶紧报名了。"

听说让第一次移居的二十批人全都降落得花上半年时间，而第二次及之后的移居计划目前尚未公布。

申请将在几个小时后截止。

"谢谢。如果不是你告诉我，我肯定会错过公报。我马上去申请。"

"嗯，太好了。那你加油哦。"

"啊，爱丽丝，等一下。"

"怎么了？"

"你不和我一起降落吗？不打头阵吗？"

"我……说过了吧，要尽可能留在'诺亚方舟号'上直到最后。而且你也已经懂我的心意了。你先过去，在我到达之前，把那里建设成更宜居的地方。"

"我知道了。"

N-phone 挂断了。爱丽丝的想法果然没变，意志坚如钢铁。但她说了，将来会和自己结婚。自己无论如何都要第一个踏上应许之地，而爱丽丝也有她不屈的信念。丹尼尔如此说服自己。

他立即通过 N-phone 向第十一号行政机关——移居厅提交了申请。不用附上数据。丹尼尔出生至今，所有的数据都能在 N-phone 上看到，当前测定机所测出的数值亦然。

移居厅要判断的，顶多是移居申请者是否有强烈的意愿而已。

丹尼尔提出申请后，几乎在同时就收到了移居厅的短信。

短信首先表达了对丹尼尔的感谢，接着说明了希望申请者到移居厅参加面试的大意，还附了一个编号。号数出奇地小，二百三十八号。哪怕什么都不做，也在二百五十名第一次移居者之内。丹尼尔决定在面试时表示，希望能让自己踏出在新天地着陆后的第一步。

在未知的行星上踏出第一步，终究是非常需要勇气的。其他人应该都会认为，不用太着急，确认安全之后再出去也不迟吧。如果能认真传达自己的热情，被选为第一批人员也不是梦吧？丹尼尔想象着，心情也昂扬起来。

直到去移居厅面试前，丹尼尔都没能安下心，一直考虑着该如何展现自己，想着移居厅是否能够感受到自己想要第一个踏上新天地的热切心情。

在指定的时间到达移居厅后，几乎没有等待，选拔就开始了，但并非每个人单独进行面试，而是五人同时面试，且五人的编号都相同。原来编号代表的是小组名。丹尼尔着急了，这就说明，申请人数有编号数的五倍之多。同一组的另外四名男女与丹尼尔差不多年纪，看上去每个人都有着卓越的才能。为了适应新环境，身体似乎也经过了千锤百炼。光是和他们坐在一起，丹尼尔就几乎要退缩了。

接下来会问什么问题？让五人同席是为了考察统率能力吗？或是更加看重人际交往能力与协调能力？

各种可能性在丹尼尔脑中飞速旋转。随后，屏幕发光了。

"请五位面试者商讨在应许之地上遭遇智慧生命时的应对办法。"

五人前方的屏幕只显示了文字。

完全没料到会问这样的问题，五个人面面相觑。

屏幕显示，时间限制为二十分钟。该怎么办？所有人都不知所措。现场没有像面试官一样的人物，他们应该是在屏幕后面观察着五人的情况。

坐在丹尼尔身旁的黑人站起来自报了家门，并表示道："我来主持吧。大家一个一个发表自己的看法。"丹尼尔想，这个黑人青年是打算占据主导以赚取分数吧。

棕发女性说："我认为应该弄清楚能否与对方沟通。"

亚裔说："应该先表示我们没有敌意。"

肌肉男说："如果对方攻击我们呢？就算我方没有敌意，对方有敌意又该怎么办？"

大家的气势都压倒了丹尼尔。他想，自己也必须说点儿什么意见才行。这样下去，没准儿连这四个人都赢不了。

而且，丹尼尔认为，按照相同的方向去思考对策并议论，自己也没有胜算。那么，该怎么办才好？

黑人青年看向还未发言的丹尼尔："你的看法如何？"

"对于如此重大的问题，不应该凭个人的独断来应对。状况时时刻刻都在变化，我们应该将详情发回'诺亚方舟号'，等待指示。

我们的目的不是与智慧生命交流,而是让人类在新天地中繁荣发展。所以我申请成为第一位开拓者,我想活用自己可以为人类做出贡献的能力。总之,相比这艘船上的任何人,新天地更需要的人是我,只要审查的人明白这一点就行。"

其他四人都惊住了似的耸了耸肩膀。但丹尼尔相信,前方屏幕的背后肯定有人在听,于是他大声呐喊。他坚信,要表达出自己的热切之情,音量大的效果最好。

丹尼尔持续奋力主张,请务必将自己选为头号开拓者。

几分钟后,屏幕上显示:"感谢诸位今日的参与及配合。本次选拔已经结束,结果将于日后另行通知。"

丹尼尔想,这也太简单了吧。他很担心,移居厅真的能正确判断申请者的资质吗?不过,他认为自己已经充分表达了对开拓的热忱。

只有这一点给了丹尼尔自信。唯一遗憾的是,没能顺便宣传一下自家沃克农场的番茄,那么甜的番茄只有自己家才种得出来。

不过,移居厅只要看一下 N-phone 的数据,也能立刻了解这个事实。

不等丹尼尔联系,爱丽丝就发来消息,询问他在移居厅参加选拔的情况。

"我表现得很好。对于移居,应该没有人比我更加热切了吧。"

丹尼尔如此告诉爱丽丝。尽管有不安因素,但他很想打消自己的不安。

"好厉害！你果然做到了,绝对没问题的。"爱丽丝鼓励道。于是丹尼尔也开始觉得,自己肯定能被选为第一次移居的头号队员。

距离移居还有三千个小时,第一次移居计划的第一批至第二十批人员名单正式公布了。

N-phone 发来的结果令丹尼尔难以相信。

丹尼尔·沃克先生:

非常遗憾,您未被选为第一次移居人员。这并非由于您的能力存在欠缺,而是经多方研讨,我们决定优先考虑第一次移居人员在技能上的配合度。今后还有第二次、第三次计划,在不久的将来定会有您大展身手的时刻。届时我们将再次向您发出邀请,希望您能支持我们的工作。

总统 奇斯·兰伯特

收到 N-phone 的通知时,丹尼尔正要去饮食广场。

正要去见爱丽丝。

所以在看完消息后,他便仿佛没了力气般万念俱灰。

自己活下去的动力没了。挤不出气力。完全无法思考。头脑一片空白。

没脸去见爱丽丝了。

本想打开 N-phone 推掉这次见面,却连声音都发不出来。丹尼尔瘫倒在地,好一会儿才站得起身。这时爱丽丝没准儿都已经到达广场了。

踩着软绵绵的步伐,丹尼尔好不容易才站到了环线上,他一遍又一遍地做着深呼吸。

至今为止的精神支柱支离破碎,丹尼尔根本无法保持平常心。但不能让爱丽丝看到自己因为这种事情垂头丧气的样子,这不过是人生中的一件小事罢了,他只得如此逞强。

视野逐渐恢复了,他想,这也许是自己恢复冷静前的过渡期。

丹尼尔说服自己,最好什么都不要去想,只会越想越消沉而已。但一瞬之后,移居厅的情景又在脑中浮现。

果真搞砸了吗?哪里搞砸了?

他慌忙甩掉这些想法。

接着,丹尼尔开始思考见到爱丽丝之后该怎么说。他突然想到,事已至此,就陪爱丽丝到最后吧。为留在"诺亚方舟号"上的人们种植蔬菜直到最后。这样爱丽丝肯定也会高兴的。

这个主意宛如绝望的黑暗中突然浮现出的朦胧亮光。

没错,自己今后就应该过这样的日子。

搭乘环线抵达饮食广场后,丹尼尔终于感到自己的脚不再打晃,也想清楚该如何与爱丽丝谈这件事了。

爱丽丝果然已经到了,她看到丹尼尔便飞快地举起右手。

丹尼尔也尽全力挤出一个笑容。他走近爱丽丝，同时感觉自己脸上的肌肉无比僵硬。

"你笑得这么灿烂，有什么好消息对吗？我猜中了吧。"爱丽丝说道。丹尼尔保持笑容耸了耸肩，直接在爱丽丝面前坐下。

"我知道你为什么会露出这样的笑容，我身边也有几个人接到了通知。"

爱丽丝明显误会了丹尼尔强装笑脸的缘由。丹尼尔原本打算这么开口：我果然还是决定和爱丽丝在一起，还是不要分开更好。

他正要张嘴，没想到被爱丽丝制止了。

"等一下，我今天也有一件令你大吃一惊的事要宣布。我先说行吗？先给你一个惊喜，我们再来商量之后的安排。"

"啊、嗯，好啊。"

"谢谢。我接到了移居厅的邀请，被选为第一次移居开发员了。当然啦，不是第一批，而是第三批。虽然我没有申请，但是接到了移居意向的询问。"

"为什么？你不是说，要留在'诺亚方舟号'上为乘客们工作到最后一刻吗？"

"对，我原本是这么打算的。不过，为了留在'诺亚方舟号'上的人们，有一些药物也必须尽快研发出来。他们告诉我，在应许之地找出适合制造新药的材料，比在船内进行研究的效率更高。我认真考虑了一下，如果有机会拯救更多的人，这个选择也不错。所以我决定降落到应许之地，专心从事新药开发。我已经想清楚了，也答复过移居厅，请他们让我加入了。"

"哎？"

"所以，我也和丹尼尔一起下去。当然，我不是打头阵，而是第三批。你呢？刚才的笑容告诉我，你已经实现最先降落的愿望了吧。虽然要让你等我几个月，不过那也就是一瞬间的事。好啦，你也赶紧告诉我选拔的结果！"

这回，丹尼尔的脸上彻底失去了笑容，不只笑容，连言语也消失得无影无踪。

因为也许能拯救更多人，爱丽丝答应了移居厅请她做第一次移居开发员的邀请。不对，爱丽丝肯定是考虑到了丹尼尔离去之后的事情，才会做这样的决定。

只因当初失之毫厘，现在便谬以千里。

自己已经被第一次移居计划抛弃，而今就结果而言，也被爱丽丝抛弃了。

"我至今都没有认真了解过应许之地的环境，你比我了解多了。我甚至都不知道重力、大气之类的基本知识，你来教教我吧。"

爱丽丝显然十分激动，并等待着丹尼尔与她分享喜悦。

此刻丹尼尔才第一次真正体会到，当自己宣称要第一个踏上应许之地时，爱丽丝是什么样的心情。

黑暗的起源

　　如今,新伊甸唯一的掌权者是安德斯·瓦根辛。过去,他只是个衣衫褴褛的怪人,站在街头不停喊着些不知所谓的事。

　　他又为何能被新伊甸民众选为领袖呢?

　　人的运气有顺逆否泰。无论一人行过何等善事,或是有着何等伟大的思想,若是时运不济,也不会得到世人的认可;然而,若是幸运女神眷顾某人,好运就会在他身上连环降临、持续滋生。

　　从某个时候起,幸运女神的确向安德斯·瓦根辛露出了笑容。

　　那时,新伊甸农作物的收成连年减少,虽不至于陷入饥荒,但新伊甸居民此前都将增收视为理所当然的趋势。所以,收成减少之事便如阴云般笼罩在众人心头,难以名状的不安逐渐加深,所有人都在无意中寻找着收成减少的原因。

连续几年收成减少,其中没有什么原因吗?政府给出的解释说这是日照不足与连作带来的结果。可理由应该不只如此吧?这样的疑问如烧红的炭火般在众人心底不停冒出黑烟。

也正是在那个时候,安德斯不断呼吁,不可忘记祖先在地球被恶魔艾迪森抛弃之事,要卧薪尝胆。恶魔的后裔肯定会前来袭击,而那正是新伊甸反击之时。

安德斯在无意中略微提及,若有人忘了恶魔对祖先的恶行,祖先也将对他们施以与恶魔相同的报应。

安德斯站在街头疯狂演说时,众人虽然背过脸去,却都竖起耳朵仔细倾听。

随后,安德斯在梦中被神明选中,得到了神启。

市政厅附近的户外音乐厅入口处有一座巨大的纪念雕像,人称"愤怒之剑"。雕像已有一定年头了,据说早在如今的市政厅建成之前就已屹立于此,而何人所建则不得而知。

雕像是一只结实的手臂握着利剑指向天空,象征着对搭乘宇宙飞船朝这颗星球飞来的艾迪森及其后裔的裁决。所有人在年幼时都被灌输过这个知识,因此无人不晓,尽管他们根本不清楚"愤怒之剑"究竟是何人建造。

很快,恶魔后裔搭乘的宇宙飞船就会抵达,当他们切实靠近时,"愤怒之剑"将会被鲜血染红。

没有人认为这种事真的会发生。然而，新伊甸居民全都陷入了惊恐之中。

某天早上，"愤怒之剑"上沾满了鲜血。正可谓超常现象。

那是不是神明之血，民众无从得知。比起弄清楚血液的来头，人们更关注"愤怒之剑"沾满鲜血所代表的意义。同时，他们还把农作物减产的意义附加了上去。新伊甸是否到了找回属于自己的精神支柱的时刻？

与此同时，新伊甸收到了来自宇宙的电波，这表明恶魔后裔正在靠近。

一切都联系起来了。安德斯的追随者与支持者急速增加。

从某个时刻起，议会中为安德斯·瓦根辛思想代言的人成了大多数。其后的市长选举，安德斯打败原任市长，获得了最高权力。

当上新伊甸的市长，就等于站在这个星球全人类的顶点。毕竟新伊甸不只有都市部，还有两座岛屿上的农村部。

随后，为了向不知何时会袭来的恶魔后裔施以天谴，新伊甸着手部署防空对策。

新伊甸至今为止都没有热武器。制造枪械在技术上并不困难，但没有必要。

新伊甸真正需要热武器，是几百年以前人类刚刚跳跃到这片土地上的时候。当时，人们遭到巨大的夜行怪——蛇鲨的袭击，生活在恐惧之中。此外，还有黑暗中飞来的影卡、突然撞见时会变得凶暴的陆蟹、常常拟态的毯牛。他们需要狩猎这些野生动物作为食粮。可那时却没有枪械。别说枪了，甚至连金属也无法随意使用。新伊甸居民没有依靠枪械，就挨过了苦难的时代。那时使用了贵重金属的武器顶多只有长枪而已。

后来，新伊甸就没有开发过枪械。有鸟类偷吃谷物时，人们只用陷阱或稻草人驱逐。民众基本不用护身武器也成了社会规则。轮班制的自卫队使用的武器也只有用于制伏对方的捕具。那是一种像防暴叉一样的缠棒，长长的握柄前端有一个"U"字形的金属部件。

舆论呼声渐大，称以目前的武装程度无法向恶魔后裔施以有效的天谴。

要制裁从天而降的恶魔，必须给予他们最强烈的痛楚与折磨，让他们直接死去太便宜他们了。那么，用何种武器迎击最为有效？新伊甸全体居民又需要什么样的战斗训练？

这些问题被摆到市政厅神圣的议会上讨论。那原本是为了让新伊甸民众过上更加幸福美好的生活、创造成熟社会而激荡智慧的场所。

然而，这是安德斯·瓦根辛所率领的正义人类党的意志。而百分之八十七的议员都属于正义人类党。

这时，国防费首次被列入预算。税法修正也随之决议通过，而新伊甸居民也顺从接受了议会的一系列流程。

议会决定,使用国防费首次制造枪械,同时为每个家庭的成年人配发高杀伤力的长枪。

议会如此迅速地做出决定,是在一条新闻传得沸沸扬扬之后。新闻称天元山山腰发现了疑似艾迪森后裔投下的侦察机,随后侦察机被运到新伊甸分解调查。

议会和新伊甸民众简直像陷入了集体性的疯狂中,同时谣言也渗透到每个人身边。

谣传那个来自宇宙飞船的飞行物被拆解后,在其内部发现了疑似终极武器的东西。万幸的是武器失效,避免了一场悲剧,如果恶魔后裔的企图得逞,武器启动的话,整个新伊甸都将被灼烧净尽,化为焦土。

这个谣言不知从何而来。

一时间,几乎所有新伊甸都市部的人都相信了这个谣言。但后来天元山居民的说法也开始扩散,他们说,来自宇宙飞船的飞行物只搭载了用于调查行星环境的观测机器。还有一些曾目睹炸弹处理组拆解神秘机器的人也纷纷表示质疑,并开始更正消息。

之后,认为来自宇宙飞船的降落物是失效屠杀装置的意见,与认为它是纯观测装置的意见相持不下,但在主流舆论中,认为是失效终极武器的想法仍根深蒂固。当两种观点交锋时,只要有人大喊一声"想一想恶魔艾迪森,他们对祖先都做了些什么,你说哪个消息更有可信度",争论的结局就显而易见了。

于是，新伊甸针对艾迪森后裔的降落，稳步进行着迎击准备。

那时，新伊甸的领袖安德斯·瓦根辛认为自己所坚信的正义能够实现，乃是由于神明的庇佑。

至于是哪个宗派的神，他并不清楚。可是，能给予自己如此权力的神明肯定存在，而且在背后支持着自己。

安德斯在市长室中翻阅着武器类的制造计划书，他并没有注意到，自己正陶醉于内心深处涌上的自信与力量中。

是否只有幸运女神才拥有赐予人运气的能力？看到如今安德斯陷入狂热、扭曲的眉眼，可能所有人都会寻思，或许幸运女神有着一副恶魔的面孔也未可知。

安德斯·瓦根辛的实际年龄是四十三岁，但他的容貌看上去还要老十岁，同时也缺乏身为领导者应有的独特魅力。他在地球上的祖先似乎生活在欧洲西北部的某个地方，关于他的血统则无人清楚。这也是因为他的父亲早在他记事前就因事故过世了。他的父亲专职于土木工程，据说事故发生时正在关口旧址附近的斜坡上进行补强工程。由于天气骤变，不幸突发泥石流，将其吞没。

之后，母亲以一己之力将安德斯抚养成人。早在安德斯了解父亲是个什么样的人之前，两人就已生离死别，因此他只知道"父亲是个温柔的人"而已。母亲生于新伊甸市区一个供职于市政厅的家庭，是四兄妹中的老三。从学校毕业后，母亲就到了土木用具管理公司上班，也正是在那里结识了父亲，并与之结婚。然而，母亲的娘家十分反对这门婚事，安德斯无从得知他们对父亲的哪一点感到不满，只知道母亲后来离家出走，两人是以私奔的形式走到了一起，母亲也因此与娘家断绝了关系。

两年后，父亲去世了。

母亲一时间深受打击。安德斯虽然年幼，却仍清楚记得当时的情况。他没有为失去父亲感到悲伤，却因为母亲什么事都做不了而一直忍饥挨饿。

此前，母亲一直全身心地投入到抚育安德斯与家务劳动中。突然间，她失去了深爱的丈夫，收入来源也同时断绝。

一家人住在父亲工作单位的员工集体宿舍中，由于母亲一直状态不佳，几个邻居家的太太轮流代她照料安德斯的饮食。

过后，母亲慢慢振作起来，一言一行却宛若丈夫仍在人世。她似乎相信，只要自己对此坚信不疑，就能不至于内心崩溃。

母亲的状态一点点好转，从某天起，她也能以丈夫过世为前提与人交流了。

因此，安德斯觉得自己早在懂事以前，就学会了看母亲的脸色。有时前一天她还怀抱着幼小的儿子，隔天便扑倒在床抽抽搭搭一整天，这样的情况持续了好一阵后，母亲终于像是平静了下来。

好景不长，原本靠父亲工作关系得以居住的房子也到了不得不搬离的时候。尽管如此，母亲仍没有向娘家求助，而是选择独自抚养安德斯。如今父亲已经不在人世，母亲如果愿意低头，带着安德斯回去，想必娘家也肯接受，但母亲是个好强的人。

她在都市部与农村部的交界处找了一份新工作，那是一家为农村提供所需商品的互助式店铺。店铺还为农村年轻夫妇设置了一个托儿所，母亲在上班期间也会将安德斯带到那里托管。不过，母亲只能定时从工作中解放出来。

下班后就是母亲与安德斯两人独处的时间。有时，会有父亲到托儿所接孩子回家。看到这种场景，安德斯并不觉得羡慕。对他来说，母亲将自己放在心上，上班前用力抱一抱自己，就已经足够。

他认为，只有母亲与自己的二人生活已十分完整。

那时，安德斯与周围的小孩子保持着一定的距离。大家年纪相仿，却都是被父亲或母亲送到托儿所来的。而所有孩子都被接走后，安德斯仍要独自等待母亲结束工作。他觉得，自己与其他孩子的情况不同。

托儿所每隔一天就有老师来教书。孩子按年龄分成不同小组，老师分别给各个小组上课，用有趣好玩的连环画和木偶戏给小孩子讲故事或传授知识。在课堂上，安德斯第一次知道，宇宙遥远尽头的太阳系是自己的故乡。

太阳系第三颗行星名为地球，以前所有人类都生活在地球上。

那颗叫作地球的行星究竟是个什么样的地方，是老师反复教给孩子的重点。

安德斯了解到，跟国土狭长的新伊甸不一样，地球上到处都有陆地，民众也不像现在这样只住在一个国家，而是分成许多个国家，但人与人、国与国之间互不争斗、和平共处。

不过，因为前来授课的老师不同，这部分内容也并不一致。有的老师说："地球上各个国家互不争战，大家友好共存、和平度日。"有的老师说："因为人种、思想、宗教的差异，地球上的人类争吵不休，进行着所谓的战争。人们一直期盼着世界和平，可战争还是不曾消失。所以从某种意义上说，如今新伊甸正是人类社会的理想形态。"至于哪个说法属实，年幼的安德斯并不在意。

相较之下，安德斯更喜欢听老师讲地球的大自然。

其中，他格外喜欢地球上的各种动物。当老师讲完那天要教的地球知识后，会问孩子们："有什么疑问吗？"这时安德斯便怯生生地举手，请老师再讲一遍动物园的事情。

自从得知地球上有一种叫作动物园的设施，人们可以在其中观察各种活的珍奇动物后，安德斯就十分好奇。

从不同环境中捕获的动物被集中在同一个地方。原本应该逐一解说各种动物的生息场所，而今关于动物，只需说一句"在动物园里"便能略去具体的说明。

有位老师带来了画册，她是位中年女性，身材臃肿，安德斯最喜欢听她讲课。画册也是老师亲手绘制的，每页画着动物园中的一种动物。

当然，老师画中的动物并非她亲眼所见。她说，自己的图画参考了祖父母的描述，还参考了刚到达新伊甸的人根据记忆描绘出的动物画像。

打开画册，老师一一进行说明。首先看到的动物叫作"象"，其无比怪异的姿态深深烙进了安德斯的眼里。"象"竟然有五条腿，第五条"腿"正长在脸部中央。老师告诉他们，其实中间的那条"腿"是它的鼻子。可画上的"鼻子"怎么看都不像鼻子。而两只耳朵仿佛团扇般硕大。

"据说象只吃蔬菜和水果，性情十分温和。"

听了老师的说明，安德斯惊奇得不得了。"象"是怎么吃蔬菜和水果的？它的身体上没有像嘴巴一样的部位呀。安德斯对此提出疑问。

老师答道："我也没见过真正的象，但它大致上是长这个样子的。更具体的情况说实话我也不清楚，不过，也没有人说这幅画是错的。"

安德斯虽然懵懂，却也领会了这个说法。没错，现在的新伊甸中，没有任何人实际看过地球上的动物，前人凭印象画的草图，很可能并不可靠。哪怕是老师画的象，没准也和地球上真实存在过的象相差甚远。

但安德斯一点儿都不在乎，象成了他最喜爱的动物。

不仅如此，还有一种叫"长颈鹿"的动物。它的脖子非常长，身上有条状花纹，因为脖子很长，所以它的四条腿为保持稳定而变得很短。这样的生物，在新伊甸也从未出现过。"狮子"脸部四周则环绕着烈焰般的毛发，依老师的说法，狮子非常强大，被称为百兽之王。

至于每种动物的大小，则由老师在屋子里比画着说明。每种动物都比安德斯想象的更大，这让他激动不已。

安德斯想亲眼见一见所有动物，对狮子却有些许恐惧。他想，如果自己住在地球上，在自家附近玩耍的时候，可得留心有没有狮子在周围游荡。

让安德斯吃惊的是一种叫"龙"的生物，这种动物让人联想起巨大的蜥蜴。小蜥蜴在新伊甸很常见，那是一种身长数厘米，动作敏捷、四处逃窜的胆小生物。安德斯只在老师刚展示出龙的画像那一瞬间有此感觉。仔细一看，二者完全不同。安德斯认知中的新伊甸蜥蜴不会用后脚站立，也不会露出冷酷的眼神。龙还长着蜥蜴没有的翅膀。看到龙背上小小的翅膀，安德斯想，就凭这样的翅膀，恐怕无法在空中翱翔吧。龙还会从口中喷出火焰，这更让他坚信，新伊甸绝对没有这种动物。至少据安德斯所知，世上根本不存在会喷火的动物。不过，老师也补充道，龙是在很久很久以前就灭绝的动物，所以图画和它真正的样子也许稍有不同。人们有时把它叫作"龙"，有时叫作"恐龙"。安德斯听说过一种会放电的鱼，他不禁想，既然有体内能产生电气的生物，那么有体内能产生火焰的生物存在也不奇怪。

夜晚是安德斯与母亲两人的时间。为了生计，也为了安德斯，母亲一直拼命工作，她总是寡言少语，有时甚至还在餐桌上就开始打盹。安德斯十分担心，便常常摇晃母亲的身体，等她清醒过来，就向她讲述曾经存在于地球上的动物，告诉她"今天老师教了这种动物"。母亲会点点头回应他。但如果母亲还是因疲劳而精神不振，安德斯就会回想老师绘制的动物图画，自己在石板上画出来给母亲看。比起老师画的动物，安德斯画的更夸张，更加令人惊奇。不过，看到动物的图画后，母亲总会露出笑容，紧紧抱住幼小的安德斯。安德斯渴求着这个瞬间，这让他切实感到自己努力活过了这一天。

安德斯的童年时代结束时，互助式店铺群在不断改装中规模也变得更加庞大。母亲仍在店里工作，已经当上了数人团队的负责人。以前店铺只附设了托儿所，而今随着店铺群的增加、周围人口的增长，托儿所隔壁还建起了学校。学校设定了几个学级，不按学生的年龄划分学级，而是通过测定学生的知识水平，按照知识水平划分。

学校创设后，大部分孩子都进了初等班，也许是母亲多少教过安德斯一些读写的缘故，他一下子就进了中等班。

新伊甸都市部居民恰好在那一时期集中搬迁至此，他们大多从事为农业生产者提供支持的工作。搬迁过来的家庭带来人口增长，也推动了学校的创立。因此安德斯的班级中，除他以外，都是因家人工作调动或搬家等原因从都市部过来的孩子。

但安德斯并不在意班级里的同学是什么样的人，他对同朋友玩耍一事并不起劲。

不过，教学内容发生了很大的变化。数学的难度大幅提高，课程中加入了简单的社会问题和组织论，以及让孩子从小就能独自生存的求生知识——生存原论的学习。生存原论是来到这颗行星的人，为了在星球上生存而习得的知识。

一位白胡子留到胸口处的老先生负责给学生上全部课程。老先生早已获得教师资格，却一直在市政厅当公务员。

从市政厅退休后，老先生仍希望继续工作，恰逢各地忽然兴建学校，导致教员不足，才有缘到此任教。

老先生独自一人承担了所有中等班的教学。或许是不习惯在众人面前讲话，他的声音极小，但纯真的学生们为了听清老师的呢喃之声，反而都认真倾听。

这位老先生对生存原论中的求生技能尤其热心。他说，自己年纪还小时就在天元山山腰受到父母的磨炼、掌握了技术，所以他教的求生技能并非口耳之学，而是真材实料、最具实践性的学问。

但老先生也没有在室外进行实地教学，而是将生长在原野上的树枝、动物骨头制成道具，带到课堂上进行解释说明，并使用大量照片或图画，向学生讲解求生的智慧。

安德斯纳闷，老先生为什么不安排室外实地教学？那样明明更加简单易懂。是时间不够? 或者周边没有符合教学条件的场所?

还是说, 老先生因为年纪关系, 担心自己已无外出教学的体力了?

尽管如此, 当安德斯学到附近野地里的野草该如何食用、如何将其组合起来当作临时居所时, 他还是十分吃惊。

安德斯渐渐明白, 老先生执着于教给学生生存原论, 正是由于老先生父母的教育对他产生了极大影响。

同时, 随着学生年龄的增长, 老先生也变换角度讲授他们从未学过的内容。

安德斯隐约知道, 自己的祖先曾住在遥远宇宙尽头一颗名为地球的行星上, 但并不明白他们为什么会移居到新伊甸。大概是在某个时候, 由于某件事移居过来的, 因为地球上不能住人了。

他只有这种模糊的认识。

"是时候告诉你们, 移居到这颗行星的真相了。"随后, 老先生开始了讲述。

老先生描述了地球上许多人和平生活在一起的景象, "其实, 听说地球上有很多国家, 发生了很多事情, 但详细情况并没有流传下来, 我所了解的只有所有人都在地球上过着和平的生活。"

接着, 老先生说着"这是你们应该知道的", 讲起了新伊甸移民的故事。

老先生似乎不怎么喜欢讲这个, 声音比平时讲课时更小, 表情也有点儿阴郁。他的声音原本就细微, 这回更甚, 让人觉得他也许不太情愿讲。

但老先生说:"这是一定要教的。你们必须知道这些。这是很早以前就定下的规矩。"

与在生存原论课上讲述如何制作陷阱获取食物相比,老先生的声音判若两人。

"某天,人类突然得知,地球将被太阳的火焰吞噬。

"原本太阳的烈焰会烧光一切,人类也将因此灭绝。

"然而,一小部分人却悄悄逃离了地球,他们是地球上最大国家的总统一行。他们搭乘巨大的宇宙飞船,花上几代人的时间,朝着与地球环境相似的行星航行,目的地正是这里——新伊甸。

"总统名为艾迪森,他只带着自己的族人、技术员、资本家以及专业人士,在宇宙中不断航行。不,或许他们在宇宙空间中遭到天谴,早已在虚空中四分五裂了。但现今我们无从知晓。

"然而他们犯下的最深重的罪孽,是抛弃我们的祖先自行逃跑。如果一直留在地球上,说不定我们的祖先都会被太阳的烈焰吞没,烧成灰烬,而现在的我们也将不复存在。我不会出生,各位也不会,没有人会出现在这里。

"后来,有一个人在地球快要消失前发明了传送装置。全人类都用那个装置跳跃了过来。

"并非所有人都能抵达新伊甸,只有极少数人能到达这里。之前人们都生活在轻松便利的文明世界中,而新伊甸的土地上什么都没有,有的只是如今已经灭绝的那些怪物。所以,我们的祖先费尽千辛万苦才开拓出了新伊甸。"

讲到这里,老先生环视学生一圈。几乎所有学生都面无表情,其中有些孩子已经听父母提过,但半数以上是初次听说。安德斯也是第一次听到这件事情的来龙去脉。他觉得,此前在脑中模糊盘旋的东西,一下子清楚地嵌入了对应的位置。

不过,拼图上还剩下几块空白。

"早期人类,也就是我们在这颗行星上的祖先,要求后世务必将人类来到新伊甸的前因后果传播下去。

"他们是以什么样的心情跳跃到这颗行星上的?

"也许还有其他行星适合人类居住,但他们为何选择了新伊甸?

"传送装置发明之前,地球上的人类一直生活在等待灭亡的绝望中。那个时候,他们得知只有艾迪森总统一行搭乘世代飞船逃离了地球,怒火便朝向了抛弃他们的艾迪森一族。艾迪森一族撇弃人类独自前往新天地,但目的地是哪里? 民众未曾得知的新情报陆续被公开。最终,人们弄清了具体位置,艾迪森一族搭乘的宇宙飞船名为'诺亚方舟号',目标是距地球一百七十二光年之遥的应许之地。这时,传送装置的目的地就定下了。

"要比诺亚方舟捷足先登。

"这句话成了全人类的口号。而当抛弃人类逃跑的'诺亚方舟号'乘客抵达应许之地时,必须予以制裁。

"于是,传送装置将祖先们送到了这颗星球——应许之地上,可成功概率低得出奇。全人类参与的跳跃最后只有一小部分人顺利抵达。而那些成功着陆的幸运儿们,还将面对更加惨烈的苦难之路。他们毫无准备,赤手空拳被扔到了未开化之地,直面各种凶暴怪物的威胁,拼命存活了下来。

"他们就是你们的祖先。当时,人们的心灵支柱是什么? 这就是必须告诉你们的事情:制裁'诺亚方舟号'上的人,向背叛全人类的艾迪森一行报仇。

"这是祖先们代代相传的夙愿,也是我必须教给你们的内容。它务必优于任何神明的教诲。如果'诺亚方舟号'在你们这一代到达新伊甸,你们就得亲手向艾迪森的后裔复仇。如果'诺亚方舟号'没有在这一代抵达,就要将这个教诲传给下一代。和我教你们一样,你们一定得将这件事告诉下一代。"

老先生一口气讲完了这些。安德斯发现,老先生说完后长出一口气,摇了摇头。

没有一个孩子提出问题,老先生也不征询学生有无疑问。

稚气未脱的安德斯也不禁想到,这位爷爷级的老师,真的想要告诉小孩子这件事吗?

他当真认为,必须制裁在宇宙中漂泊的总统后裔吗?

安德斯一点儿都不这么想。他觉得,老先生不过是在履行义务,作为引导孩子的教师而被赋予的义务。

老先生不带感情的叙述方式也让安德斯感到奇怪。真的有必要向搭乘"诺亚方舟号"的人报仇吗?报仇具体是要做什么?是指新伊甸无法接纳他们吗?安德斯听说过战争,即人为了正义、为了保护自己的伙伴而拿起武器战斗。在那种情况下,即便杀伤敌人也是无可奈何的。报仇也是如此吗?

莫非老先生其实并不希望那样的情况发生?所以他的话里话外才没有对使命应有的热切。安德斯也不愿伤害他人,他认为大家应该也有同样的想法。但反正现在还与自己无关,这是将来的事情。

上完课后,这事马上就被安德斯抛到了脑后。和母亲一起待在家中的时候,地球灭亡时的事情压根就不会出现在话题中。只是,母亲的工作理应比以前更加轻松,但不知是否是因为生活的疲累,她几乎不再露出笑容。安德斯也长大了,到了被母亲拥抱会感到害羞的年纪。虽然安德斯尚未成熟,但他也考虑过母亲看上去那么累,会不会是因为自己。

他没有细想下去,思绪又转到了别的事情上。

某一天,老先生没有来教书,取而代之的是初等班一个中年妇女模样的老师。她告诉中等班的学生,他们的老师病倒了,现在虽然恢复了意识,却还没法儿到学校来。

于是中等班学生便在教室自习。数日后,一个陌生男人出现了。

他在讲台上自我介绍说,他是派遣来的新老师。上一位老师的病情似乎没有好转的迹象。

这位老师五官分明、眉发乌黑，此前在都市部的学校教书，名叫科珀，他让学生称呼自己为科珀老师。

与之前的老先生相比，科珀老师讲话清晰、笑容迷人。安德斯甚至觉得，自己的父亲就是这样的人。

从那天起，科珀老师就开始给学生上课。

科珀老师的教学张弛有度、简单易懂，如果学生不太理解，他还会换个角度、换个例子再教一遍。科珀老师充满热情，在课堂上总是能够吸引学生的注意力，不会让他们神游四方。从都市来的老师确实教得好，安德斯十分佩服。

在家里，安德斯不再像小时候一样缠在母亲身边，吃饭时两人的交谈也变少了，但安德斯还是无意中说起了新老师的事情。

那时安德斯已升上高等班，而科珀老师也留了下来。

"科珀老师的教学方法很棒，而且长得很帅。他很会讲话，非常风趣，所以上课一点儿都不无聊。"

母亲虽然给了安德斯回应，却心不在焉，似乎对安德斯的话题没有什么兴趣。

在之前即将结束中等班的学业时，科珀老师在课上提到了"漂泊的宇宙飞船'诺亚方舟号'"的话题，确认之前的老先生已经说过地球毁灭、人类跳跃、艾迪森一族逃出地球的故事之后，他才开始讲述。而在这之前，科珀老师声明道："这不是我以一个教师的身份对你们的教导，如果以教师的身份来讲，我就只能对你们说，为了向艾迪森后裔施以死亡制裁，你们绝不可放松准备。但接下来我要讲的，是我贝宁·科珀个人的想法。

"从小，我就通过父母、老师，或参加降诞祭等活动，学习这颗星球上人类的历史。那时，我也被灌输了这样的观念——我们的生存意义，乃是对将来从太阳系方向飞来的宇宙飞船上的人施以惩罚。

"为什么必须惩罚宇宙飞船上的人？那是因为，他们是背叛了全人类的艾迪森的后裔。

"我在很早以前就觉得不解。那个背叛人类的艾迪森，已经是好几代以前的人了，如今艾迪森的子孙不过是碰巧出生在宇宙飞船中的人而已。出生在这颗星球上的各位亦然。如果你们的祖先杀了人，你们有义务为祖先赎罪吗？问题就在于此。

"'诺亚方舟号'会不会抵达新伊甸，我们无从得知，但当'诺亚方舟号'抵达之时，我们该采取何种行动？对新来者施以名为复仇的暴力，会带来什么希望吗？况且，素不相识的人互相争斗，并不会产生任何益处，不是吗？当踏上不同道路的人类再相逢时，互帮互助才更有意义吧？至少我是这么认为的。"

科珀老师就此结束了话题。

听了科珀老师的话，安德斯恍然大悟。老先生说，艾迪森的宇宙飞船到达时，你们必须去战斗、为祖先报仇。当时安德斯便隐约质疑："为什么？""我们要战斗吗？怎么战斗？"而现在他的疑问彻底消除了。

没错，科珀老师说得对。同样是人类，却必须因毫无道理的缘由互相伤害，这肯定是错误的。能将这个道理讲解得如此明晰易懂，科珀老师真是太厉害了。

这时有人举手提问。

"上一个老师教给我们的是相反的说法。他说，要把从地球飞来的宇宙飞船上的人全都杀光。我爷爷也是这么说的。您现在这样教没问题吗？我们可以对别人说，这是科珀老师教的吗？您不会被禁止教书吧？"

科珀老师点点头，斩钉截铁地说："嗯，你们可以对任何人说，这就是我讲的。你们的家人以及其他老师，他们其实也觉得有点儿不对劲，只由于这是从过去流传下来的祖先教诲，才不敢明确提出反对。但我还是认为不合理。仅仅因为别人如此教导，我们就要去杀死既不曾见过，也不知有何仇怨的人，实在荒唐。大家心里都是这么想的，只是说不出口而已。可我想，总得有人开这个口。你们可以对任何人说，这就是我讲的。"

安德斯回想起，病倒的老先生以不带感情的语调讲述这件事的情景。他发现，老先生的本意其实也是如此。老先生对学生提起艾迪森后裔时，说话方式变得缺乏情感且含混不清的原因，他终于明白了。

但是，科珀老师能正面将自己的信念传达给学生。安德斯觉得，这一点非常了不起。他发自内心地尊敬科珀老师，是科珀老师让他厘清了自己的想法。

安德斯向母亲问起了这件事。

"科珀老师说，如果从地球来的宇宙飞船到了这里，我们应该互相帮助，从前流传下来的对艾迪森复仇的做法没有意义。妈妈，你觉得呢？"

母亲对安德斯的问题似乎没有什么兴趣。

"你是说在地球上抛弃了祖先们，偷偷飞走的宇宙飞船吗？这些事情跟我们没有关系，上头的人会替我们做决定的。你要是长大了，有了那个权力，就去决定该怎么做吧。至少这跟妈妈没有关系，妈妈也不感兴趣，整个新伊甸应该也都是这么想的。只要飞船不是现在袭来，大家光是为了每天的生活就竭尽全力了。"

听母亲这么说，安德斯有些许失望。但他也觉得，或许正如母亲所说，每个人光是为了每天的生活就已经竭尽全力。平时新伊甸居民的心中，根本没有艾迪森总统和世代飞船"诺亚方舟号"的位置。

有一天，科珀老师通知大家，即日起，他将依序进行家访。一共花十天时间，到每个学生家里进行个别指导，掌握存在的问题，同时针对每位学生不同的环境找出最好的教育方法。

在那之前，从来没有老师前来安德斯家进行家访，他兴奋极了，放学后气喘吁吁地跑回家告诉了母亲。母亲纳闷地歪了歪头，皱着眉自言自语般说道："有必要连这种事情都做吗？这个老师真是个怪人。"

科珀老师让学生告诉家人，他的目的是观察学生的家庭，与家人交流、听取意见，所以家里的样子跟往常一样就行，只是谈一谈而已，也不需要特地招待。

科珀老师家访的那天，母亲也提前回到家中。安德斯十分激动，好几次跑到门外看科珀老师究竟来了没有。安德斯唯一担心的事情是，母亲的心情很差，她似乎非常不满，低着头自言自语般嘟囔着："赶紧结束吧。"

科珀老师在约定的时间准时出现了，既没有太早，也没有迟到。安德斯想，这正是科珀老师的作风。科珀老师穿着白色的裤子，身上的衬衫更是洁白，他站在门口，将右手放在胸口上，略低头向母亲施礼。

安德斯担心母亲会表现出冷淡粗暴的态度，令科珀老师不高兴，因为最近她总是露出很痛苦的表情。

不过，安德斯的母亲也是个成年人了。她早将头发漂亮地扎了起来，笑着把科珀老师迎进门。看到这一幕，安德斯松了一口气。

交谈持续了多久？安德斯因为紧张，几乎失去了时间感。

他坐在母亲身边，科珀老师坐在正对面。比起在教室上课的时候，科珀老师的眼睛眯得更细了，他谈到安德斯在学校里的表现，说希望安德斯能更积极一点儿，多交一些朋友。安德斯早就明白科珀老师大概会这么说，所以他只是点头，不停点头。

母亲告诉科珀老师，因为安德斯失去了父亲，她也非常担心，如果安德斯性格阴郁，她想应该是由于这个缘故。

让安德斯感到意外的是，自己对母亲说的话，其实母亲都听在耳中。这都体现在她说的话里。

"所以，孩子非常尊敬您。他在吃饭的时候总会提到您，今天老师教了什么之类的。所以我不禁想，也许安德斯是把您当作父亲般仰慕。"

安德斯不由得怀疑起自己的耳朵，他细细打量着母亲的脸。这些话确实是从母亲口中说出来的，她露出温和的笑容，不时拉着安德斯的手臂，热情地向科珀老师述说着。

家访时间比预计的大幅延长了。幸好，安德斯家是科珀老师当日计划拜访的最后一处。

母亲准备做饭，并邀请科珀老师一起用餐，但科珀老师坚决拒绝了，说不好破例。

不过，科珀老师离开前对母亲说，如果对安德斯有什么不放心的地方，无论什么事情都可以找他商量。

"这位老师人很好呀。和你说的一样。"

科珀老师离开后，母亲笑眯眯地评价道。安德斯听了，不知为何也很骄傲。自己是能被母亲夸奖的老师的学生，这让他十分自豪。

科珀老师家访过后，不知道是不是错觉，母亲的心情似乎变好了。

吃晚饭时，如果安德斯没有提起学校的话题，母亲便会询问，科珀老师教了些什么？

那一瞬间安德斯会想，原来母亲那么喜欢科珀老师呀。

这样的日子持续了数月。安德斯那个年纪的少年会经历数次心理变化，当时或许也是如此。母亲在吃饭时问起学校的事情，安德斯却突然对一一作答感到厌烦，平时的问话也只简单地回答，"嗯"或"不知道"之类。在成长的某个阶段中，这或许并不稀奇，但在母亲看来，自己孩子的变化让人难以理解。

其后，母子二人在吃饭时的交流急剧减少。

也正是从那时起，母亲回家的时间不再规律。安德斯已到了对此既不感到困扰，也不感到寂寞的年纪。母亲一直都以安德斯为中心，把工作放在第二位，但现在似乎明白已经无须照管孩子了。于是她告诉安德斯，自己以前尽量避免加班，但现在有需要的时候也得去加班了。随后，母亲每隔数日就有一天晚归。那一天就由安德斯做饭等母亲回家。

母亲的情绪起伏也变大了。有时，她一回到家就会抱住安德斯；有时则默默发脾气，安德斯特地为她准备的饭菜，她一口都不吃；有时还会在半夜毫无理由地哭起来。

安德斯想，女人就是这样。也许只是小时候的自己没有察觉而已。

安德斯一如既往在学校念书。由于理解能力强，科珀老师建议他差不多可以考虑去都市部的学校学习专业知识了。如此一来更能找到有价值感的工作。虽然为了读书，他得离开本地去都市部生活，不过住进学生宿舍也不错。

自己适合做什么，安德斯自身不甚了解。科珀老师指出，安德斯适合成为引导民众的思想家，或是参与到新伊甸尚未成熟的法制建设中。

几天后，母亲难得地早早回到家中，说是工作总算有了空闲，便愉快地做饭去了。那天晚上，母亲开心地向安德斯提出各种话题。

这阵子情况如何？学习还顺利吗？有没有交到朋友？

安德斯原本只想简单应付过去，但母亲特别想知道安德斯今后具体的打算，这让他有点儿在意。在他看来，这事并非迫在眉睫，离得还远。

"现在说这个还太早了吧，我会慢慢考虑的。"

"你觉得在这边工作就好吗？是不是该去都市里再多学些知识？"

"我为什么非得现在就决定？"

那天的话题就到此为止。安德斯心中慢慢生出某种模模糊糊的感觉，不太畅快。

这之后又过了大约二十天。那天，安德斯事先知道母亲将会晚归。那阵子他沉迷于设陷阱捕猎。影卡平时待在深山中,当下时节却会于深夜飞到地势较低的地方。这种鸟性情凶暴,但十分美味。安德斯用的是之前老先生教的捕猎方法。不知为何,影卡喜爱薄荷味,而利用某种多年生草本植物的叶子可以制造出这种味道。先将金属环置于树枝上,再把散发薄荷味的叶子揉成团状,放在金属环中间就行了。深夜时,影卡会一头钻进环中,无法逃脱。翌日白天,影卡会拼命挣扎,十分危险,但由于阳光的照射,到黄昏时分,影卡多半都会断气。因此,要在傍晚设下陷阱,隔天傍晚再去取回落入陷阱的猎物。

前一天安德斯设置了五个陷阱,只要有一只影卡落入圈套便算大获成功,毕竟一只影卡能为母子俩提供好几天的美味佳肴。

没想到,那天傍晚有两只影卡落入陷阱,而且个头都很大。安德斯激动不已,这真是大丰收。可是,母亲和自己二人吃不了这么多。

于是安德斯想,送一只给科珀老师吧,他肯定会高兴的。那时安德斯正走下已被夜幕笼罩的山路。他想,这个主意真是太妙了,科珀老师惊喜的表情仿佛已浮现在眼前。

安德斯不曾去过科珀老师的宿舍,但他知道位置。这时候科珀老师应该一个人在家。虽然天已经全黑了,安德斯也不急着回去,反正现在回去母亲也还没到家。

在下个区域右转就能到达教师宿舍时,安德斯看到,有个人影从那一区域的角落冒出,小跑着穿过马路离开了。

为什么?!

安德斯的脑袋被疑问填满,那个人影不正是自己的母亲吗?

不,这不可能。

肯定是自己看错了。母亲怎么可能出现在这种地方呢?

但同时,那个模糊的想法在安德斯的脑海中扩展开来。

他走到集体住房的位置,最靠前的那一栋就是科珀老师的宿舍。

确认过门牌后,安德斯敲了敲门。屋内有光线透出,科珀老师的确在家。

等待回应时,安德斯仍无法摆脱内心混乱的感觉,甚至考虑过就此打道回府。

门开了,传来了科珀老师的声音:"来了,哪位?"安德斯不会忘记,看到自己站在门口时科珀老师的神情。他的眼睛和嘴巴张得老大,叫道:"安德斯·瓦根辛。"他似乎打心眼儿里感到惊讶。

"有什么事?"科珀老师问道,声音比平常上课时更加尖锐。

"那个……我抓到了影卡。一次抓到了两只,所以带来给老师,希望您能尝尝。"

"嗯。"

安德斯递出没有任何捆绑的影卡,科珀老师小心翼翼地接下。他没有表现出高兴的样子,反而不知所措。

自己要是没有来就好了，安德斯打心底里想。

"就这样……我先回去了。"

安德斯用力关上门，飞奔到了夜路上。

他一刻不停地跑回了家。早知道就不该去。他不愿再去回想科珀老师那副为难的表情。

安德斯回到家时，母亲已经回来了，晚饭也做好了。

见到安德斯，母亲吓了一跳，严厉地责骂道："看到你没回家，你知道我有多担心吗？"

听着母亲的数落，安德斯却松了一口气，刚才看到的人影果然不是母亲。从那时起，他就一直怀疑自己是不是看到了不该看到的事情。安德斯老实向母亲道歉，告诉她自己用陷阱抓住了影卡。听了这话，母亲的心情才稍微平复下来，毕竟安德斯并非第一次捕捉影卡。

母子一同吃饭时，安德斯说道："其实我抓到了两只。送了一只去给科珀老师，才会这么晚回来。我想，两只吃不完。"

母亲一直低着头吃饭。安德斯几乎以为，她并没有听到自己说的话。可过了一会儿后，他又分明听见母亲说："是吗？科珀老师是不是很高兴？他会料理影卡吗？"对此，安德斯忘记自己是如何回答的了。

这件事被安德斯当作"没发生过"处理了。只要一回忆，他就觉得自己最终会胡思乱想到一些糟糕的事情上去。不知道科珀老师有没有吃掉那只影卡，但安德斯想，如果科珀老师直接把它丢进垃圾桶里，或许会更好。

在"没发生过"的事情过后，安德斯的日子和以前一样循环往复。要说有什么不同，就是每隔几天，他便会在放学后去附近农场帮忙。安德斯的体格也逐渐变成了成年人的模样。

除此以外没有什么大变化。

接着，那一天来临了。

那天放学后，安德斯照例去帮忙干农活。天色渐晚，他正要收拾农具时，有两位维法官过来找农场主。安德斯在一旁看着，觉得很是稀奇，农场主却用手指向安德斯，于是维法官朝安德斯走来。农场主缩起脖子看着安德斯，仿佛在问发生了什么。

维法官走到呆站着的安德斯跟前问道："你就是安德斯·瓦根辛吗？"

"没错。"

"令堂是直美·瓦根辛吧？"

听到这话，安德斯的心跳变快了："是。"

"令堂受伤了，现在正在医院。"

"发生事故了吗？"

维法官不再透露什么，只说他们可以带安德斯去医院。

在那之后，安德斯的时间流就乱了套，有许多记忆怎么想也想不起来,还有许多记忆前后矛盾。

到医院后,安德斯明白了一些事情,对他来说难以置信的事情。

母亲已经咽气了。听说之前她一直用微弱的声音呼喊着安德斯的名字。

母亲是被刺死的。凶手已经被捕了。

凶手是科珀老师。

那时,安德斯的意识一片空白。母亲的死让他难以接受。而其他事实,全都无所谓了。他没有余力去想为什么会发生这种事,也无法思考母亲与科珀老师之间发生了什么事。

葬礼低调地举行了。有几个家庭愿意收留无依无靠的安德斯,通过之前帮忙干活的农场,安德斯也得以继续上学。

高等班来了一位新老师,教学方法远不如科珀老师巧妙,但安德斯根本不在乎。

这时,安德斯收到了一封信,是正在赎罪的科珀老师寄来的。

安德斯在那个时候已经恢复了平静,可以接受已经发生的事实了。

自己为何刺死安德斯的母亲,科珀老师在信中完全没有提及,通篇都在表达自己对杀害安德斯珍视的母亲感到后悔,以及想要赎罪的心情。上面写着:"我不奢求你的原谅,但我诚心悔过自己犯下的罪孽。"

那时安德斯也隐隐约约明白了，科珀老师与母亲之间有男女关系，两人已经走到了只能以这种形式进行清算的地步。至于具体原委，安德斯毫不关心。

母亲欺骗了安德斯，科珀老师也欺骗了安德斯。

事情就是这样。

最终迎来了如此结局。

只有一个疑问。安德斯左思右想，都无法解开。

于是安德斯做出了选择。他要和狱中的科珀，自己曾经的老师会面。科珀在寄来的信上写道，哪怕自己被安德斯杀掉也行，希望能面对面向安德斯谢罪。也不知是否出自真心。

安德斯不需要科珀的谢罪，但有一件事情无论如何他也想弄明白。他想确认清楚。

安德斯申请了与科珀会面。原本以安德斯的立场来说，即便提出申请也不会被允许，但经过数次交涉后，维法局推断双方不会发生问题，再加上必须有见证人在场这一条件，两人的会面最终获准。那时安德斯已经知道了科珀与母亲是如何偶然走到一起的，爱恨交织最终招致了悲剧。但他根本不在乎。

再会时的科珀面容大变，他穿着囚服，形销骨立。一瞬间，安德斯完全认不出他曾是那个英姿飒爽的教师。

见到安德斯后，科珀不断狠狠地以头叩桌，向安德斯谢罪。

"我错了。""对不起。"他一边说，血一边从额头流下。

安德斯默默地看着。母亲竟然爱上这样的男人，还被他给杀了。

"请住手吧。"安德斯说。科珀停下动作，看着安德斯。他双眼充血，额头上淌着血，面容憔悴。

"请告诉我。"安德斯说。

科珀眨了眨眼："是你母亲的事吗？"

"不是。老师你说过，当艾迪森后裔来到新伊甸时，我们一定能互相理解。你对大家说过，人与人之间一定能够互相理解，暴力无法解决任何问题。听到老师这么说，我非常开心。可是，老师却杀了我的母亲。这种事是例外吗？"

科珀沉默了。安德斯耐着性子等他回答。

终于，科珀说道："我知道，暴力无法解决任何问题，只会带来更加恶劣的结果。我在本能上就如此察觉，经过逻辑思考后仍如此相信。可是，这世上也存在毫无道理、不由自主之事。不知怎的……我被那种魔物附体了。当我回过神来，事情已然发生。没有原因，也不是例外。与自身想法相反的东西喷涌而出，驱使我做出了那样的行为……我只能这么说。"

这就是答案。

然而，安德斯没有理解科珀的回答。不，说实话，他完全无法理解。

随后，会面结束了。安德斯不再要求会面。

不久后，安德斯便从新伊甸的聚落中销声匿迹。人们认为他可能去了深山之中。后来，科珀在狱中上吊自杀了，但安德斯应该不知道这件事。

十几年后，安德斯·瓦根辛出现在新伊甸都市部，开始进行街头演讲。他衣着褴褛，不停呼吁民众必须对艾迪森总统后裔施以正义的制裁。

不知道他是如何得出这个结论的，也不知道在孤独的深山生活中，什么事件成了他转变的诱因。也许是鸟鸣如此教导，又或许是雨声如此呼吁。无论如何，安德斯·瓦根辛内心的黑暗已经拓开。无从得知具体是哪一句话、哪一件事导致了安德斯的内心剧变，可是，个人对某句话、某件事的理解最终成了全体人类的命运，这种事在现实中也的确存在。

星条旗永不落

世代飞船"诺亚方舟号"正在应许之地的卫星轨道上绕行,而使用航天飞机进行的第一次移居计划仍处于中断状态。

航天飞机已经制造完毕。

移居厅已经选拔出第一次移居开发员,也制订好了长达半年的第一次移居计划表。

可计划却无法实施。

进入第三任期的奇斯总统每天都难掩焦躁。一直信赖着的麦金托什副官在他刚开启第三届任期时骤亡,这对奇斯来说,无异于被砍掉了左膀右臂。

而半年前祖母也驾鹤西去。尽管失去了两位尊敬的人,奇斯仍决心肩负起引导"诺亚方舟号"乘客的责任。然而在那之后，艰难的选择性问题如怒涛般涌来，只要做出一个决定，马上就会产生下一个问题。在困惑踌躇中，奇斯努力选出自己认为的最佳路径。有时，他也会觉得，问题的许多选项都是正确答案。

绝不容许迟疑。身为总统，奇斯必须做出某种决断。不对，不是"某种"，而是"最佳"决断。

做出选择后，奇斯会询问放空大脑的自己，这样决定真的好吗？如果麦金托什副官和祖母健在，他们会给自己什么样的建议？奇斯不自觉地如此考虑，又连忙打消这个想法，说服自己得出的结论是最佳选择。

眼看航天飞机就要完工，第一次移居计划安排与人员选拔也已完成。奇斯总统完全没有料到，这时新天地问题研讨综合委员会向他指出了仍需解决的问题。

移居已进入最终倒计时。

"诺亚方舟号"的一万九千名乘客都深信不疑。

在他们看来，尽管行星环境仍有未知因素，但人类能够适应并繁衍生息是确定无疑的。

当然，乘客也对新天地议论纷纷。

饮食广场上的大屏幕经常放映应许之地的视频，船内人员的话题也自然集中到了这颗行星上。也有谣言称大屏幕上应许之地的视频被细微修改过。

　　行星表面百分之九十五都是海洋，大家理所当然地认为移居地点就是行星北半球的那座孤零零的岛屿，同时也对那儿的情况各抒己见。

　　岛屿一到晚上就会出现无数个小光点，不少乘客相信，那是这颗行星特有的自然现象。这一说法并非由某个乘客提出，而是随着飞船逐渐靠近应许之地，人们共同得出的结论。

　　他们认为这是出现在行星陆地上的发光现象。

　　船上同时还有这样的流言，这颗行星上存在着原住智慧生命，且已经建立起了社会。但经常是在饮食广场中作为乘客茶余饭后的谈资，像都市传说般讲述出来。大屏幕上显示的应许之地昼面宛如一颗蓝色宝石，而作为整艘"诺亚方舟号"的希望，其夜面也充满了威严之感。

　　新天地问题研讨综合委员会召开会议时，将议题事先告知了总统。

　　得知会议议题后，奇斯总统有些难以置信。

　　当时，安德森船长列席会议已成惯例，副官位置空缺的状态也一直持续着。

　　委员会的事务局局长柯林斯说道："我们接到了行星环境分析厅的报告。分析结果显示，应许之地的陆地部分存在着原住智慧生命。"

　　奇斯总统怀疑自己听错了："你是说，大家在饮食广场中互相逗趣的那件事？是指那个自然现象、发光现象吗？我以为那只是一个玩笑。"

接着，他与安德森船长互望了一眼。船长没有流露出任何感情，但耸了耸肩，仿佛在说这个问题大大超出了他的管辖范围。

事务局局长尽可能以冷静的语气报告道："据分析厅的资料显示，自飞船进入卫星轨道后，他们便从多方向着手进行分析。虽然推测智慧生命存在的可能性极高，但这是他们第一次作为结论进行报告。"

瞬间，奇斯总统的心中有无数疑问奔涌而出，他没法梳理清楚，甚至不知该从何问起。

同时，地球的历史也进入了他的联想中。祖先移居到那块叫作"美洲"的大陆上时，对原住民采取了何种政策？

不对，这颗行星上的智慧生命处于何种水平？到了可以构成原始社会的程度吗？该不会拥有远比人类进步的文明吧？

它们究竟是什么形态的生命？外观与我们相似吗？如果是从完全不同的系统中进化出的生命，或许拥有人类难以想象的外表。我们能和那样的生命互相理解吗？

奇斯总统咽了咽口水："这个结论从何而来，可以具体说明一下情况吗？"

"好。"

柯林斯事务局局长将小型投影仪器放在桌上，与自己手腕上的

N-phone 同步连接。马上,一块两米见方的视频画面就浮现在奇斯总统眼前。

画面上,奇斯总统熟知的行星应许之地飘浮于宇宙中,与饮食广场大屏幕上显示出的别无二致。唯一不同的是,眼前影像的亮度稍高一些。

画面中的行星突然开始扩大。可以看出,这是以行星表面某一点为中心不断放大的,中心点便是孤零零存在于北半球海中的那块陆地。虽说是陆地,给人的印象更像是勉强连接在一起的两座岛屿。

奇斯总统知道,就是在这座岛屿上观测到了神秘的发光现象,而这块陆地正是"诺亚方舟号"的计划移居地。飞船发射行星侦察机时,目的地也设置在这块岛屿状的陆地上。当时发射的三架侦察机中,只有一架顺利向飞船传回了数据,剩下两架因降落伞遭到气流推压,沉入了海底。

可是,听取行星侦察机传回数据的报告时,报告中并没有提到存在原住智慧生命的可能性。

视频画面接近了岛屿,显示出的陆地已经看不出四周被海洋围绕的样子了。

画面持续接近,然后暂停。

"我先说明一下,到这里为止,视频没有经过任何处理。接下来由于拉近后的画面开始变得模糊,图像上会有一些调整,并不是篡改。"

画面再次接近地表。

当前距离地表的高度大概是多少？一千米？五百米？

地表上确实有什么东西呈现出放射状，像是某个群体画出了一个绝对无法自然形成的图形。

视频到这里停下了。

柯林斯事务局局长指着那块仿佛许多白点聚成的图形，表示："这是从七百米高度看到的地表情况，目前只能扩大到这个程度。画面上可以看到许多白点。我们知道，有深有浅的绿色是植物。但通过对这些白点进行分析，分析厅给出的结论是，这是人工建造的建筑物。而为什么呈图形状排列？结论则是，这应该是一座城市。"

"此事当真？不会弄错吧？"

"是的。"柯林斯事务局局长把手放在视频上，将它翻转。不对，不是翻转，而是将行星表面的影像切换成了夜晚时的情景。行星表面变成了黑夜，接着……

方才柯林斯事务局局长指出是人工建筑的白点部分发出了光芒。光芒集中在几个地方，凝眸细看就能发现，它们呈现出被海洋环绕着的陆地的形状。

"可以看出，智慧生命在建筑物中生活，而且夜间会使用光。可以认为，他们的文明已经发展到了这一步。"

奇斯总统渐渐焦急起来。

"就只有这些情报吗？还有没有更多关于智慧生命的信息？我

们能不能与之交流？它们知道我们的存在吗？还有，它们是什么样的生物？能够弄清楚吗？"

"目前通过分析视频只能了解到这个程度。我们也想再提高一些精度，只是，虽然已经确认了建筑物的存在，智慧生命本身仍未直接出现在视频中。"

奇斯总统很想叹气，可供判断的情报实在太少了。

"应该能进一步提高精度吧？"

"是，技术上是可能的。从前地球上使用的间谍卫星搭载的摄像机，它的精度要高出一截，但'诺亚方舟号'并未搭载那种技术。"

奇斯总统没有当场下结论，这对他来说十分罕见。迄今为止，他的目标从未动摇过，那就是以全体乘客的安全为优先，争分夺秒抵达应许之地。可不料目的地竟有如此情况。

安德森船长向总统说道："我认为该把副官的空缺补上。我们需要更专业的建议。如果难以任命副官的话，请组织一个专家组作为替代。"

奇斯总统犹豫不决的正是这一部分。人类该如何与未知的智慧生命接触、交涉呢？最根本的是，它们能和人类沟通吗？

安德森船长接着说道："在新天地问题研讨综合委员会中设立一个顾问委员会也行。麦金托什副官的学生们在各区担任要职，我们也需要借助他们的智慧吧？"

麦金托什副官是奇斯总统年轻时的恩师。此外，船内还有无数人受过麦金托什的教诲，这一点总统也明白。因为那些人同时也是麦金托什的情报来源。

于是，由数名成员组成的顾问委员会 HFC 小组成立了。组名寓意是"与异文明的美好接触"。这让奇斯总统内心的重负大为减轻。

在这件事上也实施了麦金托什式的信息公开。

第一次移居计划中断与存在原住智慧生命的消息，同时以总统演讲的形式在飞船上公布。

移居计划本身没有中止，应许之地存在原住智慧生命也并非虚言。

人类能和原住智慧生命共存吗？或者，它们会成为人类的敌人吗？根据今后调查分析的结果，移居计划将再次启动。奇斯总统在演讲中如此宣布。他特别强调，移居计划并未中止，今后必定会实施。此次计划延期只是确保安全移居的措施之一。而且，"诺亚方舟号"可以半永久地停留在卫星轨道上，这一点也在演讲中得以强调。让"诺亚方舟号"乘客认识到移居这件事不存在时间限制非常重要。

分析厅向总统提交的调查报告称，此次演讲在全体乘客中获得了大部分好评，这对总统来说也属意料之外。

当"诺亚方舟号"抵达应许之地并开始在卫星轨道上绕行时，所有人便预料到生活将步入下一个阶段。

移居计划将变为现实。而"诺亚方舟号"全体乘客也必须下定决心开始在全新的环境中生活。

有人将离开世代飞船，前往未知的行星进行开拓；有人将送走深爱之人，忍耐寂寞的生活。留在飞船上的乘客的劳动负担将越来越重……

在新环境中能不能顺利生活下去？每个人都有种说不出口的不安。而在总统演讲后，大家都获得了时间上的宽限。

无论原因如何，移居到新环境一事延期了。

虽然只是暂缓，却消解了"诺亚方舟号"全体乘客的压力。

总统感受到，人们并不情愿自己的生活环境发生巨大变化，哪怕他们知道新环境比当前更好。

尽管如此，HFC 小组的研讨也并非毫无时间限制。毕竟，每个人的行星环境适应测定值并不是随时都能满足移居要求。

小组必须在情报欠缺的情况下推进研讨，因此得出的结论很可能直到移居开始时仍潜藏着风险。可也不能就此让小组放弃研讨。

被选为小组成员的人只有一个标准，那就是麦金托什的学生。没有一个成员是研究如何与未知智慧生命接触的专家。

小组会以奇斯·兰伯特总统主持、安德森船长列席的形式召开。成员共五名，没有限定职业，是总务厅根据麦金托什用 N-phone 联系的频度选拔出来的。因此，五人的职业大相径庭，分别是区划长、医生、教育厅职员、第一次移居预定者等。

总统向他们展示了应许之地的现状，这次会议便就移居工作展开了自由讨论开始。

"从迄今为止的历史情况来推测，我认为人类与原住智慧生命必定会发生冲突。哪怕是我们的祖先曾经居住的美洲，移民过去的西欧人也消灭了原住民。"

任职教育厅的男人首先开口。其他成员听后，或是露出不出所料的表情，或是颔首。

第二个男人也沿着这一观点说道："姑且不论此事是好是坏，我也发表一下自己的看法。在地球上，除了我们的祖先美洲人以外，这样的例子还有很多。或许多个民族之间无法共存吧。历史上不断发生人类为排除异族而实施的强制迁徙和大规模屠杀。过去就发生过以'种族清洗'为名的种族屠杀。这也许是人类的本性。也就是说，虽然现在完全不知道原住智慧生命是什么样的生物，可就算它们能与我们沟通，也能预见未来必定会发生摩擦。但正如我最初所说，此事是好是坏还未可知。"

值得惊讶的是，几乎所有出席会议的成员都发表了类似的见解。尽管如此，他们也并不建议歼灭生活于应许之地上的原住智慧生命。

这一点从第五位成员，预定参加第一次移居的年轻人的发言中也能看出来。

"和大家一样，自从知道应许之地存在智慧生命后，我就很不安。大家刚才指出，我们人类也许潜藏着种族清洗的冲动，我也同意。与人类拥有这种本性相同，我们目前尚未遇到的那些智慧生命，想必也会本能地将从其他行星过来的生命视为侵略者并加以清除……不对，是加以攻击。如果这种可能性非常高，那么我们就有必要在遭受攻击之前先采取对策，以实现主动防卫……对于这次讨论可能会得出这个结论，我已经做好了心理准备。不过，这些全是场面话。

"也许有人会批评我痴人说梦，或认为我的想法过于理想化。但我正在思索的是，我们能否找到一条与应许之地上的智慧生命共存的道路？

"我们原本就不是这颗行星的居民，倘若要在这颗行星上寻求繁衍生息之地，难道不该尊重原住智慧生命吗……这样的想法一直在我的脑海中挥之不去。

"当然，它们也有可能是完全无法与人类的思维和逻辑连通的凶暴生物。还有一点，反过来说，假设它们是精神层面远比人类成熟的生物又会如何呢？说不定它们能提出更美好、更和平的解决办法。我有如此期望，会很奇怪吗？

"我希望小组在讨论最坏的可能性的同时，也能将各种各样的其他可能性纳入考虑。大家觉得呢？"

年轻人说到这里，有人鼓起了掌。出乎意料地，鼓掌的人是最开始发表意见的教育厅职员。

"你的意见不是人类无法与其他民族共存吗？更别说人类和其

他智慧生命了……这是你的看法吧？"奇斯总统问道。

男人停止鼓掌，点了点头："要是害你们误会，我很抱歉。说实话，我认为我们祖先对美洲原住民做出的行径十分可耻。但这也不过是对最糟糕的发展的设想。我内心也对人类的本性抱有期望，希望人类的道德观和伦理观也能进步。若真如此，我们就不同于美洲殖民时期的祖先了。我们就有希望，谋求与原住智慧生命的和平共存。"

"但是，这也仅限于原住智慧生命与我们人类拥有同样的道德观和伦理观的情况下。当双方的生命形态、思维方式、外表都不相同时，还能互相理解吗？我认为，这也应该作为可能性之一加以考虑。"俄克拉何马Ⅰ区的区划长插话道。

"可是，那座据认为是原住智慧生命所建造的城市。只看建筑物的话，我不觉得它们的思维方式与人类有天壤之别。"

"不，蚂蚁或蜂之类的昆虫也有属于它们自己的社会，并在它们自己的'建筑物'中生活，但它们无法与同族以外的生物沟通。"

"那种生物不能称之为原住智慧生命吧。"

所有人再次沉默了。

这时，预定移居的年轻人再次开口："我有一件事怎么都想不明白。我们从小就被教导，杀人、歧视等行为都是做人绝不该违犯之事。在基督教中，这也作为必须遵从的戒律和不可触犯的大罪深深刻入祖先的心灵。可他们还是屠杀、驱逐了美洲原住民，这是为什么？莫非当时祖先们都发疯了吗？"

回答这个问题的是教育厅职员："我知道理由。当时，宗教被殖民主义任意歪曲了。为了夺走原住民的土地，殖民者提出原住民并非人的说法。他们声称，基督教的教义只承认同样信奉基督教者为人，非基督教教徒即非人。而不可对人犯下的罪孽，对非人的原住民便可获允许。因此，基督教教徒对屠杀美洲原住民的行为也不予过问。"

听到这个答案，预定移居的年轻人哑口无言，骇然失色。

"这就是说，宗教也会被那个时代的信徒按照对他们有利的情况进行解释。所以，最根深蒂固且残酷无情的战争是发生在宗教观点不同的人之间的，这让人感觉既可笑又可悲。

"当然，这些都是过去的事了。'诺亚方舟号'上从未过多论及宗教。在公开场合，只有一个优先原则，即在总统的领导下团结互助。不消说，各人都有各人的信仰，也有一些家庭会将信仰传承给后代。但即便信仰各异，在往来中互相尊重的原则也代代相传。我想，我们这个时代，和祖先殖民美洲的时代之间的巨大差异正在于此。"教育厅职员如此说道。

尽管如此，会议仍未得出确切的结论，不确定因素到底还是太多了。

往返"诺亚方舟号"与应许之地间的航天飞机十分贵重，如果尚未做好准备便仓促推进计划，一旦发生意想不到的事故，结果就难以挽回。让人类在新天地中蓬勃发展的愿景也可能全盘覆灭。

或许无法从头再来。

不过，奇斯总统已经看清未来的路了。

世代飞船花费数百年时间才抵达这里，相较之下，现在根本不需要过于着急。虽然不知要花上几天还是几年，但在做出结论之前，再给一些缓冲的时间吧。

戒急戒躁，争取最好的结果。

"各位，今天非常感谢大家能毫无保留地提出意见。"在小组会议的最后，奇斯总统表达了感谢，"无论如何，在缺乏原住生命相关信息的情况下探讨应对方针十分困难。我的想法是，首先继续收集信息，同时努力提高观测精度，并且开始尝试与原住生命交流。"

技术方面的工作全权交由安德森船长负责。

分析厅接受了 HFC 小组的提议，开始寻求与应许之地上的原住智慧生命进行接触的方法。

按规定，每次接触使用的方法都应向奇斯总统报告。不过奇斯总统从未否决过任何方法。在技术方面，他完全信赖安德森船长。

"我们通过什么方式与原住智慧生命交流？"

"诺亚方舟号"上的乘客可以随时通过 N-phone 了解现状。形式上是由安德森船长答疑，但并非所有问题均由船长回答。而是船长室以安德森船长的名义，为全体乘客提出的问题给出详细解答。

顺便一提，这个问题也以安德森船长的名义进行了回答。不过，船长室并没有对每一个问题都回以长篇大论。总务厅会根据问题内容将其交给适当的解答部门，以便每个问题都有适当的解答者做出回答，因此，有时也会出现一个问题底下有数个答案并列的情况。

"当前我们尚未获得生活于行星地表的未知生物的详细信息，因而原住生命的文明程度也完全未知。不过，可以推测它们能建造建筑物、过社会化生活。并且它们的生活圈在夜间会发出生活亮光，说明它们应该和人类一样拥有视觉。

"眼下，我们的宇宙飞船'诺亚方舟号'正在这颗行星的轨道上绕行，行星上的原住生命理应能靠视觉观测到我们的飞船。同时，我们也设想过地面尚未发现我们的情况，所以我们已经开始朝地面发送光信号。"

"光信号如何向地面表明我们是智慧生命？"下一个问题立即出现，由另一个人提出。从庞大的连线数量来看，答疑活动作为可以随时了解移居计划进程，且简单问题也能获得解答的机会，得到了全体乘客的关注。

"'诺亚方舟号'一边在卫星轨道上绕行，一边让船体有规律地发出亮光。地表上的生命通过观察光信号就能明白，位于卫星轨道上的发光体，即我们人类同样是智慧生命的事实。在一定期间内，我们会通过反复闪烁从一至十的光信号，告知对方我们使用的是十进制。在下一个期间，我们将表明人类拥有圆周率的知识，再往后则传递素数的概念。信息暂时将如此交替传送，等待应许之地的回应。"

"行星上的原住智慧生命会以何种形式做出回应？请告诉我可能的情况。"

"原住智慧生命会如何回应，这点尚不明确。但如果它们有先进的智能，也许会用它们独有的通信技术，以我们意想不到的形式给出回应。或者，由于我们以亮光传递信息，地面也可能采取同样的形式，用亮光向我们返回信息。所以，为确保不错过原住智慧生命的回应，我们做了万全的准备，持续用视频记录行星表面的情况，尤其是对于推定的原住智慧生命所生活的陆地，将扩大画面进行分析，并注意观察存在光点的场所有无变化。特别针对从地表上可以观测到宇宙飞船的时间段，考虑到地面应该会在那时做出回复，我们将仔细分析地表的变化。"

全体乘客都通过 N-phone 了解了这个过程。

然而，奇斯总统仍未获知想要的信息。

"我们一直在向地面发出光信号，是吧？"奇斯总统与安德斯船长一同查看分析厅的数据时，忍不住问道。

"是的。但地表方面没有给出任何回应。"

"这是怎么回事？原住智慧生命还没有发现我们吗？"

"有这个可能。不过，宇宙飞船上的电波也存在外泄的情况。它们在夜间使用的光应该是靠电气产生，也就是说，它们非常有可能接收到了宇宙飞船泄漏出的电波，但仍然毫无反应，其中缘由我们也探讨过。"

"原因可能是什么？"

"关于原因，在这方面我是个门外汉，只是从负责分析的朋友口中听到了一些说法，您要听一听吗？"

"没关系，请告诉我。"

"是。首先，有可能它们虽然存在社会组织，也拥有电气等科学技术，却没有收发电波的技术。同时，它们也没有注意到头顶上的光信号。这是其一。

"其二，地表上只有建筑物残存下来，唯有自动照明装置仍发挥着作用，但原住智慧生命已经灭亡，或是不存在了。这是第二种可能。"

奇斯总统左思右想，地上的原住生命不可能还没注意到"闪烁移动的星星"，认为原住生命都已消失的想法也很离奇。

"还有其他可能性吧？你刚才说的都像是特殊情况。"

"对。没有反应与原住智慧生命如何看待我们有非常紧密的联系。首先，假设原住智慧生命已形成社会，但社会的意志并未统一，如此一来，它们就无法作为种族或社会整体向我们做出回应。不过，也不能说完全没有原住生命个体自行与我们沟通的可能性，所以分析厅一直在观测光点的变化，然而目前没有见到类似的变化。

"还有一种可能性是，它们没有将我们看作从其他星系来的生物。如果它们正处于原始文明状态,或许会将宇宙飞船的光芒视为'神明'。若是如此,它们可能出于敬畏而不敢与'神明'对话。"

"那就是说,在后一种情况下,它们没有从光信号的闪烁中解读出我们是什么样的存在,是吗?"

"还有可能导致地上的生物建立起新的宗教或信仰呢。"安德森船长并非说笑,而是郑重其事地回答道。

"这些就是所有的可能性吗?"

"不。原住智慧生命还有可能完全不符合我们对智慧生物的定义。它们虽然具有智慧,但跟我们却有天壤之别,从一开始就对我们的存在没有任何兴趣。"

"这种情况有可能吗?"

"不能断言没有。一般来说,有一百种生物,就有一百种不同的外观和生活形态。"

"那样的话,根本谈不上建立友好关系了。"

"哪怕我们降落到地表进行开垦,原住智慧生命完全无动于衷,那也不稀奇。"

奇斯总统有些难以置信,竟然也有可能遇到那样的智慧生命吗?

"只是,我认为目前为止的假说都过于极端了。这些是分析厅的朋友在私底下告诉我的,因此就算觉得再离奇,只要存在可能性,我就得告诉您。

"然后，假设地上的原住智慧生命与我们的智慧水平相同，并发展出了与人类文明相似的文明，却既不回答也无反应，这种情况也可以列举出数条理由。"

"噢。"奇斯总统点头，反问安德森船长，"它们是不是无法信任我们？"

安德森船长微微耸了耸肩，答道："正如您所说。通过观察卫星轨道上发光体发出的光信号，地面的智慧生命明白了发光体是拥有意识的存在。发光体还表明自己发展到了使用十进制且了解圆周率的程度。可它们不明白发光体飞来这里的目的。发光体是敌人吗？接下来要发动侵略吗？它们无从分辨。那么，地上的智慧生命应该正屏息凝神，等待着我们的下一步动作吧。

"它们在想，天上的发光体接下来要干什么？

"在对方行动之前什么都不做，观察情况。它们大概是这么想的。它们也可能考虑，只要屏息等待，发光体没准儿就会丧失兴趣，离开这里朝下一颗星星飞去。"

"也就是说，它们对我们怀有恐惧心理？"

"我马上要提到的下一个可能性正是如此。在可观测的范围内，原住智慧生命似乎尚未掌握航天技术。那么，以它们的常识来看，从宇宙飞来的未知存在若是敌人，自己不就没有胜算了吗？如此一来，它们便不知道该如何回应我们了。没准儿它们将我们发出的光信号当成要求它们无条件投降的通告也说不定。"

"这样的话，就算我们继续发出当前的光信号，应许之地的原住智慧生命也绝对不会做出回答，是吗？"

"要么改变当前传递的光信号内容，要么改变传递信息的手段。不管怎样，尝试继续使用现在的方法也行，但我想仍有必要考虑新的办法。"

奇斯总统自就任以来，便以"尽快安全抵达应许之地"为唯一目标奋斗至今。

而"诺亚方舟号"也顺利抵达了目的地行星的卫星轨道。

可没想到……历任总统有谁能想到，移居目的地的行星上存在着原住智慧生命呢？

如果打算与原住智慧生命进行接触和交流，仅像目前这样发出光信号似乎难以取得效果。必须采用更进一步的方法。

"地球的记录中，有关于人类探索地外智慧生命的记载。其中有一个方法叫"主动搜寻地外智慧文明"（Active SETI），也就是让外星智慧生命得知地球上有人类存在。人类在太空探测器'旅行者号'上放置了刻有地球人画像的金属板和唱片，里面收录了许多图像和声音信息，声音信息包含了五十五种语言及各式各样的音乐。我想这个方法应该也有效吧。"

"那么，在对地外文明的探索中，人类收到来自宇宙的回答了吗？"

"没有，听说毫无成果。收到回应的概率就如同老话所说的'大海捞针'般微乎其微。尽管没有成果,但也并非徒劳无功。"

"怎么说?"

"前人为我们留下了这个方法。我们将要接触的不是不明所在的生命,也不是无的放矢,我们是向理应存在于地面上的智慧生命发起第一次接触。"

"我有个问题,也许有点儿门外汉。"

"您说。"

"'诺亚方舟号'迄今都在卫星轨道上绕着应许之地飞行,而飞船不是一直以船内广播、N-phone、电波望远镜等各种形式在发出电波吗?有没有可能,地上的原住智慧生命已经接收到了这些电波?"

听了奇斯总统的问题,安德森船长点点头:"是,电波有可能传至地面。但即便它们同样利用电波进行通信,若是听域截然不同,也相当于没有听到。这是专指音声通信的情况。这时,如果它们拥有接收视频或文字的技术,就有可能已经进行了监听或解读。"

"可是,现在并没有收到应许之地上的原住智慧生命以电波发来的回应吧。"

"正是如此。"

"那么,我想用电波正式呼唤应许之地上的原住智慧生命,你认为如何?"

奇斯总统说完,安德森船长颔首道:"我明白。您的想法是,该用的方法全都得用上吧。无论地上的原住智慧生命有没有能力接收您的信息，都要进行呼唤。"

"对。虽然不知道原住智慧生命会做何反应，但我想先传递出这样的信息：我们来自遥远的太阳系；想与原住智慧生命缔结友好关系；希望它们能接纳我们，把我们当作这颗星球上的新朋友。这既是传递给行星上原住智慧生命的信息，同时也能让'诺亚方舟号'全体乘客明白，我们致力于不与原住智慧生命发生摩擦，和平推进移居计划。这样一来，即将按照移居计划踏上应许之地的人也能稍微放心。"

"我非常理解。新天地问题研讨综合委员会也经常谈起，在第一次移居计划中打头阵的第一批成员，心中该有多大的不安和压力啊。这也算是一举两得了。"

"没错。"

这时安德森船长话锋一转："对了，我收到了新天地问题研讨综合委员会归纳的报告。"

"什么报告？"

"至今为止，应许之地的环境适合人类移居已经是一个共识，但与地球环境相比，究竟有多适合人类居住呢？通过随后的调查，现在它的环境评价可以用数值显示出来了。这是根据侦察机传回的数据和飞船采集的卫星轨道地表观测数据做出的综合评价。

"直截了当地说，一颗人迹未至的行星，其环境评价竟能对地球生命显示出如此友善的数值，堪称奇迹。

"暂且不论原住智慧生命的问题，假如我们开始移居，再没有比它更加理想的行星了。您看每一项数值就能立刻明白，所有数值都显示这颗星球的环境完全是为人类准备的。我们祖先选择移居天体的眼力真是令人叹服。"

听了报告，奇斯总统再次绷紧神经。如果能与原住智慧生命和平共存，人类确确实实能够踏出充满新希望的一步。

奇斯总统告诉自己，一定要想办法和原住智慧生命进行完美的沟通。

"诺亚方舟号"上自然无人料想得到，应许之地的原住智慧生命是什么样的存在。

随后，例行的总统演讲面向全体乘客举行。

演讲的主要内容是应许之地移居计划延期的现状报告，以及重启计划的预测情况。一万九千人凝神静听总统的一言一语，现场鸦雀无声。

演讲从更加详细的应许之地环境评价开始。总统亲口告知乘客有关移居行星的最新消息，本身就有打消一切臆测的效果。且最新情报已经确认，该行星环境对人类来说是一块远超预料的乐土。对于选择这颗行星作为"诺亚方舟号"目的地的祖先的预见性，总统在演讲中表达了感谢。

接着是现状报告。

据推测，行星上存在着原住智慧生命，当前正在推动与它们进行接触的工作，目标是在尊重原住智慧生命的同时实现和平共存，为此要不辞辛劳、不吝时间。演讲以此为主旨继续推进。当然，总统也尽量用通俗易懂的语言说明了今后将同时以光信号和电波呼唤原住生命的计划。

总统几乎能实时得知全体乘客如何看待自己的这番演讲。

只要看演讲台左上方显示出的圆形图表即可。超过九成区域显示着蓝色和绿色。还有些许条状呈现黄色，这表示不太关心或还不知该如何理解的状态。幸好，图表中没有出现代表抗拒和反对的红色。

这是乘客戴在手腕上的 N-phone 通过读取脉搏显示在图表上的结果，因此无法伪造，也没法说谎。

演讲最后提到，对行星应许之地的呼唤会持续一定时间，届时若仍旧没有回音，将在采取 HFC 小组所提方案的基础上，促成第一次移居计划的落地。

演讲结束时，图表中的黄色部分几乎消失了。看着只有蓝绿两色的图表，奇斯总统松了一口气。

然而，所谓的 HFC 小组提出的方案其实目前并不存在。总统隐约觉得，有必要制定当原住智慧生命没有做出任何回答时的对策，但眼下仍未得出具体结论。毕竟，在前些天的 HFC 小组会议中并没有取得多少成果。可是,如果通过电波对原住智慧生命的呼唤无效,就有可能在移居计划开始的同时准备进行第一次接触。若要针对那时的情况拟订方案,不就只能由 HFC 小组提出了吗? 总统如此考虑着。因此,在地上进行第一次接触的内容是奇斯总统临时想到的发言。

但所有乘客都全盘接受了总统演讲的内容。

"诺亚方舟号"上的每一个人都等待着应许之地上的原住智慧生命的反应。不只奇斯总统,所有在"诺亚方舟号"上的人都在等待。

每个人都相信,原住智慧生命肯定会回应人类的呼唤,并热情欢迎从宇宙尽头远道而来的他们。

奇斯总统觉得,这是"诺亚方舟号"乘客的心愿。同时,他在独处时会如此联想:这难道不是指向行星的某种宗教吗? 可是,被认为存在于应许之地上的原住智慧生命没有做出任何回应。应当在何时发出启动移居计划的信号呢?

这时,没有人察觉到,除了应许之地的智慧生命以外,宇宙飞船上还存在一个重大异常情况。

"诺亚方舟号"离开地球时,曾有乘客对这一问题表达过忧虑。

或许新天地中存在着人类从未知晓的致命微生物或病毒。

完全没有免疫力的人将成为牺牲品。而早在开发出特效药之前,爆发性传染就将不断发生。万一那是致死率很高的病菌,情况会变得如何呢?

　　赫伯特·乔治·威尔斯在《世界大战》中描写过，人类因火星人侵略遭遇灭顶危机，但火星侵略者最终却因它们无法免疫的病菌而灭绝了，地球也因此得救。同样的事情不是也可能发生在降落至异星的人类身上吗？

　　让人忧虑的事情还有很多。

　　其中一些在"诺亚方舟号"的太空航行中早已化作现实猛扑而来。但也正因为"诺亚方舟号"战胜了那些困难，现今才得以来到应许之地的卫星轨道上。

　　尽管有各式各样的不安定因素，搭乘"诺亚方舟号"离开太阳系的第一代乘客也别无选择。他们没有掌握完美的航天技术，不过是勉强化解了接二连三发生的难以预料的困境而已。这或许可以称之为奇迹了，毕竟他们走完了这般让人近乎绝望的旅途。

　　而今来到这里，人类还未知晓的生命即将给宇宙飞船带来毁灭性的打击。

　　那不是巨大怪物，也不是具有爆发性传染力的高杀伤性病毒。

　　其实，"它"早在百年前便附着在"诺亚方舟号"表面了。

　　"诺亚方舟号"走过漫长岁月，跨越世代，于漆黑的宇宙中不断奋进之时，那不过是偶然沾在世代飞船表面，如尘埃般的东西罢了。

　　可是在那之后，"它"就不曾从"诺亚方舟号"上剥离，一直附着于飞船表面。在漫长的岁月中，"它"也从未被激活，一直维持着肉眼不可见的极其微小的形态。

"它"是人类仍未知晓的菌类生物。

在未激活时，"它"与尘埃毫无二致。但在某一瞬间，"它"所需的条件全部完备，突然间便有了活性。

在此之前，"它"都处于假死状态。只有在具备条件后才会觉醒，但也还未完全觉醒。"诺亚方舟号"靠近应许之地，进一步减速时，"它"醒了。仅仅是醒过来而已，"它"的生物活动还很缓慢。

当"诺亚方舟号"抵达卫星轨道时，"它"获得了最佳环境。

情况发生了戏剧性变化。

"它"是人类尚未了解的菌类生物，性质与人类所知的霉菌、酵母、蘑菇相似。

所以比起细菌，"它"更接近真菌。

在不具备活性之前，"它"与尘埃并无区别。但现在，"它"在绕行于卫星轨道的宇宙飞船表面，持续接受恒星光芒的照射，逐渐开始了真菌类特有的活动。

"它"存在于加利福尼亚Ⅱ区的外部，长出了不同于单纯灰尘的菌丝。菌丝不断伸长。原本应该不存在以特殊陶瓷或金属为食的真菌类，但"它"不一样。"它"啃食特殊陶瓷和金属，不停伸展着菌丝，不断增生。

宇宙中还存在着人类未知的、生活着金属生命体的行星。那颗行星上的生命并非完全由金属构成，而是身体中含有一定比例的金属元素。

那种生命在终其天年时只会留下金属部分的遗骸。假如没有"它"，那颗行星的表面将到处都是金属遗骸。为避免这种情况，也为了维护行星环境，"它"的存在不可或缺。

"它"会分解金属遗骸并将其消化得一干二净，整顿环境，让行星上的其他生物也能在此栖息。换句话说，"它"是地表的清道夫。有一些金属即便经历自然氧化也会长期残留，多亏了"它"，地表才得以维持清洁。因此，"它"名正言顺地被纳入了那颗行星的生态系统中。

菌丝不断扩张。在土中、金属中、一切矿物中扩张。成长到一定阶段后，"它"会产生形态各异的子实体。行星上的金属生物也会将子实体当作食粮。在地球上，真菌类的某种子实体被称作蘑菇。没错，与"它"最接近的形容就是生长在金属和矿物中的蘑菇。在那颗行星上，"它"是理所当然的一员，并在一定的环境下稳定存在于生态系统内。

不过，这只是针对那颗行星的环境而言。在那颗行星以外的地方，"它"不一定能得到感谢，更别说在人类如走钢丝般持续航行的宇宙飞船上了。

"它"为什么会附着在加利福尼亚Ⅱ区的外部？为什么会在宇宙空间中游荡？

过程、原因不明。

但可以想象。

金属生命的行星发生了剧烈的地壳运动，或是火山喷发，菌和尘土被一同扬起……或许如此，或许并非如此。

但确凿无疑的是，"它"已然附着于"诺亚方舟号"的船体之上。自从飞船在应许之地的卫星轨道上绕行后，"它"便开始了爆发性的增殖。

只要看一眼加利福尼亚Ⅱ区的通道墙壁，就能知道情况已恶化到了何种地步。墙上可以看到子实体的身影，数条直径五厘米的银色菌伞伸了出来。形状分明就是蘑菇。

但是"它"并没有引起路人的注意。"它"躲在火灾警报器的小盒子背后，以搭乘环线经过的乘客的视线高度来看，那里正是死角。

飞船通过电波，采用各种各样的形式、使用一切频段呼唤应许之地上的原住智慧生命，但没有收到任何回应。

自然，奇斯总统也没有接到进一步的报告。

也许差不多该进入下一个阶段了，奇斯总统想，原地踏步的状态已经持续太久。

大家明明如此相信原住智慧生命的存在，并持续呼唤至今……可能终究不存在什么原住智慧生命。或者它们早在太古时代便已灭亡？

假如要启动移居计划,演讲时承诺的 HFC 小组的移居方案当前完善到何种程度了?

这时办公室收到了安德森船长的连线请求。

"什么事情?"奇斯总统问。

这是船长室与办公室越过 N-phone 网络的直接连线。安德森船长的声音明显因紧张而变得尖锐,奇斯总统也意识到,此事非同小可。

"捕捉到电波了。应该是行星上的原住智慧生命发出的。"

"也就是说,应许之地回话了?"

这十足是令人兴奋的消息。奇斯总统差点儿站起身来。

"不。确切来说,算是监听到的。"

"那就不是对我们的回应了。"

"对。监听到的是音乐,其中可能还夹杂着原住智慧生命的歌声,和我们的语言很像。希望您能马上听一下。"

"和我们的语言很像?会不会是'诺亚方舟号'发出的电波的反射?"

"不是的。虽说相似,但并非同一种语言。您听过就会明白,它和我们飞船上的语言不一样。"

"知道了。"

总统办公室中响起了陌生的声响。这就是监听到的"声音"。收音情况极其糟糕。旋律时强时弱,声音含糊不清。

声音虽然走了样,但听起来的确像是人类的歌声。好似一首进行曲。

奇斯总统倾耳细听,隐隐约约能听懂。

这种毛骨悚然的感觉是怎么回事?确实很像。这是人类的语言。

至于歌唱的内容又是什么?

——名为艾迪森的恶魔、飞上天空……

——恶魔的后裔、再次来临……

——用血向我们赎罪、见识我们的正义……

——拿起刀枪。剜出眼球。砍下所有手指、耳朵、鼻子。留下发出惨叫的嘴……

奇斯总统浑身颤抖。多么疯狂的歌词啊。这就是这颗行星上的原住智慧生命吗?它们为何拥有与我们相似的语言?具有智慧的生物实现了同样的进化吗?还有,这首曲子似乎也在哪里听过。

"您知道这是什么曲子吗?"

"不。虽然觉得很熟悉,但不太清楚。"

"这样啊。我这边也急忙尝试搜索了这段旋律。查到这是地球上的曲子,歌词是随意填写的。"

"你的意思是?"总统反问道。

"没有什么意思,我只是在阐述事实。这是一个叫作苏萨的人写的进行曲,曲名叫《星条旗永不落》。"

疑问在总统脑中盘旋。

基利安不再迷茫

那天是基利安的课业免除日。

说是课业免除，其实是正义人类党的战斗训练日。

基利安十四岁了。在新伊甸中还不算正式党员。因此他是以正义人类党瓦根辛少年队一员的身份参加训练的。

瓦根辛少年队由十至十八岁的新伊甸少年组成。为尽数歼灭某一天会从卫星轨道上降落的恶魔后裔，新伊甸现在正提前加强每个少年的战斗能力。

少年队成立于安德斯·瓦根辛就任市长三个月后。最初每七天中有一天是训练日，如今每三天就有一天用于模拟恶魔降落时的迎击训练。

　　那天，基利安手持配发的长枪，穿着战斗服前往市政厅附近的训练场。

　　成年人的训练量也不输给基利安一辈的少年。基利安知道，他们几乎每天都会在上班前的清晨、下班后的数小时内，以职场为单位开展迎击演习。也因此，最近基利安几乎没在家中见到过父亲。

　　和基利安一起吃饭的时候，母亲面露愁容，仿佛自言自语般说道："这就是战争吧。"

　　这种时候，基利安总是原原本本地回以战斗训练时学到的说法："这不是战争。不过是对背叛了祖先的恶魔施以天谴罢了。"

　　"你理解那是什么意思吗？这件事也许正当，可万一变成战争，一想到你们可能会出事，我就担心得不得了。"

　　这应该是母亲的真心话。

　　基利安甚至觉得，母亲该不会把担心家人当作自己的职责了吧。她对父亲也十分同情："一天到晚工作，下班了还要准备打仗，太可怜了。""如果宇宙飞船上的那些人有非常厉害的武器，我们会立刻被击败吧。那训练就没有半点儿用处了吧。不管别人怎么说，我还是希望你和爸爸一块儿逃到安全的地方去。"

　　基利安坚称，要是那么做，一家人都会被当作叛徒的。这一点母亲也清楚，所以出门后，她绝不会说这种话。

　　况且，连基利安也认为母亲的顾虑很荒唐。

　　训练中，基利安学习到两米长枪要用双手握持，以右肩支撑。

持枪时要始终留意,做到动作灵敏。

遇到敌人时,马上踏出左脚牢牢站稳,同时将右手往回收,这样就会变成以长枪对准敌人的预备姿势。为确保枪尖刺中的目标不会偏移,要在正确施力后刺出。同时别忘了鼓足力量喊一声:"呀!"

可是,敌人是遥远的新伊甸上空,在卫星轨道上伺机而动的恶魔,用这把长枪对抗他们的科学技术,也不知是否真的有效。

少年队按地区编组。仅基利安居住的北区就有六个少年队。同时有百名上下的少年每天轮流接受训练。接受枪术训练时,他们被要求鼓起干劲反复突刺,什么都不许想。总之就是放空大脑,朝着假人或眼前的假想敌的胸腹,将正义的枪锋无数次扎入。

因为大脑放空,基利安对假想敌既不感到憎恶,也不觉得怨恨,且并不与学校上课一样动脑筋记忆。

在无数次的突刺中,基利安从某个瞬间起会生出激昂之情,甚至还伴随着快感,但他并未察觉。

同时,他的内心还涌起一种感觉,仿佛身体深处潜藏着无与伦比的强大力量。这也许是基利安那个年纪特有的现象。

基利安在不知不觉中嘟哝着:"我很强,不会输给任何人。很强!很强!很强!"

基利安一边反复突刺,一边喃喃自语,也不觉得厌烦。

他想象过,少年队会被分配到什么地方去大显身手。

配发给少年的是长枪，但基利安知道，每个地区也准备了高杀伤性的枪械，与消防器材一同存放在消防队的仓库里。一旦迎来那一时刻，大人们便会拿起武器迎击恶魔后裔。父母在谈话中也提到过，父亲上班前与下班后在工作场所进行的训练，主要就是学习如何使用枪械。基利安难以想象性格温和、少言寡语的父亲拿起枪炮的样子，但他想，父亲应该也是"该出手时就出手的成年人"吧。

基利安认为，恶魔降落后，应该会被大人们的攻击逐渐逼入绝境，而当他们四散奔逃的时候，就轮到基利安所在的少年队登场了。少年们将恶魔一个个追逼至走投无路，按照平时训练中的教导，用枪尖招呼他们。一次又一次。无论他们求饶、反击，抑或惨叫，都要将眼下在卫星轨道上的那些家伙折磨至死。对艾迪森的后裔来说，这是理应承受的报应。

在战斗训练的讲演中，基利安被如此教导：总之刺上去。刺进胸口、脑袋、腰腹、腿部、眼睛……

基利安扛着长枪挺胸前进，这时视野一角似乎出现了一个女孩子的身影。那不是娜塔莉吗？

她比基利安小一岁，两人就读于同一所学校。

少女名为娜塔莉·亚当斯。

他们小时候经常一块儿玩耍，最近却不怎么说话了。

这并不是因为基利安讨厌娜塔莉，相反，基利安甚至感觉娜塔莉正逐渐成长为一位出色的女性。然而，他表现出来的态度却正好相反。当两人碰面，娜塔莉向他打招呼时，他只回答最简单的"嗯"，随后移开视线。

其中有害羞的因素。此外，基利安还说服自己，跟女孩子嬉笑玩闹、谈情说爱这种娘娘腔的事情，迎击恶魔的勇者可不会做。

可是，基利安的内心深处仍摇摆不定。证据就是，当他偶然瞧见娜塔莉时，会下意识地盯着她。意识到自己在干吗后，他便赶忙将目光转向别处。

基利安移开视线还有一个原因。

对他来说，这个年纪的少女，有些表现实在令他难以理解。

有时候，娜塔莉会开心地跑到基利安身边向他搭话。有时在路上遇见，却会像碰到讨厌的家伙般背过脸走开。基利安曾纳闷自己是不是做了什么惹她不高兴的事，但怎么也想不出来。为何她的态度阴晴不定，基利安完全无法理解。对于完全无法理解的人，与之保持距离才是最稳妥的选择。不就是移开视线吗？

然而，那天娜塔莉径直走向基利安。他来不及移开视线，只得立在当场。

娜塔莉应该是在前往学校的途中。新伊甸当前并没有召集女孩子参加训练，她理应按往常的时间去上课才对。

得和娜塔莉说些什么，基利安虽然这么想，却什么都说不出口。

哪怕一句"早上好"或是"怎么了？"，都说不出来。

娜塔莉面无表情地接近自己也是原因之一。也就是说，此时基利安完全无法预测她在想些什么。她究竟是在生气呢，还是打算发牢骚？

娜塔莉靠近到只剩下数米的距离时，基利安终于以嘶哑的声音挤出了"早、早上好"。但娜塔莉依然面无表情，而且停下了脚步。

娜塔莉从头到脚缓缓地打量了他一遍，接着说："今天要训练啊。"

基利安心想，这不是一目了然吗？但还是生硬地回了个"嗯"。这时，娜塔莉却终于向他露出笑容。

基利安稍稍松了一口气，原来今天娜塔莉不是因为心情不好才过来找自己抱怨。

"训练什么时候结束？"

"和上课一样，差不多下午三点吧。"

此时基利安突然想到，娜塔莉之所以面无表情，是不是有事相求？"问这个干吗？"

"训练结束后，能不能跟我聊一聊？"

果然如此，基利安想。

"现在不行吗？就在这里。"基利安反问。

娜塔莉摇摇头："我有事要找你商量，站着聊也不方便。可以商量的人只有你了。"

听娜塔莉这么说，基利安感觉不坏。这并不是和女孩子嬉闹，而是给遇到烦恼的儿时玩伴出主意,他觉得自己找到了名正言顺的理由。况且,可以和笑容满面的娜塔莉两人独处,那更是不错。

基利安虽然从头到尾板着一张脸,脑海里却满是疑问,究竟要商量什么事?娜塔莉说除了自己以外没有其他人能商量,这让他心里七上八下的。

他说服自己,这事不该拒绝。莫非是……告白?

"好。你说怎么做?"基利安回答道。瞬间,娜塔莉向他露出了极具魅力的笑容,他觉得自己快要当场仰倒在地了。

"谢谢你,基利安。放学后我会尽快回家。我在家里等你。"

基利安从小便认识娜塔莉的父母,小时候他还常常去娜塔莉家里玩。

娜塔莉家世代都是工程师。基利安记得,她的父亲从事通信技术与信息技术的开发,祖父也是参与开发当前新伊甸所使用的发电板的工程师之一。而娜塔莉曾祖父的事迹偶尔也能听她谈起。

她说,曾祖父是名副其实的天才。为新伊甸带来技术革新,并引领其过程的正是曾祖父。

娜塔莉这个名字,也是曾祖父伊恩·亚当斯在她出生时为她取的。娜塔莉本人很喜欢这个既优雅又可爱的名字。

这些事情,基利安自小就有所了解。

"好。"基利安说,重新握紧长枪。

"说定了哦。"娜塔莉在背后又补了一句。

一时间，娜塔莉的笑容在基利安的脑海中盘旋不去，思绪总是飘到她身上。

走近市政厅附近的训练设施，基利安慌忙将娜塔莉的身影从心里赶跑。

而当他走过户外音乐厅入口，看到"愤怒之剑"时，终于能将自己的精神集中在双手握着的长枪上了。

他不禁想，这大概是由于"愤怒之剑"释放出的神圣力量。这座古老的雕像中，也许潜藏着能将民众的杂念一扫而光的力量。

基利安听着这样的教诲长大："愤怒之剑"在很早以前便由新伊甸居民制造并安置在此，寓意是将怒火引向恶魔后裔抵达这颗行星之日，并对他们施以制裁。而现在甚至有流言称，历经漫长的年月后，雕像本身也开始拥有力量。

神奇的是，听说"愤怒之剑"以沾满鲜血的模样预言了恶魔后裔的到来。基利安寻思，这就是神明的方法吧。所以才说雕像中蕴含着力量。

室内训练场中，已有许多训练生各自挥舞着长枪练习。他们力道十足地举枪刺出，给假人以最大的伤害。

场内完全没有交头接耳的声音。基利安的同学也有数人已经开始训练，他们没有交谈，仅仅递了个眼神，像是在说"你才来？"接着便回到自己的练习中。

钟响了。钟声响起的瞬间，训练场中的所有人都停下动作，移动到了房间里面。

担任当日教官的正义人类党青年团团长在房间中等待他们。每回训练内容随责任教官不同也会有相应变化。

有的教官只一味传授长枪的实战技术，一整天都反复进行枪术训练。有的教官则要求放下长枪，训练在没有武器的时候，如何赤手空拳杀伤对手。包括学习利用身边的工具杀死敌人，或是在没有工具的情况下，利用自身肉体给予敌人最大的伤害。教官教导道：哪怕没有半点儿格斗经验，也没有锻炼好自己的身体，只要明白敌人祖先所干的勾当，理解祖先的痛苦，即便手无寸铁也能打倒对方。只要剥夺对方的视觉，数人合力便能夺走敌人的性命。

比起这种训练，基利安认为枪术可靠百倍。对他来说，捏碎敌人脖子的行为从生理上就让人无法接受。

今天来的是个新教官。若是在室内进行训练，指导内容或许又有不同吧。

全体训练生在椅子上坐下。此次训练似乎是以讲演的形式开展。

基利安有点儿紧张。从训练形式来看就能感到事态紧迫。训练频率较以往有所增加也能说明这一点，在这种时候加入讲演形式的培训，不是更能作为印证吗？

不过，这次与其说是训练，不如说是向战士公布信息。

或许是打算通过公布最新消息，鼓舞士气。

据介绍，教官平时在市政厅任情况分析员一职。他的体格举止看上去都与战争无关，但平直的讲话方式反而更具压迫感。

讲演中，基利安看到了没有对普通人公开的宇宙飞船的视频。

就是这艘宇宙飞船在遥远的、新伊甸上空的卫星轨道上绕行。

视频开始时，画面与肉眼所见的情景完全相同。基利安觉得，它与天上星星的光芒和形状几乎一模一样。

可是，就算以肉眼观察也能马上明白，飞船在缓慢地移动。听说新伊甸还能知道它飞过上空的确切时间，不过基利安尚未亲眼见过。

更令他吃惊的，是提高分辨率后拍下的宇宙飞船照片。

那个东西有许多突起，基利安一下子就看出它是人工制造的物体。可他不敢相信，这艘宇宙飞船竟能从遥远的宇宙尽头，历经数百年时间抵达这颗行星。

然而这却是现实。

据说新伊甸的科技已复原到非常接近地球时代的水平了，但艾迪森后裔是搭载着地球时代的尖端技术来到这颗行星的，在飞船中，技术应该也得到了发展吧？

这样的联想在脑海中膨胀。

"这艘宇宙飞船'诺亚方舟号'如今正一边于卫星轨道上绕行，一边窥伺降落地面的时机。飞船上搭乘了近两万名乘客。"

那些人会一次性全部降落吗？基利安想，宇宙飞船上的人应该也会慎重行事。

教官分析说:"他们应该会派先遣部队下来。在那之前,不可以把我方的信息透露给他们。"

基利安觉得难以置信。那些人历经漫长旅途才从太阳系飞抵这颗行星,难道不该早就知道,用其他方法从地球来到这里的人已经在行星上生活了吗?

他们能预测到新伊甸的人类如何来到这颗行星、如何看待自己也不奇怪。

正因如此,他们才在登陆一事上变得慎重。

这样考虑才最为自然吧?

虽然在讲演最后安排了答疑时间,但教官仿佛早已料到那些问题会是什么,提前一一说明了情况。

"恶魔艾迪森的后裔应该正在分析地表信息。当先遣队降落后,我们便要一气加以攻击,洗雪祖先的怨恨。如歌曲《将艾迪森一党赶尽杀绝》中所唱,尽可能残虐地制裁恶魔后裔。"

教官没有修饰辞藻,以极度冷静的口吻讷讷而言,反倒有一种奇特的魄力。

教官预测了之后全面战争的经过。他说,虽然无法预料宇宙飞船的武装程度,但不可小觑敌人的科学技术。

敌人会使用什么样的武器无从预见,但作为抛弃了祖先的人,无论准备了多么惨无人道的武器都不足为奇。

基利安边听边想。

惨无人道的武器是什么武器？自己正在练习的长枪算是人道的武器吗？

不对，说到底，武器根本不分人道不人道吧？

他们用的肯定是只将地面上的人类有效消灭的武器吧？

是否存在那样的武器呢？

也许有，但基利安想象不出来。

教官推测，敌人应该不会使用那种能将新伊甸化为焦土的终极武器。

他说："艾迪森后裔寻求的是可供他们生活的新天地，目的是在这里扎根并繁衍生息。可是，这颗行星的表面大部分都是海洋，人类能够居住的土地只有新伊甸周边。既然如此，他们就必须在不破坏有限的陆地环境的情况下占领这里，否则，花费数百年时间抵达这颗行星的全部努力将化为泡影。"

基利安觉得这个说明令人信服。

如果要在尽可能不破坏新伊甸当前环境的情况下抢占这里，双方的对垒最终应该会发展成白刃战。从宇宙飞船上降落的那些人也许会使用远程武器，但新伊甸人在地利上占据了数百倍的优势，这样一看，双方的攻击力也旗鼓相当。

基利安如此说服自己，觉得心中的疙瘩渐渐消失。

教官还详细解说了新伊甸的武器。基利安也听说，大人们平时接受的训练就是使用枪械。至于那些枪械有何等程度的杀伤力及破坏力,就只能全凭想象。

但教官断言:"具体情况属于机密,但我保证,我们拥有足够的武力对抗敌人的侵略。"基利安对此已觉得满足。

没错,新伊甸没有期待我们参与前线的战斗。可当战力相持不下时,打破胜负均衡的有可能是……

"这一关键就在于你们。"

教官的发言让基利安有些措手不及。

新伊甸民众将迎击从宇宙飞船上降落的恶魔军团。在那场战斗中,基利安等少年是必不可少的一员。一定要朝敌人挥下正义的铁锤。

这时,基利安似乎第一次从教官的话语中窥见了他隐藏至今的感情。可以察觉到,他对宇宙飞船上的人有着牢不可破的憎恨。

到了最后的提问时间,已经没有人向教官提出问题了。在场的全员都发誓,对于自上空飞来的艾迪森后裔,必定要用自己手上的长枪施以毫不留情的攻击,让他们倒毙于血泊之中。

这样一来,讲演的目的便已充分达到了。

教官命令少年队队长念出少年队五则。

身为少年队的一员,应该拿起武器,将祖先的怨恨一并注入枪锋,不断努力磨炼技艺;应该保持并爆发出要置敌人于死地的意志力;少年队万众一心守卫新伊甸;保护弟弟,保护妹妹,保护祖父母，保护家人；保护所有新伊甸居民。

这样的训诫有五条。队长走到众人面前，充满气势地一条一条念出，全员齐声跟着念。

基利安当然也一字不落地背下了少年队五则。可今天得知最新消息后的五则，与平时在战技训练前念诵的五则仿佛完全不同。内容比以往任何时候都更有分量。

记诵下来的五则自然从口中冒出。基利安本以为自己早已学习并领会了它的含义，但如今得知教官所讲的新消息再念诵，五则给了他全然不同的印象。

讲演结束后，少年们回到了使用长枪的实战技术训练中。基利安集中精神，练习着右半身探前的姿势。基利安惯用右手，一般来说会下意识地将左半身探出，但如果敌人也惯用右手且持有武器，探出右半身的迅捷攻击应该更有利于对决。因此，近来基利安要求自己一边设想对手的反应一边敏捷地变换姿势。同时，基利安也改变了突刺的方式。

让长枪与敌人的武器交叉。然后直接瞄准胸部，或是甩动长枪避开敌人的防御，并刺入敌人身体。击打敌人的拳头、胳膊，再放松身体灵活刺出。接着顺应身体动作的势头，将长枪高举过头，从上往下刺。

贯穿假人的瞬间，基利安体内有种快感蹿过，仿佛自己很强大。

但基利安注意到，内心还有一种难以名状的不安感。

以前从不会这样。可一旦察觉到那种不安，基利安便感觉它一边膨胀一边显露出真容来。基利安告诉自己："没有什么好担心的，我很强！"却在某一时刻发现了那不安是什么。

至今为止，自己练习长枪时的"敌人"全是假人。

将来要交手的敌人虽然被称为恶魔，但外表与自己相同，有眼睛、鼻子、嘴巴，是皮肤下面也流淌着鲜血的人类。

他担心的是，自己能够刺死那些人吗？

这并不是害怕。

但若有人指着走在新伊甸街上的陌生人，命令道："他是敌人，用长枪刺死他。"自己能做到吗？

假人可没法与之相提并论。

这与少年队五则的内容一样吗？

有人说过，如果是为了保护自己珍视的人，他就能杀人。所以少年队五则才会编入那样的内容。若敌人朝自己母亲举起武器的话。

基利安想，那时，自己应该下得了手。

那天，在随后的训练时间中，基利安都没有放下长枪。

他只一味地捅刺假人。刺进大腿、胸口、腹部，以及脑袋。

每次刺中假人，基利安都极力想象敌人可憎的表情，于是瞬间感觉自己仿佛真的成功刺死了敌人，觉得自己做得到。

他的嗓门扯得比平时更高。将自己的声音用力喊至极限时,基利安有一种全部思绪都烟消云散的感觉,他得出了思考只会妨碍自己提高枪术的结论。

基利安无从得知自己的技术究竟提高了多少,但他劝慰自己,这周与上周相比,今天与昨天相比,技术都更进一步了。只有这么告诉自己,基利安才不会觉得空虚。

训练结束后,回家路上,基利安和谢尔盖走到了一起。谢尔盖比基利安高一个年级,肤色偏白,身材细瘦。他性格温和,在基利安的印象中似乎总是在学习。因此,基利安认为他并不适合手握长枪。

两人是邻居,见面时会打个招呼、聊几句,但关系也仅限于此。

回家路上,基利安感觉身边似乎有什么人,原来是谢尔盖一边跟他并排走着,一边看着他。尽管基利安认为他的持枪姿态实在是不成样子,却也缄口不言。基利安认识到,现实中像谢尔盖这样的人,也一视同仁地被要求参加战斗训练。

"我们走到一路了呢。"谢尔盖一边配合着基利安的步调,一边说道。谢尔盖的意思是想和基利安一起回去,而基利安也没什么拒绝的理由,他认为自己对高一个年级的谢尔盖还是很尊重的。

"基利安,你真厉害呀。今天训练的时候我离你很远,却听到了你的声音,吓了我一跳,甚至停下看了你一会儿呢。"

"没有啦。我也不太清楚自己是怎么做的,只是尽力练习而已。"

基利安虽然嘴上谦虚,但被夸赞的感觉并不坏。

"不,你的气势十分惊人,很有杀气。感觉想要杀掉敌人的气魄紧逼而来,几乎到了吓人的程度。敌人听到你的声音肯定会怕得发抖。我觉得你真的能杀掉他们。"

"这样啊……"

基利安答道,同时突然想起谢尔盖训练时的情况。几天前,用假人进行训练的时候,基利安与谢尔盖相距不远,且位于谢尔盖的左侧斜后方,谢尔盖训练的样子无论如何都会映入基利安的眼帘。

当时的光景烙印在基利安的心中,刚好印证了他对谢尔盖的印象。

基利安认为,谢尔盖的架势不对,腰部不稳定,所以枪尖才会摇晃。而且他的呐喊也破了音,没有半点儿魄力。

甚至让人觉得,虽然谢尔盖竭尽全力练习了,但实战中敌人见了他恐怕也只会苦笑。

正因如此,基利安心中才会有谢尔盖不适合手握长枪的印象。

基利安发现谢尔盖的训练还有一点很奇怪:谢尔盖"不突刺"。基利安会怀着势在必得的决心朝要害挺枪刺出,谢尔盖却常常是撅着屁股,身体前屈斜着挥枪,不仅斜着,有时也从上往下挥。

这与教官教导的战斗方式明显不同,但教官也没有特地关注或提醒他。

是从一开始就对谢尔盖不抱期望吗?

"谢尔盖，你的训练方法是自己钻研出来的吗？"基利安下定决心问道。

谢尔盖惊讶地瞪大了双眼："哎？训练的时候你也看着我吗？"

"有时候会看到你在旁边练习……"

基利安想不出其他说法。谢尔盖对此也不否认。

"原来可以看出来呀。我知道自己不擅长突刺，就主动去拜托教官，跟他说，我想练习的不是杀死敌人，而是打倒他们的方法。只要活捉敌人，之后就可以像大家说的那样，用更加痛苦的方法虐杀他们，我也设想了一些不会让他们轻易死掉的办法。而且，从俘虏口中也能获得第一手消息吧。

"然后，我自己去查找了关于枪术的各种说法，找到了适合自己的枪法。虽然方法不怎么能和大家说出口，但我现在练习的就是那个。

"我把想法告诉教官时，想着没准儿会被教官大声呵斥，说我这种想法是无法与敌人战斗的，但教官却让我试一试，所以我就这样练习了。"

基利安摸不清谢尔盖话里的真正含义，问道："教官同意用什么方法？"

"击打。用长枪击打。"

"啊？"

基利安没能立刻理解谢尔盖在说些什么。

"我们接受的教育是，长枪是一种用枪尖刺死敌人的武器，但其实不仅如此。有一种武术叫作棒术，前人在使用长枪时会活用它在长度上的优势，注重以击打进行攻击，在很多情况下，突刺与击打是并用的。

"长枪可以在不让敌人接近的情况下对其加以攻击，同时利用击打，甚至能使敌人瘫痪，让他们丧失斗志。

"我想，无论我被逼入怎样的绝境，应该都没法儿做出剥夺他人生命的事情。这是我的真心话。也许会被人骂没骨气，但我就是这种人。

"可能是我解释得比较巧妙，或者教官心情好，他同意我自行改变长枪的训练方法。虽然攻击方法和防守方法都是我自己摸索出来的，但经过这么长时间挥枪、瞄准手脚击打的练习，我觉得自己也算是能熟练运用了。可声音还是很怯弱，没法儿像你那样有气势。"

这样没问题吗？要是与数量众多的敌人兵刃相接，用这样简单的方法能扛过去吗？而且还是自己摸索出的招式。

"如果真到了战斗的时候，不会一下子就被打倒吗？"

"我也不清楚。"

谢尔盖给出了很不可靠的回答。虽然比自己高一个年级，却是如此不可靠的少年兵，基利安有些生气，谢尔盖训练时的背影仿佛与现在重合起来了。

"马上就会被干掉的。"基利安不禁如此断言。谢尔盖似乎觉得基利安的反应不出所料，缩了缩肩膀，视线也四处游移。基利安反省自己话说重了。可再怎么怯弱，他也比自己大一岁呀。而事情还没结束。

基利安说出了连自己都意想不到的话："不然我们比试一下？去河滩那边，也不会引人注目。"

谢尔盖不情愿地点头："套上枪鞘吧，别受伤了。"

在训练场，少年们基本使用假人进行练习，没有开展过对抗练习。因此，基利安并不清楚自己在实战中能发挥多少实力。但他与谢尔盖，可以说是实力悬殊了吧。基利安想让谢尔盖看清现实，长枪不是耍着玩的。而且这次比试还能当作对抗练习。

对决时要全力以赴。手下留情对谢尔盖来说也很失礼。

基利安指向高枝裤芦苇丛生的另一边，那里是河滩，不会惹人注目。谢尔盖也清楚这一点。虽说是河滩，此时河川正处于枯水期。两人分开芦苇丛，走到了河滩上。基利安十分兴奋，测试自己实力的机会竟突然降临。只是有点儿对不住谢尔盖就是了。

"这件事对其他人保密哦。"谢尔盖说。基利安想，他是担心自己输了之后事情被宣扬出去吧。

"那是自然。"基利安回答后，谢尔盖开心地眯起眼睛。

两人拉开距离，面对面站好。

"好。我要上了。"

"我也是。虽然没什么兴致。"

谢尔盖将长枪抬至基利安眼睛的高度，基利安则对准谢尔盖的腹部，将长枪往后收。即便从正面看，谢尔盖也是弓身勾腰的样子。

基利安思量，自己能赢。

他打算鼓足劲呐喊，拉起长枪并在蓄力后一口气刺出。

只听一声毫无紧张感的"嘿"，基利安的左手便麻痹了。

事出突然，他还没搞明白发生了什么事，长枪就"啪嗒"一下无情地从手中滑落。

毫无紧张感的声音是谢尔盖的呐喊，结果是谢尔盖的长枪击中了基利安的左臂。

基利安无法相信。这不可能。肯定是哪里弄错了。

"这算是我赢了吧。"谢尔盖从容地说道。

"再来一次。再比一次吧。"基利安叫道。

"可是，你的左手不会发麻吗？我拼命打的，很用力。"

"不，我没事。"

基利安再次握紧长枪，站在谢尔盖面前。谢尔盖面露难色，但也再次握枪站在基利安正前方，接着静静地将枪尖放低到接近地面的位置。基利安从没见过如此怪异的架势，他告诉自己，这次不会大意了，那种架势不太可能会打过来的。

这回，在基利安为刺出长枪蓄势的瞬间，谢尔盖又发出像女人一样尖锐的喊声。

基利安右脚发麻，身体失去平衡，直接倒在了地上。同时脸还撞到了地上的什么东西，眼冒金星。他按住右脚麻痹的部位时，谢尔盖向他伸出了手。

"没事吧？"

没办法，基利安只得在谢尔盖的帮助下站起来。彻底输了。泪水就那么涌了出来，不是出于疼痛，而是因为难过。本以为对手是个极其软弱的长枪兵，自己却输了。

"我之前没有做过对抗练习，没想到会这样。要是真刀真枪打起来，结果也许就不一样了，因为我是个胆小鬼。"

谢尔盖仿佛安慰基利安般说道。基利安一句话都说不出口。自己练习了这么久的枪术，竟轻易输给了别人自己摸索的招式。

回到大路上后，基利安说："我输了。"谢尔盖只说："这件事我们都保密哦。"在两人走到岔路口分别之前，谢尔盖一直用其他话题排解基利安的郁闷。

独自一人时，一种难以消解的颓唐包围了基利安。

自己的实力就只有这种程度吗？恶魔后裔降落时，自己在实战中究竟能发挥多大作用？

话说回来，谢尔盖自行摸索的招式竟能那么厉害，到底有什么秘密？刚才自己也没有心思好好分析个中缘由。

那不是实战，实战的结果肯定不一样。谢尔盖不也那么说吗？

而且谢尔盖为人真的不错，基利安思忖，如果转换下立场，自己会怎么做？

想到这里，他不禁对自己的小家子气感到气恼。这样下去只会更加消沉而已……

突然，他仿佛看到了一线光明。

他记起了与娜塔莉的约定。

娜塔莉让基利安训练结束后去家里找她。接着他回想起早晨娜塔莉的笑容。娜塔莉变得更有魅力了，那不是属于小孩子，而是属于女性的笑容。她又成熟了几分……基利安竭力将快要落到谷底的思绪转移到娜塔莉身上。

心跳稍稍加速了。

去娜塔莉那里吧。和她说说话，现在这种差到极点的心情也许能稍微好转一些。在室外见面的时候，娜塔莉不知为何总是绷着脸，要么就是瞪着自己，去家里拜访的话，也许她的态度会有所不同。

基利安朝娜塔莉家走去。路上，他依旧双手紧握长枪，思索着该如何成为真正的枪术高手。"击打"的战术不也能行吗？他这么想道之后又连忙否定自己。为了杀死敌人，必须全力突刺。无论什么人，最初都很弱小，变强需要的是练习，是严肃认真。再长一年，自己的身高和臂长就能与谢尔盖一样，到时赢的人就是练习量更大的自己！

基利安的情绪渐渐高昂起来。谢尔盖杀不了人。我能把敌人全部杀光！绝对不会心慈手软。

要将今天的懊悔当作动力，哪怕对手是假人，也要变换练习方法。攻击也看速度，只要再快那么一秒，纵然是谢尔盖也无法躲过……

基利安发现自己不自觉地吹起了《将艾迪森一党赶尽杀绝》的旋律。如果娜塔莉说喜欢我的话，我要保护娜塔莉。好，心情稍微变好了！

莫非娜塔莉家中没有其他人？所以她才邀请我去家里？基利安微微红了脸。

"娜塔莉，就算恶魔的子孙打过来了，我也会保护你的。"基利安喃喃自语道。

到了娜塔莉家，基利安昂首挺胸，保持着少年兵的气势敲了敲门。

门马上开了。

"哎呀，基利安·李。欢迎光临，找娜塔莉吗？"

出来的是娜塔莉的母亲，黑色眉毛之下是一双大眼睛，与娜塔莉一模一样。基利安有点儿慌张，结结巴巴地表示自己是被娜塔莉叫来的，好像有什么事情要商量。娜塔莉母亲大喊了一声娜塔莉的名字，她马上就出现了。

娜塔莉给人的印象与在外头见到的完全不同，她笑容可掬，一举一动也很女孩子气。

"你好，基利安。我们去那里吧？"娜塔莉指着里屋。

屋子里有条走廊，娜塔莉说走廊尽头是父亲的工作室。

"咦，伯伯也在家吗？"

"是呀。今天是他在家绘图的日子。"

走廊上排列着神奇的设备，无一是基利安家里那种批量生产的型号，这些设备看上去都是手工制作，没有修饰。

"这些全是我的家人制作的。祖父和曾祖父都是工程师，算是遗传吧。曾祖父叫作伊恩·亚当斯，听说是个非常厉害的天才。我的名字也是曾祖父取的。对曾祖父来说，这似乎是个非常重要的名字，但具体情况我也没听说过。这里还有很多我不知道用途的东西。"

娜塔莉一边走，一边开朗地解释着。穿过走廊后，是一间面朝庭院的房间，有个男人正伏案工作。男人抬起头看到基利安："嗨，你是娜塔莉的朋友吧。我记得名字是……"

基利安马上明白，他就是娜塔莉的父亲。娜塔莉介绍自己的时候，基利安紧张得绷直了身体。同时想到，早知道就不该扛着枪一直走到这里。会不会被伯伯认为是没礼貌的家伙？

"您好！我是住在附近的基利安·李。"

"喔。我记得，小时候你经常和娜塔莉一起玩。"

"你们慢慢聊。"娜塔莉的父亲说完又继续伏案工作。两人穿过工作室，进入一个小房间。

在小房间内，基利安受到了震撼。房间的四面墙壁前都放置着各种设备。这些形态万千的设备究竟是用来做什么的？基利安呆立在原地，环视着四周。

这个房间到底是怎么回事？

娜塔莉朝左侧设备的一角伸出手去，接着这面墙壁的各个位置都出现了光点。

绿、蓝、红、黄。

"这是什么？"

"收集声音的设备。有爸爸制作的、祖父制作的、曾祖父制作的，各式各样的都有。"

"收集声音……"这话是什么意思？基利安没法理解，"收集什么声音？"

"你要听吗？"娜塔莉问道，展开了一张折叠椅。基利安在椅子上坐下。不等基利安回答，娜塔莉便熟练地旋转起设备上的突起。

"这个房间的屋顶本身就是天线。用这个设备可以听见收集到的声音。现在要给你听的，是将这个设备至今为止录下来的声音进行编辑之后的内容，准备好了吗？你会吓一跳的。"

从天花板附近传来了人的声音，是一名男性，但听不懂他在说些什么。不对，好像又有点儿明白。他说话时有种奇怪的口音。

"他在说什么？这是哪个地方的语言？"

"据说这个叫英语，是地球上使用的语言。我们的语言里也有六成左右英语的成分，所以只要听熟了，就能听懂。我已经可以听明白很多内容了。"

娜塔莉要商量的就是这件事吗？没法跟其他人说的事……为什么？不是要悄悄向我告白吗？

意识到将事情过分按照对自己有利的情况理解了，基利安羞耻万分，恨不得从娜塔莉面前消失。

但娜塔莉应该没有注意到基利安此前的妄想。

"喂，集中精神听。"

"知道了。"

由于掺杂了噪声，男人的声音时而清晰、时而模糊。但只要凝神细听，异国语言的含义便会神奇地慢慢传达过来。如果写成文章一定不知所谓，但那个声音想要诉说什么……基利安却能明白，能感觉到。

有许多种语言不断重复。每种语言都在新伊甸中历经变化，流传了下来。

"我们来自一颗名为地球的遥远行星，在行星即将灭亡之际，我们逃离故乡，来到这里。"

某个瞬间，基利安明确理解了话中的含义。也就是说，这个声音是……

是从眼下正绕行于新伊甸上空的、卫星轨道上的恶魔艾迪森后裔的宇宙飞船传来的声音。

怎么会这样？自己为了保卫这颗行星，为了替祖先洗雪怨恨，每天都努力进行战斗训练，可自己却从未被告知关于这个"声音"的消息。这个声音是飞船上的艾迪森后裔用来欺骗新伊甸民众的吗？

"还有别的声音。这个是发给新伊甸的信息。我们还接收到了各种各样的电波，有的可能是宇宙飞船'诺亚方舟号'的广播，有的甚至是个人之间的通话。有音乐，还有宇宙飞船内部的公告。你接着听。"

"声音"切换成几位女性带着英语口音的对话。

"应许之地上好像存在智慧原住生命。"

"所以第一次移居的日程才推迟了。"

"要花时间调查吗？"

"似乎是在呼唤原住生命，想确认能不能共存。"

仿佛要盖过女性们的声音一般，宇宙飞船内的公共广播响起。

"我们得出的结论是，假如应许之地上存在着原住智慧生命，我们应该尊重对方，采取一切方法，争取与之交流沟通。它们是什么样的原住生命？是否能与我们共通价值观？我们将继续呼唤应许之地，以期取得联系。我们只能在原住生命的土地上生活下去，但我们相信，与它们共存是可能的。"

许多声音一同涌来。在"声音"的疾风骤雨中，娜塔莉凝视着基利安，仿佛在说：怎么样？

基利安想，这就是恶魔后裔的声音吗？与想象中的简直是天差地别。

他注意到，娜塔莉凝视着自己双手紧握的长枪。对了，这把长枪便是用于毫不留情贯穿恶魔后裔的武器。可他们却不断呼唤，希望同新伊甸的居民交流。

还是说，宇宙飞船上的那些家伙试图欺骗新伊甸民众？

不对，以他们的科技力量，也可以选择将地表烧个精光，这对他们来说易如反掌。

"现在还在继续接收吗？"

"还在继续。刚才你听到的是经过编辑的声音，也让你听一听实时接收到的电波吧。"

"嗯，好。"

娜塔莉切换了数个按钮。音乐声响起。旋律柔和且令人平静，但其中的乐器的音色是基利安不曾听过的。接着，一位女性的声音盖住了音乐。

"不知为何，应许之地的原住民与来自地球的我们拥有共通的文明，这一情况已得到证实。若是如此，便可期望我们与应许之地原住民的互相理解。而获得了原住民的协助后，我们的移居计划必定能够成功……"

基利安瞪大了眼，娜塔莉深深颔首，似乎在说：懂了？

"这件事谁都不知道吧？为什么不告诉市政厅？现在大家一天天埋头于战斗训练。"

对于基利安的疑问，娜塔莉缩了缩脖子。

"爸爸在市政厅那边也制作了一套同样的设备，所以上层领导全都知道，也知道宇宙飞船在呼唤我们。但现在这事没有在新伊甸公布。就算一小部分人到处宣扬，也不会有人相信。"

"市政厅为什么不说出真相？"

"爸爸说，因为现在的认知由来已久，太过根深蒂固。自古以来，世世代代的人都被洗脑了，至于真相为何，已经不是问题关键了。"

基利安说不出话。自己手中握着的长枪究竟有什么用？难道是为了屠杀那些，在遥远上空盼望着新伊甸居民的回音的人？

"你为什么要告诉我？"

"总看到你欢欢喜喜地去参加战斗训练，我觉得还是让你知道这件事比较好。"

在这个房间中，娜塔莉想要告诉自己的，似乎就是这件事。她逐一关闭了设备的按钮。

等待娜塔莉关闭设备时，基利安的心摇摆不定，感觉双手握持着的长枪无比沉重。

提升这把长枪的杀伤力做什么？自己迄今为止的努力又算什么？明明是为了保护娜塔莉、家人和新伊甸的民众，自己才不断磨炼技术的。

一切都毫无意义吗？

娜塔莉要商量的就是这件事吧？自己居然还想入非非。

"我明白了。我回去了。"

"欸?"听基利安要走,娜塔莉说道,"还有要商量的事……我有件事想请你帮忙。"

"欸?"基利安想了想,"你要说的事情不是让我听刚才那些'声音'吗?"

娜塔莉摇摇头,稍稍红了脸。

"'声音'的事,只是我觉得让你知道比较好,所以才告诉了你。要商量的,是对我来说更重要的事情。我想,去庭院对面的图书室里说吧。"

听了这话,基利安吞了吞口水。要商量的是其他事情。看娜塔莉红着脸害羞的样子。难道……

娜塔莉打开小房间的门走到庭院中。庭院没怎么打理,满是杂草。可以看见对面有一个小房间。"那里就是图书室,我们去那里说。"

娜塔莉走在前头。庭院似乎还兼作家庭菜园,种植着一些果实和蔬菜,但没人采摘。

突然,娜塔莉尖叫起来。她面前的地面忽地隆起,眼看就要将她包裹住。

那是野生的毯牛,可能是为了觅食而钻入庭院的。虽然不是攻击性很强的动物,但为了自保,它们会从脚下将敌人包裹起来,释放出高强度的消化液,甚至能置人于死地。

为什么毯牛会出现在这里？基利安虽然疑惑，身体却做出了反应。

下一秒，枪鞘就被解下。为了救娜塔莉，基利安的身形瞬间变得敏捷起来，他顺势双手握枪，将眼看着就要裹住娜塔莉的毯牛贯穿。野兽发出尖锐的叫声，从娜塔莉身边逃开，却没能逃离长枪。它被长枪钉在地面，不停地转动身体，最终力竭而亡。

"没事吧？"基利安问道。娜塔莉好像终于从恐惧中回过神来，下个瞬间，她紧紧搂住基利安的脖子放声大哭。

长枪派上了用场……基利安心想。就在此时此刻，自己努力练习的长枪不是已经全得到回报了吗？

感受着搂住自己哭泣的娜塔莉，基利安内心希望这个瞬间能永远延续下去。可是，从激动中冷静下来后，娜塔莉便放开了基利安，说道："得救了。真的很感谢你。"

两人陷入了有点儿尴尬的氛围，但基利安感觉并不坏。他觉得，自己窥见了娜塔莉的真心。

因为是青梅竹马，所以才用那种态度表达发自内心的感谢吧？

不对，应该不仅如此。基利安想。勤勉练习长枪也并非徒劳，正因如此自己才能救下娜塔莉，不是吗？他终于放开长枪。由于一直紧张地握着，长枪都没法与双手剥离。毕竟这是基利安第一次在实战中使枪。

他给枪尖套上鞘，兴奋的情绪也终于平静下来。

娜塔莉打开图书室的门，在门口等待基利安。

基利安心脏怦怦直跳地跟着娜塔莉走进图书室，旧书的独特气味钻进鼻子里。

"什么事，娜塔莉。告诉我。"

"其实。"娜塔莉递给基利安一个像是信件的东西。基利安心想，直接亲口说出来不就好了。你是那么害羞的人吗？娜塔莉应该说得出口吧，说"我喜欢基利安"什么的。"希望你能帮我送出这封信。给那个和你一起参加战斗训练的人。我很喜欢他，但怎么都没法儿亲手把信交给他。"

基利安呆呆地张大了嘴。不是向我告白吗？

"要给谁？"

"谢尔盖·尤金斯基。身材高挑又帅气，还很温柔，对吧。我最喜欢他了。这事能帮我忙的只有基利安你了。"

基利安回想起那个弓着身的谢尔盖。想象中的谢尔盖回过头来，朝基利安狡黠一笑。

瞬间，基利安的脑中一片空白。

"水仙原野"永存

世代飞船"诺亚方舟号"正位于行星应许之地的卫星轨道上。

移居计划依然处于中断状态。

按原计划，当前第一次移居应当已经完成。然而，自从奇斯·兰伯特总统宣布第一次移居计划中断以来，至今没有新的进展。

中断的原因是，应许之地被证实存在原住智慧生命。

不能在存有不确定因素的情况下推进移居计划，这是奇斯总统的基本方针。

抵达应许之地并不意味着仅让第一批移居队踏上行星的土地。祖先搭乘"诺亚方舟号"逃离地球，其后数个世代的人乘坐世代飞船持续航行，意味着祖先们实现了如锁链般绵延不绝的希望，同时这也是履行了确保地球人类不致灭绝的责任。

极少数的人类即将降落到新天地上。人类必须在新的世界中生产后代,并延续至再下一个世代。必须繁衍出更多的人。为此,有必要尽量避免增加风险的行为。

同时,"诺亚方舟号"理应能在卫星轨道上再坚持一阵子。

奇斯总统的思考便是以此为前提的。确保一切都能安全进行后再移居,也不会太迟。

毕竟现在连原住智慧生命的真面目都未摸清。

但也有个令人难以置信的消息。

原住智慧生命有语言,且极其接近英语。口音与"诺亚方舟号"上通用的英语差别很大,但持续听下去,便能推断出含义。

首先,最重要的是弄清楚这些神秘原住智慧生命的真面目。

为了与它们取得接触,飞船持续呼唤地表,但行星不曾给出任何回应。不过,飞船监听到了行星表面发出的电波。

电波内容是音乐,与在古老的地球上诞生的进行曲无比相似。歌词所用的语言也接近英语。

之后,飞船便改变了呼唤的电波频段。对原住智慧生命来说,这样理应更加容易接收。

然而自那以后,在此前监听到电波的频段上,什么都听不到了。

由于某种原因,原住智慧生命不愿回应人类的呼唤,这点在

"诺亚方舟号"船内已成为共识。

原住智慧生命究竟是什么样的存在？船上流传着各种各样的假说，但无一不是想象。

智慧生命的进化有许多共通点。有时文化近乎奇迹般地相似，或许也不足为奇。语言也是一样的，或许连音乐都惊人地具有同步性。

当前情况不正是如此吗？

所以，应许之地的原住智慧生命是一种与人类在外表、思维，甚至感性上都有惊人相似性的生物吧？

有个假说这样认为。

还有假说称，若存在着比"诺亚方舟号"更快的宇宙飞船呢？那么，生活于新天地地表的，仍旧是和大家一样的地球人吧？

这个假说除了无法回答"为什么不回答我们的信息？"的问题之外，几乎都说得通。

不过，歌曲中有"名为艾迪森的恶魔"这一小段。

如果它指代的是诺亚方舟大家庭的始祖、近似父亲的艾迪森总统，这个观点的可信度便提高了。

可是，如果只是原住智慧生命进化出了与地球极其相似的文明，"艾迪森"这个词在歌曲中登场就应视为极大的偶然。这样的解释也很多。

但不管哪个解释，在"诺亚方舟号"乘客看来，都是有可能的。

无论如何,既然无法降低风险,第一次移居计划的实施便只能一直延期。

这时的"诺亚方舟号"上,有一场自飞船从地球出发以来,从未经历过的危机正悄悄发生。

依附于"诺亚方舟号"船身上的"它",在飞船绕行于应许之地行星轨道时,繁殖条件得以齐备,"打开了开关"。

"它"是不存在于人类知识中的一种真菌。同样是真菌,对人类而言,用蘑菇来形容更易于理解。飞船内生产出的农产品有香菇、滑菇、金针菇,作为对健康有益的食品被乘客所熟知。

"它"在早期只是一味生长,不断延伸菌丝。不过,人类所知的蘑菇是从树木上吸收养分,在树木或土中扩大菌丝的范围。这种真菌的成长却靠啃食金属、特殊陶瓷获得养分。菌丝在"诺亚方舟号"船体内延伸,当下仍持续活动着。

若问地球上最大的生物是什么,也许有人会回答蓝鲸。在"动物"的范畴内确实没错,但这并非正确答案。巨杉中也有巨大的个体,高度超过八十米,但这依然不是正确答案。

其实,地球上最大的生物是一种叫作奥氏蜜环菌的蘑菇。它在土中不断伸展菌丝,土地里面的部分全是蘑菇,出现在地表上可以采摘的部分只有子实体。它的整个群落都属于同一生物个体,大小可达九平方千米。

因此,以金属和特殊陶瓷为养分成长的"它"如果侵蚀了"诺亚方舟号"的整个船体,也并非奇事。

只有这一点是确凿无疑的。即便乘客日常检查船体强度,也很难发现变化。在一定期间,船体仍维持着往常的强度,但在某个达到极限的瞬间,船体便会破碎。

与地球上曾经存在的蘑菇一样,菌丝在船体内部不断延伸开来,并将蘑菇状的子实体生长在金属及特殊陶瓷的表面。

当前,菌丝几乎延伸到了所有区域。最早在墙面上出现子实体的,是加利福尼亚Ⅱ区通道墙壁的部分。那里首先产生异常膨胀,接着出现了十几个拇指大小的银色卵状物。不久后,银色卵状物的表面破裂,从中伸出了依旧是银色的闭合伞状物体。

子实体保持这样的状态,最初没有显示出任何变化,也没有任何人注意到。加利福尼亚Ⅱ区通道墙壁部分的子实体出现在火灾警报器背后,从乘客的视角来看,那里是彻头彻尾的死角。而且,子实体在那里暂时停止了生长。因此除非实际发生火灾,乘客没有任何机会发现通道墙壁出现了异常。

不过,开始出现子实体的不只那一处。

"它"再次朝下一个区域伸展菌丝。当菌丝判断出下一个区域的环境适宜,又会以猛烈的势头不断增殖。

接着,当那块区域的菌丝达到饱和状态,且温度处于绝妙的范围之内时,新的子实体就会出现在船体中。

子实体出现的理由有几个。

子实体也能释放出菌丝。

如此一来，"它"在更远的地方繁殖的可能性便提高了。

正如"它"最早的菌株附着在"诺亚方舟号"上，制造出开始伸展菌丝的机会一般。

不知为何，子实体似乎厌光。因此一开始是出现在火灾警报器盒子的背面，没有光源直接照射的地方。接下来出现的子实体也都选择了避开船内有直接照明的场所。

比如，遭受菌丝侵蚀最严重的，是位于俄克拉何马Ⅲ区边缘的娱乐设施，"水仙原野"旧址。

由于加利福尼亚Ⅳ区及Ⅴ区被用于建造往返应许之地和"诺亚方舟号"间的航天飞机，乘客的生活区域发生了很大变化。其他区域的可用空间都转变成了生活区。不仅如此，为建造航天飞机，乘客上交可回收的非必需生活用品也成了定习。当然，仅凭如此仍不足以提供足够的资材，于是纽约Ⅴ区被关闭，用来建造航天飞机，这一计划让人联想到燃烧自身产下后代的火凤凰。

三个区域遭到封闭、拆卸，其他数个设施也被迫改头换面。

例如娱乐设施，能让乘客们感受"地球"的场所。虽然，那并非货真价实的大自然，但在那些虚拟体验设施中，可以体验到最接近真实地球的环境。

"诺亚方舟号"上有好几个这样的设施。它们被一一拆卸、改造，变成了生活区。

重现地球"海洋"的"天堂海滨"被第一个关闭，接着是"人鱼礁湖"。

留存到最后的娱乐设施，是位于俄克拉何马Ⅲ区边缘的"水仙原野"。

换算成地球时间，那已经是八年前的事情了。"水仙原野"关闭前的几十个小时，几乎每一个乘客都造访了该设施，依依惜别。这件事所有人都记得。连草地远处都挤满了人。关闭仪式上，来自俄克拉何马Ⅲ区自卫队志愿者组成的乐队演奏了《萤之光》[①]；区划长发表了告别致辞；接着，俄克拉何马区的儿童代表将"水仙原野"中的投影关闭。输送着水仙香气的换气装置停止的那个瞬间，以及那时人们流下的热泪，每个人都铭记在心。

随后，曾属于"水仙原野"的空间摇身一变成为生活区，迎来了此前生活于加利福尼亚Ⅳ区与Ⅴ区的乘客。

就这样，"诺亚方舟号"上的一切娱乐设施都消失了。

所有人都知道，这是无可奈何的事情。应许之地已近在眼前。身为人类后裔，乘客终有一天必须走出"诺亚方舟号"，登陆地表。

然而，也有人由于设施消失，迎来了人生的转折点。

比如一位名叫 B.B. 的老人。

他的正式姓名是本·伯法。不知从何时起，朋友们开始称呼他为 B.B.。不过，如今叫他 B.B. 的朋友也少了很多。

---

① 改编自苏格兰民谣《友谊地久天长》的日本歌曲，作词者是稻垣千颖。

按地球时间来算，他的年龄是七十六岁。

据说在"诺亚方舟号"上生活的第一代人里，B.B. 的祖先是曾负责艾迪森总统贴身警卫工作的治安官。其后，第三代安德鲁·伯法在"人鱼礁湖"开设的同时，也开始在那里工作。此前安德鲁·伯法在"天堂海滨"负责尘埃的回收再利用，这次却被委托全权管理投影设备。

虚拟投影的自然景观是是由机械群计算得出。机械群会结合人类的反应，投射出细致且接近现实的视觉效果。在那个时代，从事与机械群相关的工作的人被分为三类。

创造机械的人；管理机器的人；被机器使唤的人。

这三种人无论怎么定义都不要紧，职业也不分贵贱。不过，对于在娱乐设施中全权管理投影设备这一工作，安德鲁·伯法十分自豪。

B.B. 记事时，父亲已经在"水仙原野"的管理室中工作了。

如今 B.B. 仍能清楚回忆起，母亲第一次带他到"水仙原野"那天的情景。

在那之前，只有狭窄昏暗的通道空间是 B.B. 等小孩子的游乐场。虽然有宽敞明亮的地方，但在那些地方必须长时间为提升技能而学习。同时，那些地方也是开展小组训练，以及举行区域全体会议的场所。

对 B.B. 来说，生活空间以外的地方留给他的只有这样的印象。

"我带你去爸爸工作的地方。"

母亲这样告诉 B.B. 时，他也没有什么实感。

因为父亲在家几乎从未谈及自己的工作。不只工作上的事，父亲几乎不曾与 B.B. 交谈。B.B. 甚至想过，父亲该不会是讨厌自己吧？

在家时，父亲总是待在房间一隅，面朝墙壁默默地坐着。B.B. 悄悄从背后靠近父亲偷偷一看，发现父亲并非是在盯着墙壁。

他是将 N-phone 连到了设备上观看视频。B.B. 隐约知道，那是地球上的植物和动物的资料。他的理解仅限于此。

有一天，母亲突然约 B.B. 一起去"水仙原野"。那天似乎是母亲的原定计划突然取消，因而有了一段空闲时间。幼小的 B.B. 完全无法猜出那儿是个什么样的地方。

母亲说："那里是爸爸上班的地方。"

B.B. 脑中一闪而过的画面是，黑暗中不时有红光闪烁，父亲赤裸着上半身，汗流浃背地专注于机器。

但他的预想完全错了。

母子二人搭乘环线来到"水仙原野"的入口。其外观就让 B.B. 大吃一惊。大门上方写着"水仙原野"几个字，五彩缤纷，线条圆润，文字四周画着各种树木，漫画风格的小鸟和昆虫展露笑容，在植物周围飞舞。树木上还闪烁着五颜六色的光芒。这时 B.B. 还注意到，周围传来了柔和的乐音。

他惊讶地发现，自己的心跳开始加速了。这儿究竟是什地方？

B.B. 牵着母亲的手走入场内。进门正前方是一片彻底的黑暗。B.B. 永远不会忘记，当黑暗后方的大门打开时，光芒映入眼帘，他倒吸了一口气。

他看见了大门之后的景象。

眼睛终于适应光线后，B.B. 见到的是无比广阔的空间。不对，不仅仅是空间，B.B. 不知该如何形容，只觉得震撼，后背有一阵阵战栗的奇妙感觉蹿过。

绿色从脚底一直延伸到远方。是植物。星星点点能看到巨大的树木，而那些植物都盛开着或白或黄的花朵。

母亲说："这里就是水仙原野，爸爸工作的地方。"

"爸爸在哪里？"

"爸爸在我们看不到的地方工作着。"

"这就是地球吗？"

"对。这里建造得和地球一模一样，是到处都盛开着水仙花的地方。只有待在这里时，我们才宛如置身于祖先曾居住的地球土地。"

B.B. 并不知道这个地方哪里是真实的，哪里是虚构的。他大口吸气，清爽的气息盈满鼻腔。远处传来鸣叫，是小鸟们的啼声。

B.B. 抬起头往上看。照明的光线变暗了，一块圆形的光正要被遮住。

"那道光是太阳,正要躲进云朵里面。"

太阳、云朵、草原。B.B. 脑中有这些事物的概念,但这还是第一次亲身体验。虽然它们并非真实存在,但对于获得切身感受的B.B. 来说,这种感觉堪称惊异。

这就是地球吗?人类居住在这种地方吗?真是太棒了。

那一天,B.B. 在"水仙原野"中度过了什么样的时光呢?他沐浴在青草与水仙的香气中,躺在大树的树荫下,毫不厌倦地眺望着逐渐倾斜的太阳。直到母亲告诉他要回家了。

父亲在"水仙原野"的出口等待他们。母亲似乎早已知道那个时间。那是父亲"下班"的时间。

"感觉怎么样?水仙原野……?"父亲有点儿担心,不知道儿子会给出什么样的评价。B.B. 一下子答不上来。很有趣、很好玩……他本想这么说,又觉得这么说还不足以表达自己的想法。所以顿了一下,他说:"我非常喜欢这个地方。我还想再来。"

听了这话,父亲笑眯眯的,心满意足地点了好几次头。B.B. 还记得,母亲与父亲在那之后的谈话。

"你说,这孩子没有去过地球,为什么会这么喜欢水仙原野呀?"

"就算他不记得,人类种族的记忆也会深深刻印在其中。可以说是本能吧,我们所有人的本能。"

这个时候,B.B. 已经决定,等自己长大后,要和父亲一样在"水仙原野"中工作。

在那之后, B.B. 也有许多选择工作的机会。区划长提议, 轮机舱的岗位有空缺, 推荐他去工作; 也有亲戚询问: 农场有一个房间闲置了, 要不要尝试生产农产品? 这些都是"诺亚方舟号"上的重要职务。也是世代飞船上不可或缺、值得一个男人为之奋斗终生的职业, 但 B.B. 的决心坚定不移。

当时, B.B. 已经不把配发的 N-phone 戴在身上了。

他独自去"水仙原野"时曾发生过这样的事情。正当他悠然享受美景时, 身边的花朵突然变成了黑色, 接着又立刻变回了白色。但远方仍能看到好几处变成了如马赛克般的银色碎片, 不停颤动。"水仙原野"中决不容许出现如此异常情况, 它会彻底毁掉这个重现了古老而美好的地球环境的地方。

B.B. 向下班回家的父亲询问缘由, 父亲耸耸肩答道:"不知为何, 设施的虚拟投影设备与 N-phone 的兼容性很差, 所以我们在'水仙原野'的管理室内都不戴 N-phone。今天有一个人来帮做短工, 但他没有遵守规则, 戴着 N-phone 去工作了。虽说我们也有责任, 不该没有注意到此事, 可事先已经对他千叮万嘱, 我们怎么也没想到竟会在戴 N-phone 这件事上出问题。后来接到投诉, 我们才发现这个情况。现在那个来帮忙的年轻人已经被辞退了。"

据年轻人说, 一旦把 N-phone 戴在身上之后, 就再也离不开了, 否则会产生信息戒断反应。这下 B.B. 才理解了父亲不佩戴 N-phone

的原因。

自那以后，B.B. 也注意着不戴 N-phone。观察身边的朋友，他们对 N-phone 的依赖的确能称得上是 N-phone 依存症。B.B. 的思路并没有转到查明 N-phone 为何与虚拟投影设备互相影响的原因上去，这也是由于他为人比较保守。

后来，B.B. 开始在"水仙原野"中上班了。大门背后的设施管理室成了 B.B. 的工作场所。让他意外的是，管理室十分狭小，墙壁中埋着无数块显示屏，还有一块宽大的操作面板横亘在中央。设施影像自不必说，气温、灯光变换、气压、空气流动调节、温度、芳香等条件都必须在操作面板上设定，如交响乐团的指挥者般进行操作。由于系统可以自动控制，只要在初期进行手动操作，之后转为自动便能歇一口气，但每隔一定时间仍需在一瞬间重新设置条件，若要在不被来客察觉的情况下操作，就需要熟练的技术。

座椅可以从操作位置上拉高。如此一来，B.B. 便可以在水仙原野的空中环顾四周、确认情况。当然了，以来客的视角并不能看见 B.B.。即使知道设施管理室的位置，从视觉上也无法感知，只能看到一片水仙花怒放的草地。

B.B. 的班次和父亲在不同时间段，而与 B.B. 同一班的老人将在几个月内退休。

"你是自愿到这里来的吗？真是个怪家伙。无论再怎么相似，这里也不是地球，只是个冒牌货。每一朵花都不是真的。不是说，再过几十年就能到达应许之地了吗? 到时候,大家很快就会忘掉这种地方的。你要为这种地方奉献一生吗? ”

身为前辈的老人不知是真心话还是自嘲。B.B. 没有给出像样的回答,只是向他学习了管理室必备的技术。如果还有不懂的地方,B.B. 就打算等父亲下班后再向父亲询问。

前辈离开管理室之后,那里就成了 B.B. 一个人的空间。一个班次最多能有三人同时工作,但 B.B. 认为自己一人就已经足够。有其他人在反而会有所顾虑,团队合作不适合自己。

排班有规则地轮换,B.B. 从未因上班而疲累,休息时间却不知该如何打发。他想,自己宁愿在工作中度过。看到初次造访水仙原野的孩子那闪闪发亮的眼睛,更令人开心。

尽管如此,在青春年少、精力过剩的时期,B.B. 仍感到不知从何而来的空虚。

某天,B.B. 洞察到了自身空虚的真正原因。那是他在管理室观看来客情况时想到的。

他看到的是在草原的树荫下亲密相处的情侣,那两人看上去实在很幸福。

B.B. 瞬间悟出,现在他缺少的是能理解自己的女性。

在此之前,B.B. 都与女性朋友无缘。别说恋人了,他连与同龄女性说话的机会都没有。

如果使用 N-phone,它就能读取使用者的相应信息,并为之介绍最合适的异性。但 N-phone 的这一用途与 B.B. 毫无关系。因为在"水仙原野"的管理室中不能使用 N-phone，而且，B.B. 不上班时也几乎不戴 N-phone。

不过，这样的 B.B. 也并非完全与女性无缘。即使不借助 N-phone 的力量，奇迹也能降临。

那是上班时发生的事。

B.B. 将所有的环境设备都切换成自动控制，持续监视"水仙原野"的显示屏。这是以人眼进行检查。毕竟就算设备群运行正常，也无法防止来客之间的纠纷。

而那天的来客数量是平时的数倍。原因是纽约 V 区的"人鱼礁湖"出现了意外故障，于是乘客都朝"水仙原野"来了。当容纳人数接近极限时，来客之间肯定会发生矛盾。B.B. 也紧急向"人鱼礁湖"请求协助应对。幸运的是，目前并没有发生纠纷，但……

B.B. 发现屏幕一角有许多人聚集，有人倒在地上了。

B.B. 连忙走进设施内部，接着便看到了倒在地上的她。

她被搬到急诊室时已经恢复了意识。B.B. 要去找医生，但她说自己稍微休息一下就好，最后也确实好转了。她说，自己是因为人太多而产生了眩晕感。

在 B.B. 看来，她是个很有魅力的女性。她自我介绍道，自己名叫希娜·罗兰，由于休息日只有自己一人，想在"水仙原野"中打发时间，便闲晃着过来了。随后，B.B. 与希娜开始来往。在 B.B. 下一次轮班时，她来找 B.B. 当面道谢；其后也多次造访"水仙原野"。休息时，B.B. 则会与希娜一同前往饮食广场。

这是他以前从未经历过的事。

虽然还没到考虑结婚这一步，但他觉得，一直和希娜在一起也不错。

这样的日子持续了一阵，某天，希娜突然不再联系 B.B. 了。B.B. 这才发现，希娜对自己而言有多重要。他盲目地以为希娜会永远待在自己身边，所以对她一无所知。B.B. 慌忙操作 N-phone，却没能得知有关希娜的任何事情。她为什么销声匿迹？

不久后，希娜出现在 B.B. 面前，告诉他自己遇到了理想的对象，就要结婚了。B.B. 完全不明白她在说什么，可现实摆在眼前。希娜说，她好几次有急事要联系 B.B.，却都无法联系上。她用 N-phone 发出了分手的信息，也没有收到任何回音，所以才正式前来告别。

B.B. 向希娜道了恭喜。除此以外别无他话。接着，B.B. 回到了原来的生活中。

他每天都埋头于"水仙原野"的工作。年迈的父亲某天突然病倒，自此卧床不起。在那之后，B.B. 就成了设施的总负责人。那时，B.B. 在私生活中已不再与任何人交往了。他的每一个日子都在"水仙原野"中度过。不当班的时候，就亲自到各处检查外部设备。

"水仙原野"得以毫无故障地长期开放，可以说是 B.B. 努力与执着的结果。当他从管理工作中解放出来时，就与其他客人一同置身于"水仙原野"，享受"大自然"，并确认了这里对自己来说就是最棒的场所。

一对年轻夫妇带着刚会走路的幼儿来到"水仙原野"。B.B. 在近旁看着他们。

"听说祖先居住的地球就是这样的地方。"

"应许之地会不会也是这样的呢？"

"说不清。等孩子长大就能抵达了。希望那颗行星比这个漂亮的地方更美。"

年轻夫妇在这里谈笑风生。这时候，B.B. 便由衷地觉得，能坚持做这份工作真好。

母亲过世，父亲也撒手人寰，B.B. 虽年岁渐长，与"水仙原野"一同度过人生的初心，却从来不曾改变。

后来 B.B. 按自己的方式悉心改善"水仙原野"，让来客能感受到"季节"的变化。有冬去春来，气压变化与风向；还有随时间变化的气温以及云朵流动的景象。"水仙原野"在技术上比 B.B. 的想象还要接近真实地球的模样。

B.B. 已经不记得自己是从何时起住在"水仙原野"的了。

那时候，再没有人愿意到"水仙原野"中工作，B.B. 必须在无法轮班的情况下确保设施的运转。

但独自一人运营"水仙原野"对 B.B. 而言并不辛苦，这是唯一能疗愈自己内心的场所。

如果乘客在某一时刻突然想到"水仙原野"来，那就让设施二十四小时开放吧……B.B. 想。

他还觉得，前来游玩的人不自觉地露出笑脸，自己的工作也就获得了回报。"水仙原野"没有出现继任者。当时，B.B. 几乎是以"水仙原野"之主的身份度过每一天。不管有没有继任者都无所谓。反正听人家说，不久便能抵达应许之地了。

自己只要工作到那个时候不就行了？也不需要继任者。

就在这时，B.B. 突然被告知"水仙原野"将要关闭。

不只"水仙原野"，还有"人鱼礁湖"和"天堂海滨"。总统已经决定关闭所有的娱乐设施了。

瞬间，B.B. 对这一突如其来的无理通知充满了愤慨。不过，委员会派出代表向 B.B. 详细解释了情况。B.B. 没法接受解释，但不得不遵从决定。为移居到应许之地，现在是所有人必须齐心协力的时候。

委员会代表向 B.B. 说明，接下来他将会在俄克拉何马 I 区的护理福利室中接受充分的照料。

B.B. 只能接受。就算到达应许之地，他也无法降落到行星上。而在"诺亚方舟号"中，今后 B.B. 也不再需要工作了。"总之，请安然度过今后的人生。"代表不断向 B.B. 重复这些慰劳的话。

于是"水仙原野"关闭了，建造起乘客的生活区。如今这里房屋鳞次栉比,一点儿也看不出曾经的"水仙原野"的痕迹。

但不知为何,管理室并没有遭到拆除。八年过去了,管理室仍保持着原本的样子。

结束"水仙原野"的工作后过了八年,B.B. 身体依旧健康。但他没有从每日的生活中感受到任何活着的意义,无非在护理福利室中无聊度日罢了。

没有希望,没有梦想,也没有家人前来探望。B.B. 想,自己的人生会像炭火逐渐熄灭一般,就此走向终结吗?即便乘客移民到应许之地,自己的肉体也早已被宣告无法前往新世界。

不过,护理福利室中无依无靠的老人不只 B.B.,还有不少无法活动自如,仅靠设备维持呼吸的人。无须借助机器或他人的帮助,能够独立生活的 B.B. 等人或许还算幸运的。但他想,自己迟早也会变成那副模样。无法选择有尊严的死亡,只能被动地活着。

在过剩的时间中,B.B. 有时会去"水仙原野"的旧址。他担心如果老是跑出护理福利室,会被当成徘徊[1]老人对待。万一如此,也许自己想去"水仙原野"时就会被关禁闭。因此,只有在实在想要回顾人生的时候,B.B. 才会征得负责人的同意而造访旧址。

如果"水仙原野"全被拆除,挪用成生活空间的话,B.B. 或许不会有这样的念想。

可是,唯有"水仙原野"的管理室没有遭到拆除,原封不动地留

---

[1] 指患有认知障碍的老人总是坐立不安,到处游走。

存了下来。所以 B.B. 才会来到这里。

管理室留存的原因不详。是因为它毗邻飞船外壁，空间不大不小，所以无法挪用吗？除了管理室以外，其他地方分明都密集地建起了生活住房，住进了从其他区域迁入的乘客。

那天，B.B. 时隔数月再次来到"水仙原野"的管理室。平时没有人会来这个屋子，出入口的门扉也上着锁。不过，B.B. 私下设定了自己能打开的大门密码。那是他以前还在工作时，考虑到无论发生什么事，自己身为"水仙原野"的负责人都必须能够应对而设置的。设施关闭后，再次造访此处的 B.B. 得知，那个密码仍然有效。

B.B. 打开灯。这个房间虽然无人使用，灯却还发挥着作用。

操作面板积了一层薄灰，B.B. 在面板前的座位坐下。

前方无数块显示屏映出黑白二色，屏幕中什么都没有。但 B.B. 不在乎。

自己在这里、用这样的方式，为"诺亚方舟号"上的人带来过乐趣。让小孩子们惊讶地瞪大了眼，让情侣们感情升温，还为少年少女幻想地球尽了一份力，不是吗？

至今为止，我做的一切并非徒劳。只有这个想法在 B.B. 的心中不断盘旋。尽管身处让人怀念的场所，昔日光景却无影无踪。B.B. 专心致志地将过往的回忆一一填补进去。

如此他便十分满足了。

B.B. 坐在座位上，好一阵都沉浸于感慨中。"水仙原野"不是无用之物,每个乘客都理应到过"水仙原野",并在里面度过了快乐的时光。

这时,B.B.不小心弄掉了自己还不习惯佩戴的 N-phone。这是他年轻时绝不会用的东西。不过,现在他也没有使用。只是负责人同意 B.B. 外出的条件,是要带着 N-phone 出门,以确保无论他在什么地方都能联系上。B.B. 最怕自己不习惯的东西了。他弯下腰寻找 N-phone。N-phone 落在墙沿为遮盖沟槽而铺设的镶板之间。B.B. 小心翼翼地揭下镶板,一下子就发现了 N-phone。但同时,他还发现了一些奇特的东西。由于老视严重,B.B. 看不清那是什么。他连忙碰了碰挂在耳朵上的小型视觉设备,这种新型设备可以在眼球前方制造出空气镜片。

墙上密密麻麻地长着什么东西。是银色的伞状物体。大一点儿的伞约有数厘米。看上去似乎是从墙壁与地板之间的金属交界处冒出来的。B.B. 摘下一朵拿在手上。伞的内部也呈银色,有许多褶皱。

眼前传来"嘭"的一声。墙壁表面长出了新的伞,还带着一根细柄。B.B. 总觉得在哪里见过。

在哪里见过呢?小时候在地球故事中见过……在《爱丽丝梦游仙境》中出现过……这是蘑菇吧?它们的形状完全一致。叫作爱丽丝的少女吃了蘑菇后,身体一会儿变大一会儿变小。这就是那种蘑菇吗?

蘑菇怎么会从"诺亚方舟号"的金属墙壁上长出来？

这意味着什么？

在 B.B. 的认知中，没有更多关于蘑菇的信息了。他第一次拿起 N-phone，对准那个蘑菇状的物体拍摄了视频，接着开口询问："这是什么？"

N-phone 马上给出了解答。

"这是未知蘑菇，是菌类的一种。在地球上，蘑菇寄生在植物上繁衍生息，从植物中吸收养分并分解……"解说滔滔不绝，还播放了各式各样的视频。视频中的蘑菇有一些与眼前的很像，有一些则完全不同。有的可食用，有的则存在剧毒。

B.B. 完全不知该如何判断蘑菇的类型，他左思右想，如果这种蘑菇有剧毒怎么办？解说中提到，蘑菇是在食用之后才发挥毒性，但也有一些会分泌出能够挥发的有毒物质。然而 N-phone 并没有提到菌类寄生在金属上的例子。这个蘑菇状的东西究竟是什么……如果会给"诺亚方舟号"的船体造成巨大损伤呢？万一没有任何人发现这种菌类的侵蚀，又会怎么样？

自己该怎么办……

一瞬间，B.B. 有点儿眩晕。不行，这个金属蘑菇可能有毒，刚才的眩晕不就是它造成的吗？

必须尽快告知区划长，让区划长派遣这方面的专家过来。

对 B.B. 来说，这是他第一次如此积极地使用 N-phone。他联系了区划长,并附上了从各个角度拍摄的视频。随后,他突然有些心虚,自己不会被责问为何潜入了管理室吧?但区划长完全没有就此事质问 B.B.。

调查小组来到管理室的速度超乎想象。似乎是由于出现了未知生命,这件事被当作最优先的事项来处理。小组由菌类专家、治安官、防灾部门的人员组成,据说是在接到 B.B. 的联络后,以最快速度组成的。

一名治安官听取了 B.B. 的说明。当然,B.B. 也被问及为何到这种冷清的地方来,但问法并没有让人感到不快,他甚至感受到了治安官对老年人的敬意。

B.B. 诚实作答。他说:"我曾经是'水仙原野'的管理负责人。直到设施关闭之前,我都在这里工作。没有比这里更令我难以忘怀的地方了。"

接着,聆听 B.B. 说明的治安官抬起脸,睁大眼睛说道:"真是太了不起了。我记得很清楚,'水仙原野'以前就在这里。"治安官连语调都变了,话中带着对 B.B. 的尊敬,"这是我从小就喜欢的地方,不知道缠着父母带我来过这儿多少次呢。"治安官放下往 N-phone 中输入内容的手,对 B.B. 如此诉说道。他还感慨:"现在哪儿是完成治安官工作的时候,我遇上了多么厉害的人呀!"

听到有人在叫自己,B.B. 回过头,发现区划长就站在后面,身旁跟着一个年轻人,气质和当下的环境有些不符。

"你立大功啦。"区划长说，如慰劳 B.B. 般拍了拍他的肩膀。
"哎？" B.B. 十分困惑。区划长向他介绍了那位年轻人，说年轻人正
是菌类学者，而 B.B. 所发现的毫无疑问是极其稀有的蘑菇。

"宇宙飞船内如何产生了蘑菇状的物体，其经过不得而知。但
这种菌导致飞船外壁的强度劣化了。"年轻人说明道，如果发现得
晚，菌群肯定会扩散到整个"诺亚方舟号"。

"那要怎么办？"

"只能丢弃这部分外壁了。幸运的是，菌群只存在于这面墙壁
附近。要是再晚几个小时发现，或许整个'诺亚方舟号'都会发生
大破碎。"

年轻的菌类学者说完，害怕得打起寒战。

他还主张，B.B. 理应得到船上所有人的感谢。区划长颔首称是。

"不过，为驱除宇宙菌，整个管理室都要丢弃到船外，然后补强
缺失的外壁部分。因此这间屋子将会消失。这是无可奈何的事情，
请您理解。"

B.B. 只能理解。但他确信，"水仙原野"的回忆永远存活在"诺
亚方舟号"乘客的记忆中。治安官这样说过，区划长也点了头，年
轻的菌类学者也不忘告诉 B.B. 他自己的回忆。每个人心中都拥有
各自孩提时代的"水仙原野"。

B.B. 回护理福利室的路上有些失落。将来自己想去"水仙原野"
的时候该怎么办？从今以后，那间管理室便成了再也无法踏足的禁

忌之室。而自己在"诺亚方舟号"上生活至今的证明,不就只有那间屋子而已吗?

不过,这种失落感在回到护理福利室的瞬间就烟消云散了。在福利室中生活的人们,或坐着轮椅,或借助机器护理犬的支撑,一同迎接 B.B. 回来。

大家还挂出了一面紧急赶制的条幅,上面写着:感谢拯救了"诺亚方舟号"的英雄!

B.B. 简直不敢相信自己的眼睛。直到今天早上,邻室的老婆婆全身还被生命维持设备所覆盖,现在竟只戴了一个面罩就出来迎接他。"奇迹出现了!"前来迎接的护理福利室室长叫道。据说,依赖着生命维持设备的邻室老婆婆,在听到 B.B. 从异常情况中拯救了宇宙飞船后,病情就出现了奇迹般的好转。

护理福利室中的每一个人脸上都洋溢着喜悦之情。

这种幸福感是自己带来的吗? B.B. 没有什么真实感。可是,没想到大家竟如此为自己感到高兴。

在那之后,B.B. 过上了什么样的生活呢?

"诺亚方舟号"全体乘客都认识了拯救宇宙飞船危机的 B.B.。甚至 N-phone 和饮食广场上都不断播放着对 B.B. 的介绍。同时也是在讲述"水仙原野"的过去。乘客开始通过 N-phone 谈论"水仙原野"对自己而言是什么样的存在。"水仙原野"的管理室已经消失,没有留下任何痕迹,但 B.B. 已然满足。大家永远不会忘记"水仙原野"，在那里度过的时光已经成为他们的珍贵回忆。

此外，还有一个意想不到的人来找 B.B.。

B.B. 马上就认出站在自己面前的女人。与希娜·罗兰交往已经是几十年前的事了。

但她仍维持着昔日的面容。虽然年岁增长了，优雅和魅力还是一如既往。

B.B. 不知道该说些什么。希娜却向 B.B. 道歉："我可以再次回到你身边吗？"

她说，自己与那个男人分手后，至今一直独自生活。她无数次想拜访 B.B.，却始终无法鼓起勇气。

现在她没有一天不在 N-phone 上看到 B.B. 的消息。每看见一次、听闻一次，想见 B.B. 的心情便热切一分。于是，她出现在了 B.B. 面前。B.B. 并不生气。只要希娜期望，他也愿意和希娜共度余生。

希娜与 B.B. 住到了一起。两人之间虽然隔着数十年的空白，B.B. 却没有感到任何不便。只有仿佛从前就一直生活在一起的幸福感。B.B. 也丝毫没有责怪希娜的意思。

他想，事情就是这样的。一旦有了转机，一切都会变好。

没必要特地逆流而行。

B.B. 与希娜过着甜蜜的日子。这时，意料之外的消息飞到了他身边。

区划长亲自通知 B.B., 他已确定将会获得总统表彰。

据说, 这是由于 B.B. 奋不顾身从未知生命手中保护了"诺亚方舟号", 如此丰功伟绩值得大范围隆重表彰。

听到这个消息, 最为 B.B. 感到高兴的是跟他生活在一起的希娜·罗兰。

总统表彰将在"诺亚方舟号"全体会议的开头举行。仪式过程会在整个宇宙飞船中直播。

表彰仪式在饮食广场中央举行。B.B. 走向总统, 心想, 自己绝对不会忘记这场仪式。

B.B. 第一次在这么近的距离看到奇斯·兰伯特总统的脸庞。仔细想想, 他其实连总统的容貌都不甚明了。

B.B. 停下脚步。向左右两侧看去, 政府高官们排列整齐, 注视着 B.B.。后方的希娜·罗兰开心地朝他挥着手。B.B. 刚要举手回应, 却赶忙收住动作。

因为总统开口了。

总统没有准备稿子, 而是直接与 B.B. 交谈了起来。他的语调柔和, 却又充满力量。意外的是, 总统还言及 B.B. 的人生。

B.B. 如何出生, 后来如何承担起管理"水仙原野"一职,"水仙原野"又如何获得"诺亚方舟号"全体乘客的喜爱。

听着总统的一言一语, B.B. 十分满足。他想, 自己的人生已然得到回报。

不知不觉间，视野扭曲了，那是因为 B.B. 自身的泪水。总统的表情如冻结般静止。

大破碎发生了。"水仙原野"的外壁遭到腐蚀，其劣化已到达极限。

当时身处"水仙原野"原管理室的只有 B.B.，即本·伯法一人。B.B. 被吸入宇宙，瞬间死亡。但他应该不会感到痛苦。因为管理室镶板背后的蘑菇状子实体在空气中分泌出了与鹅膏蕈氨酸及毒蕈碱性质相似的挥发性物质。这种物质既能带来幻觉，也能让人产生欣快感。因此 B.B. 无法将出现未知菌类一事告诉任何人。

由于这场事故，"诺亚方舟号"无法停留在卫星轨道上了。

通往那一天的轮舞曲

那天早晨与前天、大前天的早晨相比，似乎毫无不同。

然而，它将跟人类在新伊甸生活以来的每个早晨都不一样。

新伊甸首长安德斯·瓦根辛的手边已备好应对各种不同情况的方案。

瓦根辛确信，艾迪森后裔抵达新伊甸之日必将来临，并不断研究着届时以何种形式向恶魔后裔挥下正义的铁锤最为有效。他在通过选举担任市长一职之前，就已开始探索。他预想的场景是，瞅准艾迪森后裔在新伊甸着陆的时机，将他们一网打尽。要做到这一点又有好几种方式。例如，不多废话，以尽可能残忍的方法虐杀降落的人；或是活捉所有人，将他们打个半死之后，再告诉他们事实真相，让他们在苦痛中慢慢死去。

不过，这些都只存在于瓦根辛的幻想中。

随后，瓦根辛成为首长，市政厅内便组建了专门小组，从各种角度开展 X 日[①] 来临之际的案例研究。

专门小组依据艾迪森后裔的兵力规模，设想了迎击状态，筹备并实施了新伊甸民众的组织化备战活动。

当来自地球的巨大世代飞船真的出现在新伊甸的遥远天际时，迎击的准备便更加细致了。

然而，巨大的宇宙飞船迟迟没有降落地表的迹象。新伊甸很快就弄清了飞船的真意。

飞船已经察觉新伊甸存在"智慧生命"了。而且似乎还未查明新伊甸"智慧生命"的真实身份。相反，艾迪森后裔开始呼唤地表，试图进行"友好接触"。

瓦根辛禁止地面发出任何回应。这当然是为了不让飞船获得任何有关新伊甸的情报。对此一无所知的宇宙飞船，利用各种方法持续呼唤地面。根据那些消息，地面更具体地分析出了飞船的真实意图。

他们还得知宇宙飞船名为"诺亚方舟号"。这个船名意味着什么？这个名字出自《圣经·旧约》。世道混乱的时代，神一度降下大雨净化地面。当时，神只拯救了信仰坚定的诺亚一族，让他们建

---

① 指无法料到何时发生的必然事件发生的那一天。

造一艘方舟。了解这个由来后，瓦根辛等人对命名者艾迪森的傲慢感到更深的愤怒。

接着，他们开始预测"诺亚方舟号"的乘客打算如何降落到新伊甸。

名为"诺亚方舟号"的巨大宇宙飞船似乎无法在行星上着陆。他们通过监听宇宙飞船内的电波得知，飞船将在行星的卫星轨道上绕行，近期会用航天飞机分期分批让乘客转移到地面。

之后，新伊甸便按照宇宙飞船乘客的移居计划，重新研讨了有效的种族灭绝手段。

是否该从第一批移居者起，就把他们折磨致死？如此一来，第二批、第三批移居者会不会放弃移居？不对，届时可能不只是放弃移居。很难想象，对方在降落到未知行星上的时候没有准备任何武器。他们不可能没有设想过，行星上或许存在怀有敌意的智慧生命，或栖息着可能成为人类天敌的凶猛怪物。"诺亚方舟号"应该利用地球最新技术制造了武器，做了充分准备。不仅如此，经过数百年的时间，在抵达新伊甸之前，宇宙飞船内的武器技术也许已经更进一步，做了许多改良。

新伊甸完全无法预判，当知晓地表上的智慧生命乃敌人后，他们将对新伊甸的民众施以何种反击。

瓦根辛已按照地区、年龄和职务编组了新伊甸军。

但几乎所有"士兵"都不是职业军人。平时他们各司其职，或仍在就学。换句话说，所有人都是民兵。

不知道宇宙飞船上的恶魔后裔准备了什么样的武器。新伊甸在每个地区都准备了几把枪械，但在非常时刻能发挥多大作用仍是未知数。

约两万名敌人将从"诺亚方舟号"移居而来。根据预测，他们不会一次性完成移居，航天飞机会搭载着移居者多次往返于地面与卫星轨道之间。

他们完全不清楚应当在哪一阶段对移居者发起攻击。

首先，当第一批先遣部队降落时，为了让他们明白新伊甸居民的真实意图，要毫不留情地攻击对方，并赶尽杀绝。

这已经成为共识。但其后的发展未必顺利，新伊甸必须对来自天上的报复做好心理准备。

如今生活的方方面面，都以某种形式与恶魔后裔搭乘的宇宙飞船有所关联。艾娃·柯林斯有这样的感觉。

在市政厅上班的丈夫丹尼·柯林斯虽然不会告诉自己相关机密，但艾娃知道，丈夫肯定有许多烦恼。每当吃完饭，即将出门上班时，以及很晚才回家时，丹尼都会无意识地长叹一口气。

"怎么了？发生什么事了？"艾娃如此询问时，丹尼反而像是吃了一惊，反问道："为什么这么问？"

他并没有注意到自己在不知不觉中叹气。

"不，没什么。"丹尼回答。艾娃不知道这究竟是为了保守机密，还是丈夫认为说了也无济于事。但是，自从人们目击到宇宙飞船的光芒掠过新伊甸上空后，丈夫的精神状态就变成了这样。

与艾娃结婚时，丹尼是市政厅教育部门的职员，没有一官半职。安德斯·瓦根辛在当选市长后，对此前担任要职的人进行了大换血。当时丹尼被安排到了直属于市长的总务部。再后来，瓦根辛认为自己的职务不该限于市长，将自己的身份改为了新伊甸的首长。

从那时起，丹尼便在总务部议会事务局中任副职。也许是工作能力得到了瓦根辛的青睐，丹尼同时还在讨伐艾迪森事务小组中兼任着职务。

艾娃自然也十分理解丈夫这种忙得团团转的情况。

她明白，来自遥远地球的世代飞船正在新伊甸上空绕行。接下来会发生什么，她也隐约知道。要对恶魔艾迪森的后裔施以惩罚。

这是从祖先来到这颗行星时便流传下来的训诫。但艾娃小时候得知此事时，隐隐觉得复仇是与自己人生无关的事情。她想，恶魔后裔的到来不过是个传说。

当然，届时应该对恶魔后裔发起最大规模的攻击，肃清他们。

艾娃无法想象出具体情形。她接受的教导是，艾迪森子孙的样貌或许与新伊甸居民别无二致，实际上却是恶魔。要让他们在痛苦中哀号，要把他们从这个行星上抹杀。这些说法必须原封不动地背下来。对艾娃而言，那些字句与向神明唱诵的誓言一样，无非是言辞的罗列罢了。

但如今,传说突然间有了真实感。

首先,丈夫的工作状况变得十分严酷。

儿子汤米也拿着配发的不知有无杀伤力的长枪状武器参加训练。

以前战斗训练日的间隔时间似乎很长。可是,最近汤米上两天学就得去参加一天战斗训练,一直到天黑才能回家,而且汗流浃背、满身泥泞。看着兴奋得眉飞色舞的儿子,艾娃觉得他仿佛变了一个人。

餐桌上,汤米一边吃晚饭,一边目光炯炯地说着,自己将代替祖先,用复仇实现正义。汤米还是个孩子,这种能将孩童心灵也涂抹上仇恨的力量,说实话,艾娃非常害怕。如果艾迪森后裔降落到地面,自己的孩子也会举起长枪刺向他们吧。她为无法制止汤米而感到难受,也决不愿看到那样的光景。可是,自己的丈夫又在那种体制中枢忍受着繁重的工作,她不能批评汤米所说的话。

艾娃能做的,只有不要过分刺激汤米而已。

虽说如此,艾娃也无法在艾迪森后裔一事上置身事外。

各个住宅区都组建了区域团体,并商定了非常时期的应对方式。

柯林斯家所在的区域形成了一个团体。位于拐角处的谢帕德家的户主担任团体的领导。这位名叫基尔·谢帕德的老人年轻时在市政厅工作，算是艾娃丈夫的前辈。也正因这份经历，他自告奋勇承担区域领导一职，以追求人生价值。

当丹尼去上班、汤米去上学的时候，每个区域团体也会进行训练。

团体通常是在谢帕德的指导下开展防空训练。

参加这个训练后，艾娃第一次得知卫星轨道上的宇宙飞船向新伊甸发出了友好的呼唤。基尔·谢帕德为何知道这件事？艾娃感到不可思议，这事连丈夫都不曾告诉自己。

这是口耳相传的谣言之一吗？抑或是未正式公布、但尽人皆知的公开秘密？

基尔拿着装有灭火剂的钢瓶说道："大家应该都听说了，恶魔艾迪森后裔在宇宙飞船中呼唤地面上的我们。他们声称对我们没有恶意，希望友好相处。大家千万不能被那种天真的幻想所迷惑。恶魔不会以恶魔的面孔接近我们，肯定是用花言巧语来迷惑人。他们也许会呼吁和平共存，提出向我们提供技术之类的话。可是，当他们优雅走近时，衣服里会是强韧的铠甲，脸上会是虚伪的笑容。我们一旦以为对方并非敌人，放松警惕，就完了。就像艾迪森背叛我们的祖先一样，他们必定会用偷偷藏着的致命武器朝我们袭来，脸上还带着虚伪的笑容。

"无论如何，请不要相信他们的呼唤。友好的呼唤背后肯定藏着枪炮和兵器。那个时候，各位的家人应该也在战斗。您的丈夫、孩子都在战斗。大家必须在敌人的攻击中保护自己的城市。没有人会保护我们，只能依靠我们自己的双手。"

接着就是讲解灭火器的使用方法，及避免危害扩散到邻居的技巧，同时反复训练如何向团体中的所有家庭通知紧急情况。

训练时间不长，且每次都重复同样的内容，因此不会让人感到负担，但每次防空训练结束后，艾娃总是觉得很累。

新伊甸中的每个人或多或少都受到了在卫星轨道上绕行之物的影响。

这是她的真实感受。

艾娃一家不止三口，还有一个人无法离开家。

父亲让一整天都待在二楼的房间中。他曾是一名教师。辞去教职后过了几年，妻子，也就是艾娃的母亲去世了，他成了孤家寡人。艾娃担忧父亲此后的生活，但父亲告诉女儿不必担心。

前两年还好。艾娃放心不下，时常会去父亲的住处探望，父亲还笑着说："我一个人也能活下去的。很多事都不用顾虑别人，反而舒坦得很，没准儿还能长寿呢。"

可之后不到几个月的时间，艾娃就接到父亲朋友的消息，说父亲的情况变得很怪。

艾娃无法相信父亲出现了短时间内急速老化的症状。但当她看到父亲白天就将自己关在阴暗的房间里，一句话都不说的时候，她也不得不相信。

艾娃向丹尼提出，接父亲过来一起住。丹尼还年轻时就失去了双亲，当即爽快地同意了。

比起痴呆症，父亲更像是怀有某种心病。问他话时，他几乎不会给出像样的回答。艾娃让父亲住在二楼，父亲从不要求外出，整天只呆呆地在房间中打发时间。因此艾娃相信，父亲并不会给丹尼添麻烦。汤米对外公的兴趣也不大，瓦根辛少年队的训练以及和朋友玩耍几乎占据了他的全部心思。艾娃送丈夫和儿子出门后，剩下的时间就用于照顾父亲。

说是照顾，其实也只是给父亲端端饭菜，保持屋里的清洁而已。

艾娃每次都会和父亲说说话。"早上好，爸爸。今天感觉怎么样？""早上好。你知道这里是哪儿吗？""饭菜怎么样？好吃吗？"

她每次都聊这些琐事。当然，最糟糕时父亲会进入精神恍惚的状态。这时艾娃会喂他吃药，和他说话。后来艾娃得知，即使自己并没有特意拜托，丹尼和汤米也会来看望她父亲，和他聊天。

"岳父好像听得懂我说的话。他向我点头了。"

听丈夫丹尼这么说，艾娃不禁感动得想抱住他。

"我去了二楼，注意不吵醒外公，但是他看到我了。发现是我后，外公微微笑了。我向他挥手，跟他说我出门了，然后他点了点头。"汤米告诉母亲道，接着很有信心地表示，"外公绝对会好起来，变回原来的样子。"

艾娃祈愿，希望真能如此。

特别是在防空训练时，她非常不安。

万一……她想象"诺亚方舟号"的乘客降落新伊甸，并开展无差别攻击时的情形。

不知何时会发生这样的事。那时候，丹尼和汤米不一定在家中，自己必须独自一人保护病床上的父亲。到时自己能做好防空准备吗？这种想法开始在脑中盘旋。

艾娃还未告诉大家，届时她会优先救助自己的父亲。她总是觉得进退两难。

那一天，打扫完父亲的房间，艾娃照例不抱得到回应的希望和父亲聊天，接下来她以为发生了奇迹。

前一天傍晚，丹尼和汤米提早回家，艾娃和他们一起将父亲的床铺挪到窗边。今天是她第一次在那之后与父亲说话。

"爸爸，现在床铺的位置还行吗？外面的景色是不是一览无余？"

以往父亲的反应不过是动一动眼睛，或者点点头。但这次不一样。

"可以看到光。"父亲说道。

艾娃拿着扫把愣住了："爸，你说什么？"

"嗯，这里可以看到光。昨天傍晚，能看到像是星星的光芒飞过。今天早晨，很早的时候也能看到一样的光。它慢慢地，像流动一样从左往右飞了过去。那是什么光？"

"不知道，我不清楚。"艾娃虽然这么回答，心里却想，该不会是那个吧。防空训练时也谈到过那个话题。

他们说，恶魔艾迪森后裔的宇宙飞船正在上空飞行。恶魔们虎视眈眈，一边发出邪恶的光芒，一边窥伺着发动攻击的时机。即便从地面上也能看得一清二楚。清晨和傍晚，都可以看到那道肮脏的光。艾娃自然没有见过那种不吉利的光，也不想去看。

莫非父亲见到的就是那个？

父亲急于将看到光的事情告诉别人，现在也将自己的喜悦分享给女儿，所以很难得地滔滔不绝讲了下去。对父亲的身体来说，这是好事吗？应该是好事吧。

可是，他并不知道头顶上飞过的光芒是什么。

"艾娃，我一开始以为看错了。但第二次看到的时候，我就明白了。这道光或许有什么含义。比如说，这是神想让我注意到什么吧？"

说到这里，父亲闭上嘴巴，将视线投向窗外遥远的蓝天，眼神如少年般熠熠生辉。

艾娃实在不愿告诉父亲真相。

父亲也是从小听着艾迪森总统后裔终将抵达新伊甸的传说长大的。而今似乎做梦也不曾想到，那艘宇宙飞船已经到达了。

从那天起，父亲开始频繁开口。同时也能预测光芒从窗外远空飞过的时刻。虽然他不会主动说起，但只要有人问，他肯定会回答。

"今天早上也看到了吗？"

"是啊，看得一清二楚。不过，我开始觉得那不是神明的光了。"

"那么，那是什么？"

"嗯。它太有规律了。然后我觉得，那道光希望让我看到。不可能是神。该不会是变成了星星的朱迪思吧？我是这么想的。不，我知道这不科学。星星就是星星，与过世的人没有关系。可是，这么想的话，至少能说得通。哪有星星会像那样飞过我的视野呢。"

朱迪思是艾娃母亲的名字，也就是父亲的妻子。

"是啊，有可能。"艾娃附和着。

父亲满意地点点头，将视线移向远方。

天气并非永远晴朗，有时天空中积着厚厚的一层云，有时是连日间都昏暗阴沉的雨天。每当这时，艾娃走上二楼，总能看到父亲躺在床上，凝视着天花板上的一点，一动也不动。病情明显恶化了。和父亲说话，他也毫无反应，仿佛心思已经飘到了遥远的地方。

艾娃不禁想，这是何等捉弄人的情况。

X日必将来临。而那一天会是什么样子？艾娃不知道。会是艾迪森后裔的宇宙飞船着陆，在新伊甸决一死战之日吗？或者是，清晨和傍晚两次在窗外高空飞过的光芒消失之日吗？那会是令父亲绝望的X日吗？是丹尼和汤米被迫前往战场之日吗？

无论哪一种都令人厌恶，艾娃想。这颗行星上从未发生过任何战争。为何事到如今……

不管是什么样的 X 日，希望都能尽量避免。

万里无云的早晨，父亲在太阳即将升起前看到了那个光点。那天早上，他主动呼唤了艾娃。艾娃还没爬完楼梯就听见父亲兴奋的声音。

"飞过去了。光飞过去了。朱迪思出现在我的梦里，她说她马上就要通过了。我醒过来看着天空，朱迪思说得一点儿也不错。"

"是吗。太好了。"艾娃只能如此回答。

艾娃立即又下了楼。丈夫丹尼已经准备去市政厅了，和一般职员相比，他的上班时间相当早。

"岳父好像心情很好？"丹尼难得露出笑容，向艾娃问道。

"嗯。昨天因为有云没能看到，今天说看到了卫星轨道的'那个'，非常兴奋。"

丹尼闻言皱起眉头："病情好转固然是好事，但早点儿告诉岳父真相比较好吧？隐瞒那是从地球飞来的世代飞船也没用，应该告诉他，光不会永远在上空飞过，总有一天会消失。"

"我会找个机会说的。"

"也许没有那么多时间了。"

所以丹尼才一直工作得这么辛苦吗？艾娃想。她无法想象丈夫的工作内容，因为下一瞬间，丹尼的表情就变回了吃饭前压抑着感情的样子。

"我去上班了。"

丹尼穿着市政厅的制服走出家门,踏上通往自由教会的道路,这是前往市政厅的捷径。

丹尼走在路上,艾娃担心的表情掠过他的脑海。她不过问丹尼的工作。可以说,她知道的消息与社会上普通女性所知差不了多少。"诺亚方舟号"今后会怎么做?瓦根辛首长准备如何应对?

不,这点早有定论。将艾迪森后裔赶尽杀绝。可是,要用什么方法去战斗?

通过持续分析"诺亚方舟号"的呼唤,应对策略也一直反复变化。

如果告诉艾娃自己当前在市政厅做什么工作,会让她开心一点儿吗?

不,不可能。

讨伐艾迪森事务小组每天反复进行模拟,但作为其根基的假说每天都在不停变化。

其中有不切实际的战术,也有残忍至极的战术。若将个中经过一件一件说出来,简直就是把艾娃推落到不安的谷底。况且事务小组每天定下的方针都摇摆不定,不能告诉她暧昧不清的情况。

事务小组每天分析通过监听"诺亚方舟号"电波得来的情报,同时研讨应对办法。而丹尼必须参加会议,并将天天都在变化的结论告知市政厅其他部门。这岂止是朝令夕改。只是由于在对策上没有出现大幅度变更，普通民众没有实际体会而已。到了 X 日，"诺亚方舟号"会做出什么样的选择？航天飞机又有何种程度的武装？仅此两点，新伊甸的应对就会产生无数的变化。

瓦根辛首长尽可能出席事务小组的会议。在议会事务局中工作就能明白，瓦根辛首长的反应与以前相比也出现了微妙的变化。他带头指挥了按照各个地区及职务进行的部队编组，后来甚至组建了以"瓦根辛"为名的少年队。武器也优先制造并发放给他们。

直到那时，瓦根辛也只宣布了所设想的新伊甸共同的敌人——艾迪森后裔抵达时的措施而已。他只提出，要将降落下来的艾迪森后裔悉数屠杀，仅此而已。可是，自从事务小组主张"诺亚方舟号"乘客在降落时有可能全副武装后，小组也提出不能像之前一样只呼吁发起如偷袭一般的攻击。最初，瓦根辛以精神万能论坚称杀光"诺亚方舟号"全体乘客是可能的。但事务小组指出，如果航天飞机第一批乘客抵达后便进入战斗状态，"诺亚方舟号"也许会使出歼灭地上生物的手段。他们的祖先是能轻易抛弃其余人类的家伙，哪怕不知道地上的人是地球人的子孙后代，只要判断地面的人有敌意，他们肯定会毫不留情地打过来吧。"诺亚方舟号"也可能使用从地球带来的武器，在烧光新伊甸、灭绝生物之后，再开始实施新的地球化①。由于这颗行星表面几乎全是海洋，可供人类居住的地

---

① 指人为改变天体表面环境，使其气候、温度、生态类似地球环境的行星改造工程。

方并不广阔，艾迪森后裔不会吝惜改造新伊甸的时间，他们不会污染新伊甸，会选择"干净"的攻击方式。

听了专门小组的预测，瓦根辛的态度也软了下来。但他始终坚持"对恶魔后裔一人一杀"，并主张，如果他们打算攻击新伊甸，就没必要在卫星轨道上等待这么久。也就是说，瓦根辛开始要求事务小组摸索出尽可能不损害新伊甸的战术，而非不分青红皂白地进行攻击。

每当瓦根辛从其他专家处得到对己方有利的消息时，就会进行模拟分析。到了这个地步，丹尼已经彻底不明白事情究竟会如何发展了。

X日必将来临。它会以什么样的形式到来？丹尼有预感，那肯定是任何人都想象不到的X日。

"首长要求用上这个数据。"

仿佛瞅准了丹尼坐到办公椅上的时机，首长秘书长将文件交给负责议会事务的丹尼。

"这是什么数据？"

"哦，这是首长让逻辑学家听过监听电波后计算出的'诺亚方舟号'的攻击力。"

"那位学者给出的预测值我们已经探讨过了。"

"不，首长让他加上了最新监听到的情报。据说对方似乎没有准备攻击。"

"现在已经来不及提交会议了。"

"不是以文件形式,而是依首长的意思,由你口头提出建议。事务小组会议的后半场,首长也会参加。"

这个情况下,首长的提案是友好欢迎前三批着陆人员,接着控制他们作为人质,以此招来"诺亚方舟号"的负责人并将其公开处决。真是极其胡来的计划。

"负责人不会来的。"小组中的一个人断言道,"'诺亚方舟号'那些人的祖先是抛弃了同胞的家伙。应该料想,他们同样会抛弃人质,然后判定我们的作战是卑鄙的恐怖袭击。他们只会宣布自己绝不与恐怖分子进行任何交涉,这就是他们抛弃人质的借口。如果变成那种情况,之后有可能进入战斗状态,我们的处境会更加凄惨。"

会议依然没能讨论出像样的结论。但闭会后丹尼还是必须将会议经过整理到议事录中。也有几件已定下的事项。比如新制造出的长枪分配至哪个地区。同时也计划开展区域联合训练,以便给予艾迪森后裔更大的伤害。让新伊甸居民习惯于时刻留意可能发生紧急情况的生活。

这些措施能带来多少效果,丹尼不清楚。

与 X 日有关的情报太欠缺了。在自己日常做的事之外,有没有一种更有确定性的因素左右着命运呢?

无论瓦根辛首长主张什么,无论事务小组用什么方式预测什么,无法改变的东西都切实存在,且绝对不会改变,不是吗?现在自己正在干的活，制作议事录啦，传达贯彻通知事项啦，其实根本没有任何意义吧。

丹尼连忙将这样的想法甩开。怀疑自己的工作价值也于事无补。不管怎样，履行安排给自己的职责就是了。这关系到保护自己的家人，和拯救新伊甸的民众。

什么都没有错。不能去思考。自己的职责不是思考。

之后，丹尼依然为相关部门间的交涉而奔忙。

——前天刚刚变更了呀。

——首长命令？少折腾点儿吧。

——谁来负责？我们上头可不会同意。

他不禁觉得，时间过得实在是太快了。在此期间，各部门还提交了下次会议要研讨的议题。丹尼按照项目依序将议题分门别类整理好。需要事先研究的，则安排等待首长的判断。接着，他无意间朝外一看，太阳早已下山了。

从肩膀到手臂都无比沉重，丹尼使劲伸了个懒腰。部下都已经回去了。检查完他们准备的文件后，丹尼终于走出了市政厅。

今天仍然忙得晕头转向。可自己今天究竟办成了什么？这种想法闪过他的脑海。这与抵御外敌的充实感相距甚远。

丹尼迎着夜风匆匆踏上归途。

听到有人喊"爸爸"，丹尼停下脚步，而后立刻反应过来，这是汤米的声音。汤米的肩上扛着长枪。

"汤米？怎么回事？都这个时间了。"

"嗯。我刚才还在参加少年队的夜间训练。从今天开始的。"

原来是这样，丹尼回忆起几天前定下的事项。有提议称，航天飞机降落到地面上的地点尚不明确，对方会选择什么时间段降落也不清楚，没准儿会挑在视线不良的深夜。为应对这种情况，应该制订出夜间紧急事件的应对计划。后来这个提议也传播到了其他部门。

结果是，自己的儿子身为瓦根辛少年队的一员，马上便被召集参加夜间训练了。只不过时间并非深夜。汤米解释说，明天一早还得上学，还因为今天是第一次夜间训练，几个小时就结束了。

这是丹尼感受到自己从事的工作与家人的生活直接产生联系的瞬间。

"爸爸早上比我还要早出门吧。然后，一直在单位办公到这个时候？"汤米问道。

丹尼回答："嗯，是啊。"

"爸爸也很辛苦呀。"

"毕竟是工作，没办法。"

"在家里你总是睡觉。"

"这种状态还得持续一阵子。"

汤米微微叹了一口气。在丹尼看来，这仿若艾娃的叹息。

"训练情况怎么样？"

"姑且还行。没比别人好，也没比别人差。我的技术算平均水平吧。只是没多少与恶魔子孙为敌的实感。但我有信心，可以什么都不想地刺死他们。"

"是吗……"

一时间，两人默默地走在回家的路上。在家里，汤米几乎不和父亲讲话。父亲早出晚归，能与他见面的时间也极少。

汤米心想：不过，刚才与父亲的对话顶得上一个月的量了吧。父亲询问了自己的训练情况。其实，汤米内心深处也有些烦闷。

他有一个简单的疑问。那些家伙拥有耗费数百年时间从地球飞到新伊甸来的科技，像这样用长枪开展的训练，真的能对抗那些人吗？

汤米知道父亲在市政厅担任要职。

父亲没有这样的疑问吗？

可是，面对每天竭尽心力工作的父亲，他觉得自己问不出口。

不，话已经到嘴边了。"爸爸，关于恶魔的宇宙飞船……"但汤米拼命咽了回去。

于是沉默也持续了下去。

两人到家时，母亲似乎注意到动静，从二楼走了下来。

"你们一起回来啦？"

"嗯，原来汤米也要夜间训练，吓了我一跳。岳父还没睡？"

"是啊，精神很好。我去收拾碗筷，他就跟我讲了很多。"

听了这话，汤米也很开心。小时候，他常去外公家里玩耍、过夜。外公教给汤米许多游戏，教他捉虫，带他去可以摘到美味树果的地方。汤米希望外公能恢复到原来的样子。

"我去看看外公。"汤米喊了一声便跑上楼。

"外公该睡了，别待太久。"

"我知道。"

汤米悄悄看了一眼二楼的房间，室内已经很暗了。外公已经睡了吗？他正想返回楼梯。

"是汤米吗？"外公的声音传来。

"啊。你还醒着呀。"

汤米走进房间，看轮廓就知道，外公支着上半身坐在床上。

"我听妈妈说，外公有精神多了。你在做什么？"

"哦，我在眺望夜空。看数不清的星星，一点儿都不会腻。"

汤米觉得外公的声音充满了活力，这是他熟悉的外公的声音。

"啊，太好啦。外公喜欢星星吗？"

"以前我从没像现在这样仔细仰望天空。自从搬到这个房间来，我才明白了夜空中星星的美丽。这是你的外婆告诉我的。"

"外婆……？"汤米感到不可思议。

"是啊。为了来看看我，外婆变成星星，在天空中飞过。一天两次。清晨，以及傍晚天空昏暗的时候。"

外公抬起右臂指向窗户上方。手指的影子慢慢朝窗户边缘移动。汤米想，那大概是"外婆的星星"的轨迹。

外婆的星星。

汤米没法一下子相信。在清晨和傍晚移动的星星，这怎么可能。

接着，他突然想到唯一一个可能性。

从这扇窗看到的所谓会移动的"外婆的星星"，会不会是由地球飞来的恶魔后裔所乘坐的，绕行于新伊甸遥远上空卫星轨道的世代飞船？

学校的同学也说过，在清晨和傍晚可以用肉眼观察到。好像还有个名字，叫"诺亚方舟号"。

外公不知道这件事吗？

是了，外公肯定不知道。所以他才相信那个恶魔后裔飞船的光点是外婆。

"那个……光……"

在快要脱口而出的瞬间，汤米又犹豫了。可以告诉外公真相吗？那个光点是我们应该报仇雪恨的艾迪森总统一伙。如果说出口，事情会变成什么样？外公的病情好不容易才恢复到这个样子，不会又恶化吧？

"喔。汤米也看到过？很神秘吧。会动的星星除了外婆以外，没有别的可能性了。"

"是呀。也许没错。"汤米只能如此回答。他想，否定这件事对外公没有任何好处。可是，X日总有一天会来临。到时该怎么办？

应该让外公也有个心理准备吧。

"可是。"汤米说。

"可是……什么？"外公不解地反问。

"那个……外婆的光……应该不是永远能看到的。总有一天，星星会移动……去别的地方……变得看不到了也说不定。是不是先考虑一下那个时候的事情比较好……我是这么想的。"

汤米终于如此回答。外公沉默了一阵子，汤米看得到，他的肩膀上下抖动。

他说道："那也是有可能的。我一直都有心理准备。只是，我总觉得，外婆的光消失的话……是不是代表了那个意思呢。"

"那个意思是？"

"嗯。外婆对我说，你已经努力活到现在了，已经可以啦。这个意思。"

汤米无法从外公的轮廓看出他现在的表情。庆幸的是，外公也看不到自己脸上无地自容的表情。他尽量以开朗的声音向外公说道："我明天还要早起，先去睡了。晚安，外公。"

"嗯，谢谢你。晚安，汤米。"

汤米走到楼下和父母讲了这件事，惊讶地发现父母早已知情。不过，此前他们并不知道外公对 X 日有何看法。他们没有对此谈论什么，只是互相看了看。

让目送孙子汤米离开后，又看向窗外的星光。天空中散落着无数颗星星。让自然明白，它们每一颗都是恒星。唯有那道在黄昏与黎明的黑暗中飞越恒星之间的光芒是完全不同的。在不断深究可能性之后，认为那是朱迪思的灵魂最令人信服。尽管不科学，却是让唯一可以接受的解释。

今晚已经看不到朱迪思的灵魂了。下一次见面是在黎明，太阳即将升起的时刻。在那之前要确保睡眠充足。如果因为熬夜而错过与朱迪思的黎明相会，自己肯定直到傍晚都会沉浸在熬夜的后悔中。

让关上窗户防止夜风吹入，随后努力入睡。可是，他无数次打盹后又竭力醒来。梦中他因睡过头而见不到黎明的朱迪思，于是惊醒了。他轻轻打开窗户，屋外夜色尚浓。

只有太阳升起，外头一片光明的时候，让才会真正熟睡。不过，有没有在黎明时分见到朱迪思，会使让的心境天差地别。

让再次进入睡眠。他睡得很浅，以便随时能够醒来，以便不错过与朱迪思在黎明的相会。他迷迷糊糊、似睡非睡。身旁有什么东西。黑色的东西。是栖身于噩梦之物吗？是谁？终于，他知道了来者何人。

"汤米吗？"

"外公，我吵醒你了？"

"怎么了？"

"我没看过那道光，所以想来看一下。时间快到了吧？"

"嗯,差不多了。"

让打开窗户,孙子说得没错,天色仍然昏暗,但远方的地平线已经发白。看过时钟后,他确定时间快到了。

"你说得对。马上,朱迪思……外婆的光就会出现了。"

说着,他伸出左手拍拍床铺,似乎是让汤米坐在自己身边眺望天空。

汤米顺着外公的意思坐到床上。身旁,外公眼神天真地说道:"快了。外婆会在那个地方发光。"汤米看到,外公变得神采奕奕的。

"你看。"外公指向远处。

光芒缓缓飞过上空。汤米想,那正是从地球来的世代飞船"诺亚方舟号"。这是他第一次看见。如果不是外公告诉自己,也许他不会有机会见到。光点呈橘黄色。确实很美,而且很大,让人联想到灵魂也不奇怪。光点慢慢隐入了山背。

"再见,朱迪思。"外公一边说,一边朝窗外挥着右手。接着问:"怎么样,很厉害吧?我没骗你吧?"

"是呀。我第一次看到。"汤米回答,同时惊讶于外公的精神又好了几分。照这个样子,明天肯定能恢复得更好。

反过来,当"诺亚方舟号"降落到地面时,外公会怎么样?昨晚外公也说过,他早已做好了外婆的光芒消失的心理准备。如今外公的病情快速好转,若失去外婆的光芒,会不会也会急剧陷入最槽糕的状态中?

"差不多该去学校了吧？"

"嗯，我出门了。"

汤米走到楼下，父母正担心地等待着他。

"那是从地球飞来的宇宙飞船没错。很惊人的光芒。"

"嗯，我也看到过几次。果然如此。"父亲这么说道。

"外公真的相信那是外婆的灵魂。还说出光消失的时候自己的生命也会走到尽头之类的话。我没法儿告诉他真相。"

接着汤米就去上学了。今天不是瓦根辛少年队训练的日子。

家里每个人都心情沉重，艾娃想着，这份沉重的根源就是来自地球的世代飞船。

果然，新伊甸的所有人都被迫从祖先那里背负了如诅咒般的东西。

不过，今天一家三口难得一起吃了早饭。必须承认这是件好事。

父亲的情况也掠过艾娃的脑海。一旦有个万一，自己能保护好父亲吗？

X日来临之时，父亲能否安然无恙？

"我也差不多该走了。"

丹尼站了起来。艾娃吃了一惊，抬起头。汤米已经出门了。自己因为陷入沉思，甚至没发觉丈夫还在家里。

"啊，对不起，我在想事情。"

"没事。今天不用参加区域防空训练吧？"

"对。"

"希望今天也平安无事。"

这天早上，丹尼仍在往常的时间段前往市政厅。

在家中，丹尼尽量不去考虑工作上的事。和平时一样，他又想起妻子忧心忡忡的表情，接着开始寻思，那一天到来时，自己的家庭该怎么做。随后他轻轻甩了甩头，开始考虑今天到了市政厅之后要做的工作。今天也将同时召开多个会议。有几个仍未调整完的项目必须马上确认。

直到下午，丹尼的工作内容都与前一天别无二致。期间有几个小委员会的会议，他让部下去参加了。小委员会是商议如何在新伊甸贯彻执行事务小组决定事项的会议。根据会议讨论结果，部下会将未决事项，以及新问题提交上来，丹尼再判断是否提交到事务小组会议上。

对丹尼来说，本日的工作在午后才正式开始。今天要召开的是有关枪炮储备的研讨会。有人提议，应以海岸线为中心配置枪炮。

丹尼看着会议摘要，脑中闪过一个问题，儿子用长枪进行的战斗训练有什么用吗？

这时首长带队的调查组组长沙尔托飞奔而入，情势为之一变。

调查组的任务并不固定，应该说，这是一个经由总务来执行首长的突发奇想的部门。

沙尔托如呐喊般对丹尼说："火速召集事务小组！我们已经向

首长报告了。"

"按照预定,马上就要召开事务小组会议了。"

"小委员会的成员也要出席。是紧急事态,卫星轨道上的宇宙飞船发生了异常情况。"

"异常情况! 怎么回事? "

"轨道上发生了变化,飞船正在降落。可以观测到一部分碎片在大气层烧成了灰烬。"

沙尔托所在的调查组中有各式各样的专门职位。自从在卫星轨道上发现宇宙飞船以来,持续观测飞船也成为调查组的任务之一。因此才确认了异常情况。

"什么时候的事情? 宇宙飞船会怎么样? 会坠落吗? 坠落到哪里? "

"不知道。现在还什么都不知道。"

沙尔托虽然是该部门的负责人,却不是专家。但丹尼仍明白了几件事。接下来,他将很长时间无法离开市政厅了。新伊甸正要进入非常时期。

X 日即将来临。

大破碎

　　毫无预兆，猛烈的冲击袭击了"诺亚方舟号"的每个角落。有些人被无知无觉地夺走了生命，有些人则不知所以地陷入了困境之中。

　　造成冲击的最大原因，是位于俄克拉何马Ⅲ区边缘的"水仙原野"外壁发生了大破碎。

　　俄克拉何马Ⅲ区的大部分船体都散落在了卫星轨道上。为防止损害进一步扩大，俄克拉何马Ⅱ区的防御系统启动，关闭了通往俄克拉何马Ⅲ区的通道，与其隔离。多亏如此，"诺亚方舟号"的连环破碎才暂时刹住了车，但问题并没有得到根本的解决。侵蚀"诺亚方舟号"机体的"它"，早已遍布外壁的各个角落。"水仙原野"外壁只是碰巧最早发生了破碎而已。如今，下一个破碎的是"诺亚方舟号"哪个区域的船体都不足为奇。

"水仙原野"破碎时，宽治·南村正在纽约Ⅱ区的通道中。宽治是维护纽约Ⅰ区居住环境的实习生。这份工作是三班制，宽治刚结束工作，要回纽约Ⅲ区的家。

突然，一阵震动袭来，宽治不明所以。接着四周的灯光开始闪烁。宽治感觉身体被一股力量压在地上。直觉告诉他，重力调节装置发生了异常。飞船上华盛顿、加利福尼亚、纽约、俄克拉何马四个圆筒形的居住区都环绕着推进器，以其为中心旋转，来给居住区提供人工重力。刚才的感觉分明是旋转变快导致的重力增加。而原因或许与突如其来的震动有关。

宽治将右手伸向左腕上的 N-phone，发现了一件令人绝望的事。

N-phone 没有任何反应。屏幕上显示着时间，但"诺亚方舟号"的主服务器没有传来任何信息。自然，公报页面也没有显示信息。

发生了异常情况。但由于 N-phone 出了问题，无从得知真相。

不安一下涌了上来。

以前，无论发生什么事，只要询问 N-phone，疑惑都能得到解答。

从船内的各类活动、乘客的日程表，到各个区域的维护计划，一切生活情报都有赖于 N-phone。

宽治的 N-phone 并没有发生故障，功能正常，只是无法获取信息。服务器宕机了。在这种情况下，简直就是两眼一抹黑。手中的 N-phone 变成一块废铁，宽治感觉自己和被关在密室里毫无区别。

通道的灯光也出现了异常。有些灯板不见了，有些灯板不停闪烁，十分显眼。宽治小声嘀咕："是因为刚才突然的震动吧。"

尽管知道只是白费力气，宽治仍朝 N-phone 大喊着苏珊·佩吉的名字。

遭遇异常后，宽治最先想到的不是工作，也不是家人。工作的话，现在不是上班时间；家人的话，宽治有一个姐姐，她和姐夫一起住在加利福尼亚 II 区的农场中，姐夫会保护姐姐的。

宽治脑中想到的，只有苏珊·佩吉。她平安无事吗？知道现在发生了什么事吗？"诺亚方舟号"上是发生了超乎想象的意外事件吧。苏珊受到波及了吗？

若是在平时，宽治只要朝 N-phone 呼唤苏珊的名字，就能连上她的 N-phone 进行通话。

但现在没有任何反应。N-phone 连通话功能也失效了，宽治无法确认苏珊平安与否。

此时，宽治的四周也有几个人停留在原地。遭受冲击后，他们也都试图通过 N-phone 了解原因，但应该无人得解。可以说，这也是"诺亚方舟号"乘客在日常生活中完全依赖着 N-phone 的铁证。意识到无法了解情况后，乘客一个接一个茫然无措地离开了。宽治听到有人向他搭话，回头一看，原来是他家附近的独居男性。两人偶尔会打个招呼。男子站在通道墙壁的框架上，正向宽治招手。

"怎么了？"

"从这里可以看到外面。刚才的震动是那个造成的。"男子指着通道墙壁外面说。

"你知道是怎么回事了吗？"宽治问。

"可以看到一点儿。"男子脸颊抽动着答道。

男子紧贴着通道墙壁，宽治也站到一旁延伸出的管架上，和他并排站在一起。从宽治的位置可以看到船壁凹陷了下去，另一边是宇宙中的真空。同时，宽治能看到位于"诺亚方舟号"中央的轮机部，以及更前方。

俄克拉何马区理应处于轮机部的前方。

然而，与宽治想象的不一样，俄克拉何马Ⅲ区消失了。取而代之的，是在宇宙空间中飞舞的Ⅲ区残骸。宽治明白了，这正是方才发生冲击的原因。

同时，行星变大了。浅蓝色的应许之地占据了整个视野。这意味着什么？

"是因为那个吗？"宽治问。

"那是俄克拉何马区吧？"

"是啊，Ⅲ区不见了。"

"那就是刚才发生冲击的原因吧。也因为那个事故，N-phone

才不能用了吧。"男子说道。

宽治觉得他的猜测有道理,问道:"我们离应许之地这么近吗?我只在 N-phone 上看过视频。"

"哦,那是因为'诺亚方舟号'在卫星轨道上绕行。不对,我们正在靠近。飞船的高度在不停下降。"

"高度下降……这是怎么了?"

"总之,飞船正在下落。"

宽治的脑中瞬间掠过各种令人不安的想象:"那么,'诺亚方舟号'能在应许之地上着陆吗?"

问是这么问,宽治心里也没抱什么希望。据之前 N-phone 上的信息来看,目前飞船正在建造用于往返行星与宇宙飞船的航天飞机,乘客将搭乘航天飞机移居。没人设想过"诺亚方舟号"在行星上着陆的情况,也不可能出现那种情况。

男子将视线从船外移开,盯着宽治说:"不知道。我也不清楚。我不是这方面的专家。"

男子仿佛为了从恐惧中逃开一般这么回答道,但也许他确实不明白。

许多人匆匆走过通道。是要去哪里呢?大家都本能地察觉到时间所剩无几了吧。所以,他们是为了在有限的时间内做自己该做的事而匆忙赶路吧。宽治如此认为。

宽治也寻思着,自己该做些什么?

或许是因为刚才亲眼确认太空景象时受到了冲击。他马上就得出了结论。

和其他人一样，留给自己的时间不多了。既然如此，要把有限的时间留给最重要的人。

"我知道了。感觉弄清楚点儿情况了。我先走了。"

听宽治这么说，男子"嗯"了一声，无力地点点头，他一直望着船外，既不问该怎么办，也不嘀咕要做些什么。男子让宽治看船外的情况，是为了告诉他做什么都没用，让他放弃吗？

去找苏珊·佩吉。虽然不知道怎么做才能得救，但自己想陪在苏珊身边……

此时，只有这个想法无比强烈。

苏珊与宽治的相识十分普通。她是 N-phone 介绍给宽治的拥有"理想契合度"的对象。当时宽治没有交往对象，便半信半疑地听从了 N-phone 的介绍。与苏珊见面后，他发现两人性格契合度高得让人咂舌。两人最初是在饮食广场见面，宽治对苏珊的第一印象是"有点儿瘦，很常见的女性"。他们寒暄了一阵。各自做了自我介绍，谈到自己平时都在做什么等等。说实话，宽治不太懂该说些什么。他一边说着话一边想，解释区域环境维护的工作一点儿趣味都没有，况且自己还讲得不好，不禁陷入了自我厌恶。但回过神来时，他却惊讶地发现苏珊正笑眯眯地边听边点头。宽治感觉得到了宽慰。连自己都觉得无聊的事情，她却愿意侧耳倾听。

随后宽治也得知,苏珊就职于俄克拉何马Ⅰ区,为退休后的乘客提供护理服务。这份工作与宽治这个年龄的人完全没有关系,他也毫不关心。他有时也会听闻,过去支撑着宇宙飞船正常运转的老人,如今在几个区域里安静地度过余生。那些老人都过着什么样的日子呢?他还听说,就算"诺亚方舟号"启动移居,住在那里的老人也无法降落到新天地上,只能以飞船为最后的安居之所。

老实说,他们已经无法发挥任何作用了,宽治这样想过。既然无法降落到行星上,为何不主动选择死亡呢?那些人已经到了连这点都想不清楚的地步了吗?但这个疑问很快就被他抛到了九霄云外。他对此事的了解就仅限于此,然而,苏珊虽然承认工作很辛苦,却也为自己的职业感到自豪。

她说:"那些老人曾为这艘宇宙飞船工作,让我们有了现在的生活。也只有我们能为他们做点儿什么。这份工作有深刻的意义,常常能让人自问如何为人。也许我表达得不好,不过,我认为自己从事的是有价值的工作。"在饮食广场一角,他们还谈了许多别的话题,但宽治记不清了。

与苏珊分开后,宽治并不确定自己是不是喜欢她。只是觉得不可思议,女性给人的感觉就是这样的吧?但是,几个小时后发生了一件事——

宽治突然间想起了苏珊,想起了她的笑容。同时,特别想再见她一面的心情涌上心头。一旦想起苏珊,她的身影就在脑中挥之不去。究竟怎么回事，宽治也不明就里。他用 N-phone 联系了苏珊，但那个时候苏珊正在工作，没能取得联系。于是他只留了一条简讯。

——我们还能见面吗？

几个小时后，苏珊联系了宽治。她自然领会了宽治的意图。那之后，两人便开始了交往。现在回想起来，宽治颇为吃惊，N-phone 完美分析了使用者的性格、心理倾向及爱好。

结识苏珊以前，宽治多少有些抵触让 N-phone 介绍异性。他怀疑，通过那种方式介绍的异性不值得信任。但这种想法在认识苏珊之后便烟消云散了。

在那以前，宽治从未与异性交往过，所以他完全不知道男女之间的交往该如何发展。结果，两人的关系不温不火地进行着。双方的上班时间都不规律，能见面的机会也有限。当然，两人都是想见面的，但会注意不去妨碍对方的工作，不给对方造成心理负担。而只要两人的时间合得上，他们就碰面，闲聊彼此的事情，仅此而已。宽治因此得到了宽慰，深感自己正与重要的人一同度过时光。对苏珊来说应该也是如此。他们之间并非那种激情四射的关系。每次见面时，宽治都能再次认识到苏珊的魅力。这才是他与苏珊的相处方式。宽治确信，与初次结识苏珊时相比，现在的自己更加深切地信赖着她、爱着她。即使没有说出口，他也认为自己将与苏珊结合，共同建立家庭。但不用着急，时机成熟后自然就会走到那一步。苏珊应该也有同样的心情。当前，苏珊全身心投入自己坚信有价值的工作中,宽治也愿意尊重她的想法。

不过,那是到刚才为止的事。眼下是非常时期,面临着"诺亚方舟号"即将倾覆的事态。在宽治的整个人生中,他学到的"诺亚方舟号"历史中,都从未发生过这样的事情。

万一最糟糕的悲剧降临到"诺亚方舟号"上,最后的瞬间宽治想陪伴在苏珊身边。不对,是自己想和苏珊在一起。

这是他的真实想法。其他一切都无所谓了。如果有办法的话,他希望能救下苏珊。但他还不知道该怎么做。

这个时间段苏珊应该还在工作,她的工作场所位于俄克拉何马Ⅰ区。宽治朝那里前进。

他一边操作 N-phone,一边在通道中跑起来。N-phone 无法搜索信息,通话功能也失效了。不过,只要电量没有耗尽,终端里的人工智能就理应还能使用。

那是 N-phone 的应急功能。宽治戳了戳 N-phone 侧边的小孔。红光闪烁了数秒后,N-phone 发出低声:"应急模式已经启动。"是女性的声音。

"我想去俄克拉何马Ⅰ区。服务器似乎宕机了,请告诉我路线。"

"明白。地图将不显示破损部位。"

一艘小小的"诺亚方舟号"浮现在宽治的左腕处。不过,方才目击到的破碎的俄克拉何马Ⅲ区仍在其中。从 N-phone 上看不出有破损情况。从宽治当前所在的纽约Ⅱ区通道至俄克拉何马Ⅰ区的路线,以红色虚线显示了出来。

接着,"应急装备"的标识开始闪烁。大概是 N-phone 通过宽治的手腕感知到他仍未穿戴装备。

在"诺亚方舟号"上出生的孩子,年幼时最先学习的就是紧急时刻该如何行动。

设想的紧急情况是宇宙飞船外壁发生意想不到的破损。所以在紧急时刻,乘客必须尽快穿上配发给每个人的气密服。气密服不能随身携带,因此每个区域都有数个写着"应急"的小房间,用于存放一定数量的气密服。如果同时使用生命保障系统,即使在船外,也能存活一段时间。宽治接受过无数次穿戴方法的训练。

然而,现在附近没有应急的小房间。

从纽约Ⅱ区出发,到达目的地的最短路线是先前往纽约Ⅰ区,接着在纽约Ⅰ区的入口搭乘环线到饮食广场,随后再搭乘环线前往俄克拉何马Ⅰ区。宽治想起,路线中有好几处应急小房间,"诺亚方舟号"的小型立体图像上有几个红色的小光点,那就是应急的场所。不过,万一碰上外壁破碎,穿着应急的气密服就能活下来吗?

没有多大作用吧,宽治不由得这么想。若最后无法得到救援,这样顶多是将痛苦的时间延长几十分钟罢了。而且,他记得,穿上气密服后动作将受到很大限制。相较之下,争分夺秒前往苏珊所在的俄克拉何马Ⅰ区才更重要。在那里应该也能找到气密服和生命保障系统,看 N-phone 的显示,俄克拉何马Ⅰ区也有好几处闪烁的小红点。

宽治在纽约Ⅱ区的通道中跑了起来。通道里的低速环线现在已经停运了。也就是说，在到达连接着下一区域的环线搭乘点前，只能靠自己的双脚了。

宽治不停奔跑着。感觉人工重力还未恢复正常。前进时而轻松，时而又被拉回原本的速度，如此不断反复。通道的灯光也熄灭了，有数十米的路程近乎一片黑暗。那期间，宽治用 N-phone 代替灯光照出前路，但有时还是差点儿摔倒，或是和对面匆匆跑来的人相撞。每个人在这种异常时刻都步履匆忙。宽治想，是不是因为他们也挂念着自己重要的人？或者说，他们正朝着更安全的地方跑去？"诺亚方舟号"的破碎一旦波及整体，根本不存在更安全的地方吧。

在环线没有运行的状态下从纽约Ⅱ区走到Ⅰ区，仅仅一个区域的路程便让宽治感觉距离极长。没想到路途竟如此遥远。

接近纽约Ⅰ区后，出现了闪烁的灯光，仅是这一点，便让宽治的不安感减轻了许多。可以看见，对面有好几伙人正朝宽治这边跑来。由于灯光不断闪烁，看上去仿佛是一连串人静止的瞬间，就像延时摄影视频。

从对方的角度看，宽治的样子也很奇妙吧。

有一个人停下脚步问："你要去哪里？"

"俄克拉何马Ⅰ区。"

"整个俄克拉何马Ⅲ区都炸飞了呀。Ⅰ区也随时可能发生些什么。"那人喊道。

"你们要去哪里？事已至此，哪个地方不都一样吗？"

"加利福尼亚Ⅴ区。那里有航天飞机。坐上航天飞机就能逃到行星上。"

这个人应该是小团体的领队吧。走到饮食广场再前往加利福尼亚区的话，距离更短，不知他为何要跑向纽约Ⅱ区。团体中的其他人只是跟着这个男人而已，他们对男人的发言纷纷点头。他们都失去了判断力，只得跟着男人走。假设小团体抵达了航天飞机，有人会操纵飞机吗？不对，航天飞机的运载能力有限，除了他们以外，应该还有许多人为了获救拥向飞机，不可能所有人都坐得上去。

该怎么办？

宽治什么都说不出口。恐慌状态中，没人知道谁的判断是正确的。每个人都不过是采取了自己所认可的行动罢了，无论那种行动看上去多么可笑。

在持续闪烁的灯光中，人们如亡灵般与宽治擦身而过。那伙人后方，一些人穿着看上去十分笨重的气密服，手上拿着生命保障系统，以便随时能装到后背上。

等人流过去后，宽治开始奔跑。前路尚远。搭乘环线时，他对这艘巨大的人工造物的规模从未有过真实的体会，如今用自己的双脚去丈量，才得以认知。

宽治来到纽约 I 区入口。担心变成了现实，通往饮食广场的环线也停止运行了。他没有时间犹豫，只能接着赶路。不向前进的话便无法抵达苏珊身边。

这条环线也处于黑暗之中，但完全不用担心迷路。因为只有从饮食广场方向下来的环线，以及朝饮食广场方向上去的环线。上去下来的说法并没有什么特别的含义，只是乘客习惯于称前往饮食广场为"上去"而已。

宽治赶往饮食广场。重力在途中就消失了，他的身体浮在空中。有个像是工具的东西飘在空中，撞到了身体，但由于四周一片黑暗，他不知道究竟是什么。不过，那个东西马上又飘到了其他地方，没有造成任何阻碍。宽治每向前一步，脚都会浮起来。后来他学会了一个方法，前进时先用双臂抓住安装在环线壁面上的把手。他必须一个劲儿地往前走，步履不停。

到达饮食广场时，他庆幸地发现自己的不安只是杞人忧天，不需要在黑暗中摸索前往连接俄克拉何马 I 区的环线了。这里似乎备有紧急情况时使用的电源，光源虽不像平时那样明亮，但仍足以让人在饮食广场中行动自如。

这里除了宽治以外，没有其他人的身影。不知道在饮食广场工作的人都去哪里避难了，也许各自赶往最重要的人身边了吧。

宽治下意识朝饮食广场的一角看去。在那里，宽治和苏珊一同度过了许多时光。只要时间允许，两人便在那里谈天说地；没什么话题想聊的时候，他们就漫不经心地眺望船外，从那个位置可以看见加利福尼亚区的后方区域。

还能在那个地方，和苏珊一起度过无可取代的幸福时光吗？

宽治突然停下脚步。

正当他凝视着和苏珊一起共度时光的地方时，突然看见了一道红光。

剧烈的冲击再次侵袭了附近。发生什么事了？

不会是整艘"诺亚方舟号"都开始爆炸了吧？离自己最近的能看到船外的地方，只有曾经和苏珊会面的场所。震动仍在持续。窗外的红光闪烁不断。宽治不顾一切地爬向红光。

他不敢相信自己的眼睛。映入眼中的爆炸位置根本不是俄克拉何马区。

爆炸发生于加利福尼亚Ⅳ区，航天飞机所在的区域。而在环线上遇见的那个团体不是正向航天飞机赶去吗？他们应该尚未抵达，但乘坐航天飞机逃离的计划已不可行。

宽治不知道的是，那种导致俄克拉何马Ⅲ区破碎的真菌，早已将菌丝伸展到了宇宙飞船的每个区域。任何区域都可能在下个瞬间发生破碎。只是第二次破碎偶然发生在加利福尼亚Ⅳ区罢了。

爆炸区域的巨大碎片猛地逼近窗户，又飞向远处。吓得宽治慌忙大叫一声往后仰倒。

没空耽搁了。宽治赶紧站起来，朝通往俄克拉何马Ⅰ区的环线前进。之前还透着微光的饮食广场变得更暗了,通往俄克拉何马Ⅰ区的环线更是一片漆黑。

宽治毫不犹豫地投身于黑暗中。

通向俄克拉何马Ⅰ区的环线上没有半个人影。这时宽治才注意到,环线运行的时候,总是会隐约传来轻快的音乐。虽然不知道是什么曲子,但肯定播放着音乐。

这是在静默且静止的环线上行走时,才注意到的事。

宽治一边在黑暗中移动,一边努力让大脑只回想苏珊的笑容。他自然是只想着苏珊前进,但一想到苏珊现在是什么心情、正在做什么,负面的联想便绵延不绝。

而在苏珊笑容之下,他仍能窥见悲剧性的发展。

如果苏珊从工作的地方逃了出来。或许她也曾想方设法要告诉宽治自己的情况,就如同宽治拼命想通过 N-phone 联系苏珊却联络不上一样。然后,她可能会引导老人前往安全的地方。

要是苏珊不在的话,去俄克拉何马Ⅰ区就没有任何意义了。

不对,不会没有意义。苏珊肯定想好了向自己传递信息的办法。但如果情况正相反呢?

如果苏珊为了寻找自己而去了纽约区呢? 想到这里,宽治的胸口就仿佛被揪住一般。

自己怎会如此糊涂,没有考虑任何传递消息的方法就直接跑了过来?

自我厌恶与忐忑不安同时涌上心头。

自己与苏珊都不可能得救的预感逐渐强烈。

还剩下多少时间？宽治不禁想，距离"诺亚方舟号"一头栽进行星大气层，不对，是距离不明原因的破碎扩大，"诺亚方舟号"所有区域都化为齑粉，还剩下多少时间？

宽治大声呼喊着苏珊的名字。

没有任何回应。只有苏珊的名字被吸入了黑暗之中。宽治不停地朝着俄克拉何马Ⅰ区前进。重力不知为何恢复了。他乐观地想，也许距离宇宙飞船全部破碎还有一些时间。若不这么想，他就无法坚持下去了。尽管只有些许重力，宽治却觉得脚下通向俄克拉何马Ⅰ区的环线好似下坡一般，轻松了许多。他一心向前走。为了节约电力，宽治关掉了 N-phone 的电源，以后肯定还会有真正需要 N-phone 的时刻。

他不停地在黑暗中往下走。还要走多远才能到达俄克拉何马Ⅰ区？不知道。但也只能不断向前。他踏出一步又一步，用手扶着墙壁慎重前行。突然，他左脚碰到了一个柔软的东西。宽治"啊"了一声。有个女性的声音问道："是谁？"

"我正要去俄克拉何马Ⅰ区。"

宽治打开 N-phone 的电源。在微弱的光线中，可以看到数名男女坐在环线上，像是一家人。

"去俄克拉何马Ⅰ区就安全了吗？"

"不知道。但我重要的人应该在那里。你们呢？"

"我们从俄克拉何马Ⅲ区好不容易走到了这里。说实话，我们不知道该去哪儿好。所以到了这里，就只能坐着了。"

他们说自己是在俄克拉何马Ⅲ区破碎的同时逃出来的，想从俄克拉何马Ⅱ区前往饮食广场，但发现加利福尼亚区破碎之后，便坐在这里了。所有人都无计可施。

"那我接着赶路了。"宽治关闭 N-phone 的电源。自己没法为他们做任何事情。

"我们能跟你一起走吗？"一个男人说。

"我不介意，但那里并没有能获救的线索。"宽治回答。可以听到有人在啜泣。"这样做是走回头路哦。你们愿意的话请便。"

"对不起，请带我们走吧。我们实在不知道该去哪里才对。喂，我们都跟这位先生走。"

宽治开始前进，可以感到身后的黑暗中有人跟了过来。他们只是想逃离不安罢了。

不知又过了多长时间。宽治一边注意着背后轻微的说话声，一边不断往下走，突然看见了光亮。他马上明白过来，已经到达连接俄克拉何马Ⅰ区与Ⅱ区的通道了。这也意味着，跟着他的这群人并没有走多远就瘫坐在环线上了。

宽治走入俄克拉何马Ⅰ区。站在入口，他才发现自己并不知道苏珊所在的护理服务区域在哪儿。通过 N-phone 的福利设施登记信息应该能找到，但他也不知道设施的正式名称。

宽治转过头，跟在自己身后的一共一男五女，是一对夫妻与三个女儿，还有一个老婆婆，像是男人的母亲。走在最前面的是成年人。

"请问，各位知道俄克拉何马Ⅰ区哪个地方提供老人护理服务吗？"宽治询问。

"可能在那里。"一个十岁左右的女孩子怯生生地抬起手。

"艾米，你知道？"

"应该是那里吧。隔壁的大姐姐在结婚搬去华盛顿之前都在那儿上班。姐姐休息的时候带我去过一次，那里有很多老人。"

宽治感觉像是抓住了救命稻草。或许带他们过来是件好事。不然的话，自己这会儿肯定还毫无头绪。

"艾米，不可以乱讲话。这关系到所有人的性命。"父亲拉高了声音。似乎是因为紧张，名叫艾米的孩子沉默了。

"你能带我去那里吗？远不远？"

"不远。但也可能是我弄错了。"

这时，又有一阵剧烈的震动摇撼了地面和墙壁。又有某个区域破碎了。不知道是哪个区域。不，不必确认，是哪儿都不奇怪。谢天谢地，幸亏自己能顺利抵达俄克拉何马Ⅰ区。

苏珊，希望你平安无事。

幸运的是，俄克拉何马Ⅰ区的灯光正常。小女孩似乎很开心能走在明亮的通道内,蹦蹦跳跳地跑在大家前头。通道的两侧仍是通道,如果逐一确认,不知会花多少时间,宽治隐隐有些后怕。这意味着,在环线与这些人相遇也许是幸运的。不,前提是艾米没有弄错地方。

艾米在十几米开外的拐角处停下,朝宽治挥手。仿佛是在催促他赶紧过去似的,艾米在原地蹦跳着。小孩子无论面对何种状况都不会失去开朗与阳光,这更给了宽治勇气。

若艾米带自己去的地方没错就好了。可现在除了宽治一行人以外,附近没有任何乘客的身影,让人不安。

艾米走进拐角,看不见了。宽治追上去,也在拐角处转弯。那里是环线没有途经的"小巷"。艾米一直朝深处跑去,跑到尽头才停下,回过头向大家招手。

"到了。在这里、这里。"艾米叫道。

希望没错,宽治只能如此祈愿。这一带看上去没有其他出入口。灯光有一半尚存,而空气调节器还在勉强运转,确认过这些情况后,宽治放下了心。如果苏珊在这里,暂时应该没有大碍。

附近的墙壁上绘有图画,展示了花朵绚烂绽放、许多小动物和人在一起玩耍的样子,看起来抚慰人心。

到了门口,宽治下定决心走了进去。屋内十分宽敞。

见宽治突然闯入,几位年轻男女吃惊地站了起来。宽治环顾屋内一圈。"不好意思,"他向呆立原地的男女赔礼,"苏珊·佩吉在这里吗?"

随后,他更加仔细地环视室内。看见了许多或坐在沙发上,或坐在轮椅上的老人。一开始,宽治只注意到站起来的男女,没发现屋中还有二十多位老人。接着,一股难以形容的异味蹿入鼻腔。他马上明白过来,那是从老人身上散发出来的。至于是老人味还是尿味就不清楚了。

这时传来一阵怪笑。有个老人站起来,指着宽治笑。老人的下半身一丝不挂。

他面对宽治说道:"干吗一副目瞪口呆的表情?第一次看到半截身子入土的老家伙吗?我正要换尿布呢。"

这话仿佛信号一般,老人们哄堂大笑。宽治无言以对。此时,他注意到有人正呼唤自己的名字。

一个女性的身影从房间深处跑了出来。宽治不会看错,是苏珊。

"宽治,你怎么在这里?"

"我太担心你了。一直联络不上,又想确认你平安无事。"

宽治还想告诉苏珊很多事情。如果这艘宇宙飞船全部破碎,没有任何幸存的可能,他希望和苏珊一起迎接最后的时刻;如果有能够拯救苏珊的方法,他希望能亲自找到,救下苏珊。宽治难以将诸多想法一一说出口。除苏珊以外,其他人也在侧耳倾听,况且,哪怕想立刻说尽心中的话,他也还没整理好思绪。

反而是苏珊站在他面前,点头说道:"我也是。刚才发生爆炸后,我就一直在担心你。我想着怎么才能知道你的情况，却左思右想也想不出任何办法。N-phone派不上用场，也不知道你是在工作，还是在别的地方。太好了，我们还能再相见。"

苏珊的尾音带着哭腔，没法听清。但只是这样，泪水就模糊了宽治的双眼。之后又发生了一件令人难以置信的事。苏珊紧紧抱住了宽治。在两人此前的交往中，从未发生过这样的事情。苏珊完全不在乎身边还有其他人。这绝对是最能体现苏珊真情实感的行动了。

身旁传来掌声。宽治环顾四周，是众人正为他们鼓掌。和苏珊一样的护理人员、老人们、带自己到这里来的少女艾米。尽管不合时宜，大家都笑容满面。苏珊似乎回过神来，害羞地放开了宽治。

为了掩饰羞涩，宽治问道："我到这个区域的时候没有看到任何人，大家都去避难了吗？"

"我想是的。但不知道他们逃到哪儿去了。"

"我甚至想过或许你不在这里。"

"照顾老人是我们的使命。我们不能抛下自己的职责。"苏珊这么说道。宽治十分敬佩她强烈的责任感。屋内放眼望去绝大多数是老人，他们看上去绝不可能靠自己的力量逃离这里。宽治听说，即便没有发生这样的事故，移居应许之地的计划正常启动，在这里接受照料的老一辈也无法降落到地面上，他们的体力无法支撑。由于难以承受行星的引力，他们只能在卫星轨道上度过余生。

能与苏珊重逢，宽治既安心又欣喜，随后又有些焦躁不安。苏珊的工作性质要求她继续在这里照顾老人。这是件非常了不起的事，宽治也能理解。可是，比起一直照顾无法登陆行星的老人，不是还有更重要的事情吗？一直被束缚在这个设施里真的可以吗？然而，要说该如何行动，他又什么办法都想不出来。只是，看着在苏珊身边喧闹的老人，看到苏珊帮老人换尿布，想到她把宝贵时间都浪费在这种事情上，宽治的焦躁便愈发强烈。

"已经够啦。不用管我们了。"

方才下半身还一丝不挂的老人突然对苏珊说道，接着又转向宽治。听到意料之外的话，宽治也回过神来。

"我们都懂的。不用靠你们手腕上的那什么 N-phone，我们也知道，俄克拉何马区的尾巴一带碎掉了吧。然后刚才的那一下是加利福尼亚区爆炸了。照这样下去，船体会不断被引爆，从疲劳程度最重的地方开始损坏，最后整艘船完蛋。到时候，照顾我们又有什么用。只会搭上本可以得救的性命。"

听了老人的话，宽治有些纳闷。船体即将损毁，无论做什么，等待他们的都是同样的悲惨结局吧？明明没有逃脱的方法，说"搭上本可以得救的性命"是什么意思？这老人果然有点儿痴呆吗？

"喂，大伙儿说是不是呀。已经不中用的老家伙还耽误年轻人，像什么话嘛。"老人转回身，高举起拳头。其他人也纷纷起身并表示赞同："没错、没错。"

苏珊说道:"谢谢各位。大家有这份心意就足够了。看样子,我们最后只能与'诺亚方舟号'共命运了。但我不后悔。我最重要的人到这里来找我了。直到最后的瞬间,我都会和他一起度过。我已经心满意足了。在那之前,我想继续照顾大家。"

听苏珊这么说,宽治十分感动。为苏珊的纯粹而感动,为苏珊的深情而感动。只要接下来能与苏珊一同度过,他也没有任何遗憾。

"那可不行!"刚才说话的老人大叫起来,"不能放弃。要去可以得救的地方。"接着,他环顾其他老人,"卡尔、内德、莫利,你们说说,咱们年轻的时候,在每个区域的前头都施过工吧,在变成这种废物老糊涂之前。大家都还记得吧。"

一位坐在轮椅上睡眼惺忪的老人瞬间站了起来。老人胸前有个镶着花边的姓名牌,上面写着"莫利"。"是啊,那个地方需要保证强度,确保飞船能承受得住与星际物质的意外碰撞。我记得很清楚,我把精炼出来的材料交给了修缮组。后来我去修缮组工作,常常一边安装一边想:发生紧急情况的时候逃进这里面就安全了。是吧,卡尔。"

此时的莫利目光炯炯,仿佛变了一个人。

随后,名叫卡尔的老人也尖声说道:"没错。之前我觉得,年轻人的着陆计划不需要我们插嘴,就什么都没说。但事到如今,没准儿我们这代人的恶作剧还稍微能派上点儿用场。不只俄克拉何马Ⅰ区,加利福尼亚Ⅰ区、华盛顿Ⅰ区、纽约Ⅰ区的前方空间都是一样的构造，这点我能保证。是吧，莱利。"

在宽治听来，老人所言宛如在梦中念咒一般，有一种不真实的感觉。

莱利似乎是最开始发话的那个老人，他也向其他护理人员呼吁："你们也一样。只要获救的可能性高一些，就应该赌一把。我年轻的时候净干些修缮、修理之类的杂活，总是默默无闻。虽然我的人生十分普通，但要是没我，住在船上的人应该会觉得设施没法儿用，要么用了不好使。我做的工作，在生活安全又舒适时不会有人注意。不知道以前在地球上是怎么称呼的，木匠？油漆工？泥瓦匠？总之就是杂工，靠自己的聪慧和经验搞定不存在设计图的工作。我、莫利、内德都是杂工，爬遍了乘客不会去的飞船深处。我们会告诉各位连总统和船长都不知道的或许能得救的地方。你们必须赌一把获救的可能性。"

一位男性护工说："我就住在俄克拉何马Ⅰ区前端。但那里没有多余的空间呀。"

这个说法明显是不信任老人，但莱利嗤之以鼻："门外汉是去不了的，只有年轻时干过飞船杂活的人才知道。"

"我们带路。"莫利跳起来拍着胸脯说。接着一个老婆婆站了起来："莫利，送他们到那里后，你会回来吗？反正也去不了行星。"

应该会是这样，宽治想。他早就听说，老年人无法承受行星的重力。

"我打算跟他们一起降落到地表上。要是承受不住，那就一了百了。但如果能到原本去不了的应许之地，我也满足了。蒂尔达，你不用担心我。"

老婆婆似乎叫蒂尔达。她用力摇了摇头，说："我不是担心。我也要一起去。我不是害怕待在这里。如果能降落到应许之地，我也想去看看。"

"喔，是吗。那蒂尔达也来。还有没有人要去？一起走吧。"

莱利朝所有需要护理的老人说道。有人跟着蒂尔达站起身，也有人无法站立，只举起了手。

几乎全员都要去。

可是，逃到莱利所说的特殊避难所后，又有多少人能到达应许之地？在那里也不一定能获救。而且，俄克拉何马 I 区前端真的有那样的空间吗？宽治觉得头晕目眩，不禁看向苏珊。苏珊似乎察觉到了他的视线，也凝视着宽治。怎么办……宽治刚要开口，就领会了苏珊坚定的意志。她深深点头，仿佛在说"试试看吧"。

宽治拜托莱利："能请您带我们去吗？麻烦您了。"以此为信号，大家开始行动。

莱利说道："卡尔、莫利，拜托你们啦，我的记忆也有些模糊了。"老人们也站起来。还有带宽治到这里的少女和她的家人、护理人员。只有数名极其衰弱的老人及护理人员留了下来，当然，他们也是基于自己的信念而做出了如此选择。

共有二十人多人开始移动。

一行人走到通道上时，地面又剧烈摇晃起来。每个人都踉踉跄跄，无法前进。晃动间歇性地持续了一阵，最后一次几乎把人掀到空中。是其他区域也在继续发生破碎吗？宽治无意识地伸出手，抓住苏珊的手。苏珊也回握住宽治的手。虽然对现状仍是一头雾水，但只要和苏珊在一起，宽治的不安就消散了。对他来说，这是巨大的心理差异。

晃动停止后，苏珊慌忙放开手，逐一确认老人们是否平安。这个转换让人敬佩。但宽治确信，刚才苏珊回握住自己的那一瞬间是真情流露。

出乎意料地，老人们没怎么受到惊吓。他们没坐轮椅，靠自己的双脚走在了宽治等人的前方。可是，宽治仍不确定莱利所说的特殊避难空间是否存在。前方似乎只有无尽的墙壁与通道。

与苏珊并肩走在一起，宽治心中对老人们充满了感激。不论他们所说的是否可信，至少为许多人带来了生的希望。

不过，莱利好几次停下脚步沉思，接着又耸耸肩，苦笑一下继续往前走。看到他这副模样，宽治不禁怀疑他是否真的记得路线，不过，现在就算生气也无济于事了。说不定他真的忘了。再不济也就是船体破碎，一切在瞬间了结罢了。

就算当真存在能承受住破碎的避难区域。宽治也不认为他们能降落到地面。不仅老人，自己和苏珊都无法承受降落地面的冲击。

"哎呀,入口还是在我的记忆中消失了。这块儿应该有一条特殊路线才对,但多了好多房子,模样变了。莫利,你记得不?"

莱利似乎终于缴械投降。稍胖一些的莫利从腰间摸出一根用途不明的细长金属棒。金属棒哧溜一下伸长了三倍。

"我还留着它,没扔掉呢。退休以前,我修缮生活用水管道时就用这个,它还有很多其他用途。"他一边说一边轻敲附近的墙壁,"嗯,我也记得是从这附近运进去的。"

有几个地方的敲击声明显不一样。莫利像是施展魔法般地从腰间掏出另一件工具,抵住墙上某处,轻松地旋转起来。随后,壁面悄无声息地升高了。后方是一片空间,不对,不是空间,称为秘密通道更为准确。

"是这个吧?"莫利用手一指。

"对,没错。"莱利说。

宽治和苏珊目瞪口呆。老人们所言不虚。蒂尔达婆婆感叹:"真厉害。我还没经历过这样的大冒险呢!"

莱利和莫利没有回答,步履匆匆地走进了秘密通道。宽治和苏珊也连忙跟了上去。秘密通道里面一片黑暗。宽治看不到脚下,有些不安。这时通道中亮起了灯光。光芒如奔向前方般推进,将整个通道全部照亮,此前俄克拉何马Ⅰ区的灯光亮度简直无法与之相提并论。

莱利刚刚轻触了下嵌在壁面里的控制面板,看来照明是从那里打开的。莱利朝惊讶的众人咧嘴一笑："从这里到俄克拉何马Ⅰ区最前端只有一条直路。也没有环线，所以动力源完全是另起炉灶。这是在我们还非常年轻的时候安装的，是吧，卡尔。"

宽治身后的老人说道："是啊。年轻时，我净干这种事来打发时间。不过，听说开路先锋是好几代以前的那些调皮的老头子，他们一边解决达官名流抱怨的问题，什么下水道不通啦、照明坏掉啦、墙壁腐蚀啦，一边利用闲暇造出了这个地方。我也是那些工匠的同类吧。多亏如此，直到需要别人护理的年纪我还是个单身贵族呢。"

卡尔自嘲地笑了笑。而后莱利也笑着又开始操作控制面板。

"是啦。所以，这一带和'诺亚方舟号'是两套不同的系统。比如说这个。这个机关也是卡尔做的。"

宽治感觉身体变轻了。

"这样一来，在到达目的地之前，重力就少了六成。蒂尔达婆婆走路也不难受了吧。"

重力并没有完全消失，但能够如跳跃般前进，这种情况下，老人也没了负担。因为不是完全失重，也能控制好自身的行动。

"政府在总统的指挥下力求让全体乘客过上安全而便利的生活。船长和他的下属组织则负责宇宙飞船的航行，及新技术的开发。除了那些被选中的人以外，每一代工匠都享受过这种下了些功夫的闲暇。听说祖先孩提时代在地球上也玩过这一套，他们将这个叫作'秘密基地'。"

老人们开心地边跳边聊,仿佛小孩子互相夸耀自己的恶作剧。

在这种状态下,宽治完全无法想象避难空间是什么样子。他们走在秘密通道时,突如其来的剧烈摇晃仍旧毫无规律地袭来。这意味着发生连环破碎的时间间隔逐渐变短了。从俄克拉何马Ⅲ区开始,船体究竟接连损坏到什么程度了?

老人带大家去的避难所并不保证一定安全,更不用说,没准儿下一个破碎的地点就是那里。

与蒂尔达婆婆说完话后,苏珊便跑到宽治身边,握紧他的右臂:"真的很谢谢你。"

"啊,没事。"宽治有点儿难为情。

"我一直在想,如果能和喜欢的人一起迎接最后的时刻就好了。我不希望喜欢的人比我先走,也不愿让他一个人寂寞地留下。我想和他在同一刻离开。"

"嗯嗯。"宽治点头。听苏珊这么一说,对于船体破碎的不安也抛到九霄云外了。无论目的地情况如何,他都做好了心理准备。

本以为到达通道深处的最前端区域会花更多时间,但或许是多亏了重力小,一行人很快便抵达了终点处的一面墙壁。莱利、莫利、卡尔抱着胳膊站在墙前,耐心等待众人到来。众人走到那里才发现,整面墙壁大得令人吃惊。这是俄克拉何马Ⅰ区最前端空间的隔离墙,也就是说,墙壁的另一边就是"避难所"。前几代工匠不是因为工作职责,而是因为"有必要",为了追求"存在的意义"而建造出了这个空间，也传承给了眼前的这些老人。

这到底是个什么样的地方？

一同从护理服务设施出来的人全员到达，无一掉队。

"大家都到齐了吧。"莱利确认完后用力点点头，轻触隔离墙旁、靠近通道那侧的控制面板。

墙上开了一道像门一样的口子，仅容一人通过。莱利和莫利率先进入，走向墙后。宽治和苏珊等待着其他人，将他们引进小门。直到最后一人消失在隔离墙的另一边，他们才跟了上去。不过，悲观的想象仍在宽治的脑中闪过。即便老人带大家来到了避难设施，等船体破碎落到大气层中时，它也会瞬间被烧成灰烬。

宽治停下脚步，怀疑起自己的眼睛。实在是眼前的东西令人难以置信。

由于是在区域的最前端，他早已料到空间十分开阔，但没想到眼前竟耸立着一堵高墙，即使抬头仰望仍无法将其尽收眼底。此外，他还发现墙壁有个特征。

壁面上铺满六角形。看上去像是……

苏珊说："我小时候看过这种花纹。这跟蜂巢简直一模一样。以前地球上有一种叫作'蜂'的昆虫，宽治，你知道吗？"

接着，宽治发现那个蜂巢的纹样并不是画在墙上的。而且，除自己一行人外，早有其他人来到了这里。更远处还有其他人影。

"看来到这里的不只我们而已？"宽治问道。

卡尔答道:"是啊。建造这个地方的当然不只我们几个。不少和我们同期的老人也住在其他护理服务设施中。只要有人求救,大家都会把人带到这里。不过,在这里的只有俄克拉何马区的人。华盛顿区、纽约区、加利福尼亚区的人应该分别被带到了各自区域的最前端。每个区域都有自己的避难空间。"

"等会儿是要钻进那个洞里吧。"

"对。每个洞可以容纳四人。建造时我们就没考虑过,要重回宇宙飞船。"

刹那间,宽治明白了这意味着什么:"这是⋯⋯巨大的逃生舱⋯⋯"

卡尔疑惑地皱起眉头:"这是逃生舱组成的集合体,逃生舱本身并没有很大。万一'诺亚方舟号'破碎,这些逃生舱会在大气层中四散开来,它们是以能承受大气摩擦热的耐热标准来制造的。"

这时莫利回过头来,得意地加了一句:"这一带的耐热板是手工贴上去的哦。我年轻时抽空一块一块仔仔细细贴上去的。"

从莫利的话里无法判断逃生舱的安全性是否有保障,或许,莫利只是想强调,自己非常认真地完成了工作吧。

"分散开的逃生舱会直接撞上行星表面吗?"

万一如此,就算逃生舱的耐热性再高也无法承受冲击,宽治不禁想叹气。

"那就要依赖卡尔的成果了。逃生舱上安装了卡尔的降落伞。

到距离地面一千米的高度时，降落伞就会自动打开。这里一共有三百个逃生舱。其他地区的情况不清楚，但这里所有降落伞的制作和安装都是卡尔一个人完成的。"

"不对，是从我曾祖父那一代开始制作，然后我老爹接手，最后才是我把它们安装好的。"

"那不是一样的意思嘛。"

"可是，这事没有告诉任何人。由总统公布在 N-phone 上的消息，也没有只言片语提过这里。这是否意味着，总统和船长也不知道这些逃生舱的存在呢？"

"是啊。不过，他们也可能通过有特殊消息渠道的杂工网络得救。"

宽治注意到似乎还有其他路线能从隔离墙的另一边到达这里。可以看到新的避难者出现。逃生舱大概仍有富余。乘客一个接一个消失在洞中。其中有一些是宽治也认识的人，他认出有饮食广场的服务员、俄克拉何马Ⅲ区的区划长，另外一些是他们的家人吧。还有为自己看过病的女医生，她叫爱丽丝，身旁的男性大概是她的丈夫。各种职业的人都在接受护理服务的老人的引导下抵达此处。

每四人坐进一个逃生舱。

"快，抓紧。""一定能到行星上。"宽治断断续续地听到这样的声音。现在已有三分之一的逃生舱坐满了人，可以看到，那些逃生舱的舱盖已经关闭。

这时，从地面下方传来如轰鸣般沉闷的声音。宽治从没听过这种声音。轰鸣声慢慢变大。

远处传来悲鸣。乘客连忙沿着墙面坐进空着的逃生舱内。刚才的轰鸣明显与此前不同。

卡尔呼唤蒂尔达婆婆："蒂尔达，跟我一起走吗？"

蒂尔达婆婆带着歉意看向莫利和莱利的方向。他们似乎也喜欢蒂尔达。莫利耸了耸肩，仿佛在说"请自便"。莱利则向卡尔和蒂尔达婆婆招手："一个逃生舱坐四个人。自从住进护理中心，我们不是一直都是好朋友吗。到了应许之地，无论是生是死，我们不还是在一起吗？"

听完后，蒂尔达婆婆笑逐颜开："是啊。我们一直在一起嘛。"

四个老人坐进了逃生舱，都笑容满面，感觉无忧无虑，开心极了。

看着这个画面，宽治觉得心里暖洋洋的。

莱利似乎想起了什么，他转过头来喊道："逃生舱坐进四个人后，从里面关上舱盖固定好，电源就会自动开启。剩下的就是坐到座舱里系上安全带，等待那个时刻。"

宽治没有问那个时刻究竟是何时，也许是几天后、几小时后、几秒后，眼下无人知晓。

"一个逃生舱只能坐四个人，我们只能分成两组了。"宽治循声看去，是和自己一起回到俄克拉何马 I 区的一家人。他们一共六人，必须有两人搭乘其他逃生舱。当父亲的似乎无法做出抉择。

苏珊近乎本能地向老婆婆搭话："老婆婆，和我们一起到逃生舱里吧。"老婆婆带着歉意地点点头。而宽治则与少女四目相对，她之前将自己带到了苏珊所在的护理中心。宽治记得，少女名叫艾米。宽治向艾米伸出右手："一起走吧……"艾米为了不让父母担心似的点点头，和家人拥抱后便跑到了宽治和苏珊的身边。宽治心想，她是个坚强的少女。

宽治和苏珊、艾米、老婆婆一同目送走到上层逃生舱的家人。

"艾米，我们到地面再见！"逃生舱关闭前，母亲挥手带着哭腔喊道。

宽治一行选择的是方便老婆婆乘坐的最下层的逃生舱。舱内空间呈六角形，有四个座舱形状的座位。宽治让三人坐到座位上后，关上了舱盖，从内侧旋转环状锁，旋转到底时，内壁上的控制面板便亮了起来。

那个瞬间会在多久之后到来？不对，老人们长年累月准备的逃生舱真的实用吗？"诺亚方舟号"乘客有多少能坐上逃生舱？

落下时，降落伞能发挥作用吗？

平安着陆后，靠这个逃生舱能撑多长时间？这里看上去并没有准备应急食品。

这些负面的可能性一个接一个地冒出来，宽治变得愈加绝望。

他坐下系好安全带。发现艾米正担心地观察着自己的表情。

逃生舱内很狭窄,伸出手就能够到身边的人。

宽治朝艾米笑了笑:"没事的。大家一定能得救。你爸爸妈妈也不会有事。"

艾米露出放下心来的表情。宽治告诉自己,现在可没空气馁。他举起手,右手握住艾米,左手握住苏珊:"来,大家把手牵起来吧。这样安心些。"

苏珊点点头,将左手伸向老婆婆。艾米也伸出右手:"奶奶。"

就在这时,舱内发生了剧烈摇晃。远比此前强烈的冲击袭来。

宽治知道,整个俄克拉何马区迎来了大破碎。

-

舱中求生

新伊甸首长安德斯·瓦根辛当时正在首长官邸的寝室内。

正在睡梦中。

安德斯没有家人，因此哪怕在噩梦中呻吟，也无人施以援手。

梦的内容糟透了。昏暗的森林中，他被看不清面容的怪人追赶着。他们纷纷用听不确切的话语怒骂安德斯，赤手空拳伸出双手想要抓住他。憎恶如尖刺般扎入安德斯的后背。

虽然身处陌生的森林，安德斯却觉得四周充斥着不祥之感。他还知道，那些满怀恶意追赶自己的人的真面目。尽管看不清面庞，辨不出年龄、性别，他仍明白追赶自己的是什么人。

他们是来自地球的世代飞船"诺亚方舟号"上的乘客，恶魔艾迪森的后裔。因安德斯要向他们伸张正义而感到愤怒，并把怒火的矛头指向安德斯。为避开抓捕，安德斯一个劲儿地逃跑。有人站在远处等待自己，是母亲。只要逃到母亲身边就安全了。可是，安德斯的脚步逐渐变得沉重，仿佛陷入了泥泞之中。原本张开双手等待自己的母亲，现在也模糊了身影。他知道，在自己身后，恶魔后裔的手臂已经触及后背和脖子了。这是梦，安德斯很清楚。快醒过来，他急切祈求，却无法清醒。得救了。他被敲门声拉回了现实之中。

安德斯下意识地摸了摸自己的脖子。

上面全是黏糊糊的汗。

寝室的门开了。

"首长，现在方便吗？有紧急情况报告。"

来者是副官高斯，这个时间他理应在市政厅办公。此时，安德斯关于方才噩梦的记忆已经烟消云散。平时高斯从不踏入首长的寝室，以免侵犯他的私人空间。

安德斯迅速下床，一边注意保持威严，一边伸展身体。

他猜想，能让高斯如此强调紧急情况的事项只有一个："是卫星轨道上面，那个恶魔光点的事吧？"

"调查组报称发生了异常情况。我知道首长您正在休息，但事态紧急，必须争分夺秒应对。'诺亚方舟号'先是轨道发生变化开始降落，随后突然消失了。"

这意味着什么？各种各样的可能性在安德斯脑中打转。世代飞船打算在地表着陆吗？或者说……瞬间，安德斯回想起刚才折磨着自己的噩梦。

那个梦是否暗示了什么？是预知梦吗？

"分析小组怎么说？"

"由于'诺亚方舟号'从卫星轨道上完全消失，他们认为，飞船是因意外爆炸而坠落。"

"不是宇宙飞船降落吧？"

"据说不存在这种可能性。小组保存了飞船破碎的视频，视频拍到了船体连锁引爆的画面。虽然画面不够清晰，但基本不会有错。在首长办公室就可以确认视频内容。"

"也就是说，飞船上无人生还？"

按常识考虑便会得出如此判断。那些人能有多少存活的概率？

等待高斯回答时，安德斯自问，下一步该采取什么行动？

在此之前，他把向恶魔艾迪森子孙施以天谴塑造为新伊甸居民所背负的使命，并引导民众筹备至今。然而，"诺亚方舟号"若无人存活，民众就会失去为祖先报仇雪恨这一根本动机，代代传承的生存意义将被彻底颠覆。

接下来该如何引领人民？不对，既然艾迪森后裔不复存在，自己还有资格引领人民吗？

忽然，安德斯注意到，高斯尚未回答自己的提问。只是个简单的问题而已，为何还不回答。

"高斯，怎么了？"

副官仿佛犹豫不决般深吸一口气，接着说道："我也向观测小组和分析小组提出了一模一样的问题。我问他们，宇宙飞船上没有人存活吧？观测小组说，飞船没有发射出航天飞机的迹象。那么大规模的宇宙飞船直接在地面着陆的话，风险太高，因此直接着陆的可能性较低。一般来说，应该是利用航天飞机移送人员至地面，飞船内应该也准备了航天飞机。然而还没来得及发射飞机，飞船就爆炸了，只能如此解释。"

宇宙飞船存在生还者的可能性果然还是零。那为什么要说得如此拐弯抹角？安德斯想。不过，一开始叫醒安德斯的时候，高斯说过"必须争分夺秒应对"。若他说的是要争分夺秒告知首长情况，倒也能够理解。可既然不会出现生还者，就根本不存在需要争分夺秒应对的事项。究竟"必须应对"什么？

这时，高斯说道："可是……"

"什么？"

"分析小组其中一个人提出了意见。他说，'诺亚方舟号'的规模那么大，很难想象上面没有其他应急救生设备。哪怕在宇宙航行中几乎用不上，他们应该也配有'以防万一的应急避难用救生设备'。而那种设备越小，就越容易躲过观测小组的眼睛。"

"应急救生设备……是什么样的东西？"

"把我听到的内容复述出来的话，就是'无法否定他们使用了某种没有独立飞行能力的应急用逃生舱的可能性'。"

安德斯无法想象逃生舱是什么样子:"逃生舱啊。"

"是。也可以说是救生艇。听说是用于应急的。由于完全用于应急,无论面对何种环境,在数小时内都能对内部提供完美的保护。那个人还说,当世代飞船在航行中遭遇不测,漫无目的地漂流于宇宙空间时,逃生舱能发挥多少作用尚属未知,即便配备了技术顶尖的冷冻活体维持系统,逃生舱中的乘客被人发现并复苏的概率也可以说是无限小。尽管如此,为防不测,飞船中配备逃生舱的可能性还是很高。"

安德斯虽无实感,但至少大致明白了,只要用那个东西,在世代飞船爆炸后,仍可能有人逃出生天。高斯副官想表达的就是这个意思。

若真是如此……

在给予新伊甸民众新的精神寄托之前,还有一件不得不做的事。

不能将恶魔背叛祖先之事一笔勾销。我们必须制裁恶魔后裔,让他们偿还艾迪森的罪孽。

有生还者最好。只要他们活着,我们存在的意义不就得到了肯定吗? 必须代替祖先报仇雪恨的使命再次复苏。

安德斯打断正要接着讲下去的高斯:"我马上去市政厅。你去召集所有局长。"

对高斯来说,一切都在他的预料之中:"恕我僭越了,局长级别以上的所有人员都已召集至市政厅了。"

安德斯来到市政厅、进入议会会场时,所有局长早已抵达,正在听取调查组组长沙尔托的说明。每个人的手边都放着总务局整理出的内容提要。

安德斯得知,那艘可能来自地球、在卫星轨道上绕行的世代飞船爆炸消失之后,观测小组还观测到许多微小的光点。难以判断光点是飞船爆炸后的碎片冲入大气层时燃烧产生的,还是高斯解释过的可能性之一:"逃生舱"因大气摩擦而出现的赤热化。

会上没有研讨任何当前收集到的数据。安德斯的意向便是全体新伊甸人民的意志。大多数民众迫切想要知道安德斯的想法。如果安德斯认定需要时间分析数据,会议就会进入审议阶段。但安德斯心中早有定论。

安德斯宣布,出现非常事态,严阵以待的时刻已经到来。如今正是新伊甸中的每一个人奋起之时,正是在实战中发挥迄今为止的训练成效之时。

在安德斯的发言中,宇宙飞船逃生者存在的可能性及其安危都无足轻重。他宣告,对靠近新伊甸的艾迪森后裔施以天诛的时机,就是现在。

首长安德斯一声令下,新伊甸进入军事行动状态。敌人是下落不明、存否未定的艾迪森总统后裔。

只听演讲，丹尼就听出瓦根辛首长十分兴奋。他的声调拉得很高，声音与平时的演讲相比又高又急，并且反复使用同样的表达。丹尼知道个中缘由：对新伊甸居民而言，现在正是践行被赋予的使命之时。

丹尼同时也看到了问题所在。若当真有人从宇宙飞船中逃脱，他们会降落到哪里呢？没人清楚他们的下落。那么，他们能在新伊甸着陆吗？

丹尼听说过，新伊甸部队重点配置在海岸线一带，那里还等距配备了枪炮武器。

假如乘客能死里逃生，他们使用的会是什么装置呢？如果装置优先减轻人体承受的负荷，着陆精度就会下降吧。那么，"诺亚方舟号"的幸存者不就更有可能降落到占据这颗行星表面百分之九十五以上的海洋中了吗？

如此考虑的不只丹尼一人。

他了解到，上头正要求水产局输送船只出航。

过去，行星上的人类主要在沿岸从事渔业，仅靠沿岸一带的海产就能充分供给食粮。而近几年，各种产业不断变化。技术变化的同时，抵御外敌的武器也不断开发。自然，安德斯·瓦根辛就任首长之后，国防思想也发生了巨变。来自地球的世代飞船到来之时必定会挑起侵略战争，新伊甸必须为备战开发武器。

相比民众日常生活所需的能量，制造武器所需的能量更大。这从新伊甸有限的国土中无法完全获得。于是，新伊甸建造了工厂联合舰。舰船在海洋中捕捞一种叫作脂鱼的洄游鱼类，高效提取油分。抽取出的鱼脂经过提炼后，可以生产用途广泛的燃料。脂鱼由于油分过多不适合食用，但作为资源，可利用的数量几乎无穷无尽。脂鱼渔场随季节而变化，数艘工厂联合舰也随之移动。因此，除了小型渔船和大型海上工厂以外，还有用于连接工厂联合舰与陆地，运送鱼脂制品的运输船。当然了，运输船、工厂联合舰、渔船所使用的也是鱼脂重油占比极高的燃料。换句话说，若将工厂联合舰用作燃料补给中转基地，运输船可以在这个行星中的任意海域探索，它的续航能力足以使它完成这一任务。

为制裁"诺亚方舟号"的幸存者，不对，制裁恶魔残党，所有运输船都受命出海。

运输船改头换面，变成用于战斗的巡洋舰，或者说，变成了船侧配备鱼雷武器的驱逐舰。

会有世代飞船的幸存者吗？他们能来到地面上吗？

丹尼光是处理工作就忙得不可开交，无法得知详情。

而他明明处于情报中枢，新伊甸指导者的身边。

对世代飞船残党的征讨结束后，新伊甸能迎来平静的日子吗？艾娃可以从区域团体的防空训练中解脱出来吗？

汤米呢？

瓦根辛少年队会解散吗？战斗训练呢？那时应该不存在继续训练的意义了。

这时，提要中的一句话跃入丹尼的眼帘。

关于遭遇"诺亚方舟号"生还者时的处置措施，有一道署名安德斯·瓦根辛的指令。

发现生还者时，即刻杀死。

丹尼不敢相信自己看见的这段文字。

艾迪森的世代飞船抵达时，便为祖先报仇雪恨。这个说法自古相承至今。让艾迪森后裔偿还他们的原罪；用尽一切残虐刑罚，让他们痛切悔悟祖先的背信弃义。丹尼自小听着这些教条长大，耳朵几乎都长出了茧；同时，他也被教导不可杀伤他人。因此，归根结底，坐宇宙飞船来的那些家伙在某种意义上并非人类。

然而，似乎是由于在成长过程中翻来覆去听过太多老调重弹，丹尼已无法从自古流传的言语中感知到任何实际含义。小孩子玩游戏时唱的歌谣中，有"一刀砍断脖子""把枪戳进肚子"之类的句子，他也觉得不过是口耳相传的童谣继承了从前荒谬而残酷的说法而已。所以在丹尼看来，假如世代飞船抵达，艾迪森子孙出现，新伊甸应该会抓住所有人，让他们承认祖先的罪孽，并遵从民众定下的裁决，为祖先赎罪。他隐约觉得，这应该是对飞船幸存者的妥当处置流程。

而指令也未免过于直白了。虽然安德斯·瓦根辛略去了在每次演说中提到的"用尽可能残虐的方法"这一表达，但首长的思想仍一以贯之，只是句子变得简洁了而已。

接下来，这个指令将扩散到行星的每一个角落，不仅是新伊甸本土。

只要发现宇宙飞船的幸存者，即刻赶尽杀绝。

在发生大破碎的瞬间，"诺亚方舟号"碰巧处于新伊甸能观测到的位置。当时即将迎来黎明。

汤米的外公，也就是艾娃的父亲让，正等待着他坚信是亡妻朱迪思灵魂的那道光。

很快，橘黄色的光点就会出现，飞过上空。时间不会很长。在每一天的生活中，让没有任何盼头，只有这个时候，他会在床上坐起上半身等待。

天气不好的日子令人悲伤。一旦响起雨声，他就感觉乐趣被夺走了一般，看不到光。不仅没有朱迪思的光，也没有天空中闪烁的无数星光。

对于整日躺在床上的自己而言，这是唯一翘首以盼的时刻。

对于自己患上精神疾病，被女儿接到家中一起生活前后的事情，让没有记忆。他总是吃完药、关上窗，一直处于昏昏沉沉不知昼夜的状态，整天都迷迷糊糊。从前朱迪思还在世时总是挂念让的身体，一直陪伴在床前，和他聊天，几乎到了唠叨的地步。而让也常常不知不觉就恢复精神，摆脱了病床。

自从朱迪思过世后，情况就完全不一样了。让失去了生存的欲望。对家人来说，成天只躺在床上的自己不过是个吃白饭的，尽管明白这一点，他也没有要做些什么的欲求。如果自己成了家人的累赘，还不如尽早死了更好，他在内心一隅也有这样的想法，可在躺下、睡着、醒来的反复中，他渐渐分不清哪边是梦境，哪边是现实了。

有天，让醒来时发现女儿、女婿和孙子围在床边，担心地看着自己。大家纷纷询问，发生什么事了。但让毫无头绪。他们说，因为听到他的尖叫，大家都心急如焚地从楼下赶了上来。对此让是左耳进右耳出，没有任何感觉。现在是晚上吗？不知是昼是夜。但都无所谓了。

让只是心不在焉地如此考虑。

后来某天，他注意到孙子正向自己打招呼。

"早上好，吃过饭了吗？我要出门了。"

他认出是孙子汤米。虽然不明白汤米为什么出现在眼前，但他开心地挥了挥右手。汤米见了，一边大叫"外公，太棒啦！"一边跑下楼梯。

就在那天傍晚，大家把让的床铺挪到了窗边。

艾娃打开窗户，确认父亲可以看到室外的景色。让满意得直点头。

外面的空气从窗户流入，轻抚脸颊，是让人心情舒畅的风。

白昼的光芒渐渐昏暗，屋外的树木也变得只能靠轮廓来分辨。

夜晚即将来临。青墨色的天空中，原本潜藏着的无数光点现身了。让躺在床上仰望。

他发现，自己的内心不可思议地变得澄净了。

真希望能永远沉浸在这样的世界中，他想。这时，他仿佛眼花了一般，巨大的星星？不对，不是，有个光点如活物般飞过夜空。

让觉得那道光有某种含义。整晚他都没睡。光芒再次出现是在黎明。那究竟是什么光？让左思右想。女儿向自己打招呼时，他脱口而出："看到了光。"女儿无比惊讶。

"那是什么光？"让如此询问，但女儿似乎不知道答案，她震惊于父亲竟开口说话了。"我觉得那道光好像有什么意义……"让喃喃自语。

黎明时分，让躺在床上眺望星空，发现有一种令人怀念的感觉。

那是很早、很早以前的事情了。是在自己还年轻，与朱迪思相识的时候。他想起，当时两人一起仰望夜空。因为彼此都不健谈，比起聊天，他们更经常在没有话题后躺在草地上，牵着手，久久地眺望着星星。仅仅如此就很幸福了。这就是让感到怀念的原因。

所以，自己看到星空时内心才得到净化，平静了下来。

如今朱迪思不在了。但让觉得仿若时间倒流，回到了那个时候。

能让自己产生这种心情的光,其中难道没有什么含义吗?

也许是神明想要传达什么,而让尚未察觉。

他试着猜想出几种解答,但都感觉不对。

让听说过,有一大群恶魔在很久以前便从地球奔向这颗行星。但他觉得那不过是个传说,只是用来恐吓不听父母教训的小孩子罢了。现实中不可能存在花费数百年时间持续航行的宇宙飞船,所以这个可能性在最初就被剔除了。

可是,神明展现给人类的光是这样的吗?让也开始觉得不对劲。

那时,他已经可以预测光芒出现的时间了。为什么如此有规律?光芒希望自己看到它吗?

这个瞬间,仿佛电流蹿过全身般,让悟出了自己感到怀念的真正原因。

在黄昏和黎明飞过天空的光芒,其实是朱迪思的灵魂吧?这样一来,一切疑问都云消雾散了。

同时,他发现,自己对飞过天空的光芒满怀怜爱。

那是朱迪思。她现在摆脱肉体,变成了一道光。并且,在一天的开始与结束之时前来与自己打招呼。

这样想就说得通了。

就算没了肉体,朱迪思也在告诉自己,她就在此处。在其他人看来,那也许只是一道会移动的光,虽然觉得奇怪,却不会深究。

不过，他人如何看待那道光无关紧要。

以这天的思考为契机，让只要眺望繁星，与朱迪思一起生活的片段便杂乱无章地浮现在脑中。也不知是梦是醒，或是否是受到药物的影响。艾娃出生时，自己什么都做不了，在一旁手足无措。夫妻间数不清的拌嘴。两人好多天没讲过一句话。最后是怎么和好的，他想不起来了。很累的时候，朱迪思贴心地为自己揉背。朱迪思开心地抱起孙儿。还有得知她病倒的时候，咒骂上天，恨不得替朱迪思生病。

光芒在空中飞过时，虽然看不到朱迪思的面容，但与朱迪思的回忆自然而然地充盈在让的心中。他觉得，这正是天空中的光芒乃朱迪思化身的一大证据。因此，光芒出现时，让会用"嗨"向她打招呼；离开视野时，让会说"再见，朱迪思"。孙子说想看那道光，自己也指给他看了。汤米不也感动极了吗？

但是汤米说，那道光也许并不能一直看到。让对此也有心理准备。自己的生命总有一天会走到尽头，那之后朱迪思就不会以光芒的形式出现在自己面前了。有形之物终将失去形体，这是无可奈何的事情。

可是，如果某天光芒突然消失了呢？

应该说这种可能性当然存在。到了那个时候，朱迪思大概是要告诉自己这件事吧——

活到现在已经足够了。你可以离开这个世界了。那个时刻已经到来。你已经没有任何遗憾了吧。从今以后，我们能永远在一起了。你也和我一样，将成为光芒。

她应该会这么说。同时，让似乎看到了朱迪思年轻时的笑容。就算是错觉，他也很开心。

朱迪思的这番话自然只是让的想象。但他认为，如果光芒消失，他再也无法与那道光遇见时，他当真会失去活下去的气力。

这个概率有多大呢？黄昏与黎明，每天能以肉眼观测到飞行于卫星轨道之上的"诺亚方舟号"只有两回，每回只有数秒钟。看到这一瞬间的概率极低，让却偶然目睹了这神奇的光景。

那天傍晚，天色逐渐转为浓稠的藏青色，空中开始能看到数不清的星点。从二楼的窗户往外看，朱迪思的光芒出现的位置连着黑黢黢的树影。每一天，她出现的位置都会稍往右偏一些。

让确认了时间。最近他甚至能准确倒数出光芒出现的时刻。

"快了。"他喃喃自语。朱迪思就要出现了。

"来吧，朱迪思。"他说。独自一人时，他习惯于配合光芒出现的时机和她说话。在呼唤名字的瞬间看到光芒，也能给他带来一种快乐。

然而光芒没有现身。让有些吃惊，数着空白的时间。一秒、两秒、三秒。这不可能。为什么没有现身？当让这么想时，光芒出现了。

虽然说不出哪里不对，但让的直觉告诉他，这不是平时的光。

接着他明白了是怎么回事，光分裂了。换句话说，让目睹了"诺亚方舟号"发生大破碎的瞬间。

能目击到这一瞬间，堪称奇迹吧？

分裂后的几个光点剧烈闪耀了一下，随后直接从让的视野中消失了。

让的第一反应是，朱迪思在自己的眼前消失了，自己的生命迎来了终点。

奇怪的是，他一点儿也不感到悲伤。他继续坐在床上眺望夜空。还有一件奇怪的事，自己的意识依然清晰。他一直以为，当朱迪思的光芒消失后，自己也将如烛火熄灭般离开这个世界。然而，自己仍身处夜晚的寂静之中。

这是怎么回事。朱迪思想告诉自己什么？为什么亮光消失了？

让知道，他再也看不到朱迪思的光芒了。毕竟她已在眼前消失。为何这次朱迪思仍抛下了自己？其中肯定有什么缘由。

这时艾娃端着饭菜来到床边。她刚走进房间，就敏锐地察觉到父亲的样子不对劲。

"怎么了，发生什么事了？"

让答道："朱迪思……你妈妈又抛下我走掉了。消失得无影无踪。"

艾娃惊讶得差点儿把饭菜落到地上。她自然明白这意味着什么。X日来临了。

可父亲说过，母亲的光芒消失之际，就是她前来迎接自己之时。艾娃尽可能假装冷静，却不知该和父亲说什么才好。她不想刺激父亲，不想让他伤心。

让绞尽脑汁思索光芒消失的原因。突然间，有个声音降临了，让明白了理由。

让把这件事告诉女儿："你妈妈可能是担心我吧，所以才过来鼓励我。不过她想，我已经变得很有精神了，所以，接下来我一个人也能活下去。她是这么说的。"

让确实听见朱迪思的声音。他将这些话原原本本地告诉了女儿。

"原来是这样。爸，我知道了。"

艾娃曾打心底里担心，再也看不到从地球飞来的宇宙飞船后，父亲会变成什么样子。会迎来生命的终点吗？即便不至于如此，也会变得如废人一般吧？然而，过世的母亲似乎化作心声鼓励了父亲。真是太好了。

说实话，艾娃并不关心宇宙飞船的命运，但能让父亲的病情如此好转，果然还是应该感谢那艘来自地球的飞船吧。

接着，父亲目光炯炯，畅快地说道："然后，她说我还有该做的事。我问她是什么，她不肯告诉我。看样子，接下来得先去找出我该做的事了。虽然不知道我还剩多少时间。"

艾娃与父亲对望着，无数次点头。这件事居然有如此美满的结果，艾娃拼命忍住溢出眼眶的泪水。

远远地，传来了区域团体领导人基尔·谢帕德模糊的声音。有线广播带着回声，再加上他有点儿慌乱，语速很快，没法儿听得很清楚。但艾娃大致明白他在说："这不是训练。请所有人在家待命。有新消息会马上通知。"但如今，艾娃哪里顾得上那些。

对宽治·南村来说，一切情况与经历都是前所未有的。

自"水仙原野"破碎后，宽治便如堕五里雾中。他陷入了有生以来不曾经历过的灾难之中。

他知道的只有这一点。在匆忙赶往恋人苏珊·佩吉所在的俄克拉何马Ⅰ区途中，他才稍稍理解了遭遇的情势。由于 N-phone 无法传递信息，他只能从途中遇见的人口中得到消息，想象"诺亚方舟号"的情况。期间他还路过几处能看见船外情况的位置，但每确认一次，绝望就加深一分。

没准儿我已经不行了。也许最悲惨的是没见到苏珊就死掉了。在抵达俄克拉何马Ⅰ区前，宽治不停地这么想着。同时，脑海中还无数次浮现"诺亚方舟号"在宇宙中化为碎片的光景。

然后他与苏珊·佩吉再会了。在宽治看来，这完全就是个奇迹。他已经心满意足了。尽管人生的落幕未免太早，且过于唐突，但能和苏珊一起迎来终结，也算是得偿夙愿吧。

然而奇迹并没有止步于此。

苏珊照料的那些老人提出了破天荒的建议。

老人们说，飞船上载有逃生舱。爆炸发生后，宽治便认为，"诺亚方舟号"将带着全体乘客在宇宙中五零四散。听说老人们在各区域的前端空间中制造了逃生舱时，宽治仍然稀里糊涂的。

而现在，他正坐在四人座的逃生舱中，舱中共有宽治、苏珊，还有带宽治到护理中心的少女艾米、艾米的祖母四人。逃生舱的内部空间呈六角形，十分狭窄，每个人都能看到彼此，四个呈座舱状的座位背靠舱壁，围成一个圆圈。确认另外三人坐好，并用安全带固定住了身体后，宽治关上舱盖。检查锁上好后，宽治在苏珊和艾米之间坐下，牢牢固定住自己的身体。全身能自由活动的只有手臂而已。乘坐如此狭小而拥挤的逃生舱能到达行星吗？宽治心里没底。制造它们的并不是专业的科技人员，而是从事配管、内部装饰等工作的老人，这不过是他们的假日娱乐。

而且，舱内四人都没有穿宇航服或耐热服。宽治对航天一窍不通，但他听说过，航天器飞向有大气的行星时，如果入射角太低就会被大气弹开，飞向意想不到的方向。也不知此事是真是假。即便入射角准确无误，直到抵达地表之前，航天器表面都会因大气的剧烈压缩而产生令人难以置信的高温。这一点，即使是宽治也能想象出来。

内部会烧得焦黑，或是变成烘烤的状态吗？

艾米的脸上写满了不安。宽治伸出左手握住苏珊，苏珊回握住他。如此一来，无论命运走向何方都没关系了。接着他伸出右手握住艾米，说："没事的。"

宽治想，他们要等待多久呢？"诺亚方舟号"发生大破碎后，逃生舱就会朝行星下落。那会是五分钟，或是几个小时后吗？他完全无法预料。每一秒都无比漫长。氧气充足吗？不会在破碎之前就耗尽了吧。

艾米和老婆婆牵着手，苏珊也伸出左手握住老婆婆，四人连成一个圈。除了相信不会有事以外，别无他法。

之前宽治似乎听说过，即使将来开始按顺序移居到应许之地，只要超过一定年龄，便无法成为移居成员。因为高龄者无法承受降落行星时的负荷。

就算这个逃生舱能发挥出预期的作用，老婆婆承受得了吗？万一……不过忧心这些也没用。哪怕留在船上，也只会随大破碎一同死去罢了。那么，无论可能性多么微小，都有赌一把的价值。

还没有……还没到……那个时刻仍未来临。大家都不再说话了。

这时，晃动发生了。无比剧烈。是大破碎。宽治并不害怕。比起震动，那更像是连续不断的冲击。他握紧两边的手，确认两人的存在。虽想给她们打气，但已经没工夫说话了，即便开口也只会咬到舌头而已。舱内变得一片黑暗。

下个瞬间，宽治感觉整个身体被强压向后方，接着他便分不清逃生舱究竟哪边朝上了。舱体在旋转。他明白，是搭载着四人的逃生舱发射出去了。震动停止，上与下的方向不断变化，如今支配着重力的不是"诺亚方舟号"，而理应是位于下方的行星。

震动止息。可以出声了。

"各位，没事的，我们很安全，是吧。"

只有艾米回答："嗯，但是我害怕。"苏珊用汗湿的手使劲儿握住宽治。他顿时放心了。老婆婆不知情况如何。宽治几乎以为她失去了意识。对老婆婆来说，这场考验也许过于残酷了。

艾米不停地喊着："奶奶！奶奶！"不知第几次时，传来了"嗯——"的呻吟声。艾米可能放心了，不再呼唤。

同时，第二波冲击出现了。这是让人感觉浑身被狠狠摔打般的冲击。接着又是一阵剧烈震动。

宽治想，当前逃生舱应该正在行星的大气中下落，震动是逃生舱撞上大气产生的剧烈摇晃。身体浮空。坠落仿若永无止境，感觉像是失去了重力。

据说进入大气层后降落伞就会自动打开。万一降落伞有缺陷的话，逃生舱会重重摔到地面上。

大气的压缩热会导致逃生舱烧红，即便内部能扛住高温，若是猛地撞上地面，那也无能为力。

完全无法乐观起来。

外壁使用的是什么材料？

坐进逃生舱时只看得到入口部分。是特殊合金？还是陶瓷？现在温度有多高？完全不清楚。五百摄氏度？不，也许远远超过一千摄氏度。舱壁有多厚？几十厘米以外便是死亡的领域吗？

那瞬间，宽治感受到一阵自头部而来的重力。

头顶上，一块面板亮了，显示出一幅画技幼稚的逃生舱示意图。逃生舱上方有一个三角形标识。

看得出来，三角形代表降落伞。也就是说，突然感受到的重力正表明逃生舱的降落伞正常打开了。

宽治首先看向苏珊。在面板透出的微弱亮光中，苏珊正凝视着宽治。这让宽治有一种要将苏珊紧紧抱住的冲动，但无法如愿。像要克制住自己的心情一般，他转而看向艾米。少女轻轻摇着老婆婆的手，想为奶奶鼓劲。老婆婆似乎也平静了下来，不停向艾米点着头。

看样子老婆婆的意识十分清晰，她成功熬过了降落的过程。

震动忽然停止了，接着整个逃生舱开始左右大幅摇晃。因为没有窗户，他们无从得知更多情况。

画面下方显示着一条横线。逃生舱正接近那条直线。看来，当代表逃生舱的示意图接触到直线时，就意味着海拔为零，他们抵达了行星表面。

眼看着逃生舱逐渐接近直线。

宽治不太了解行星的具体数据，但他在 N-phone 上看过基本信息。行星的大气结构对于地球生命而言十分理想，无须穿着用于保障生命的宇航服；其重力与"诺亚方舟号"船内的居住空间几乎无异，但行星表面的重力还是会强一些。不过，这点儿差异立刻就能适应。

代表逃生舱的图像标识碰到了横线。随后，摇晃停下了。宽治这才发现，方才逃生舱一直如摆锤般摇晃。同时，一阵猛烈的冲击袭来，身体从座位上被震飞到空中。不过，冲击只发生了一次。现在身体有种摇摇晃晃的感觉。

四人都确信，他们成功抵达了应许之地。逃生舱被"诺亚方舟号"发射出来后遭受的无数冲击如幻影般消失得无影无踪。眼下感受到的，唯有宛如在摇篮中摇晃着的安稳平和。

"到了吗？我们得救了？"艾米喜出望外地叫道，"可以解开安全带了吗？"

"别急。等宽治检查情况。"苏珊答道。

宽治暗想：这里是行星表面，错不了。但可以马上解开锁出舱吗？

有一件事令人在意。在着陆之后，逃生舱一直缓慢地摇晃着，这意味着什么？

随后，他回忆起一条行星的基本情况。以前，当宽治想象行星生活时，比起那些资料，他总会先去思考在应许之地会过上什么样的日子。

必须了解的信息首先在脑海中复苏。

这颗行星表面百分之九十五以上是海洋。那么，逃生舱之所以缓缓摇荡，是因为它漂流在海上吧？搭乘其他逃生舱的人情况如何？这些逃生舱是业余的老人制造的最原始的款式，无法指定着陆地点。既然如此，大部分逃生舱都降落到海洋上了吧。

这时，宽治突然感到喘不上气。在密闭空间中觉得呼吸困难的理由只有一个。

氧气不太够了。而逃生舱无法补充氧气。

没有人指出这件事，但老婆婆和艾米都喘了起来。

宽治原本想着，在走出舱外前应该有无数事情需要商量，不可操之过急。如果大气中含有未被观测到的、会对身体造成不良影响的成分，该怎么办？万一出现袭击人类的生物又怎么办？然而，忧虑无法解决任何问题，因为没有人会向他们施以援手。他的思绪再次回到会在密闭空间里窒息而死的绝望现实中。

于是他做了决断。至今为止，自己在"诺亚方舟号"中的避难行动全都没有安全保证，全是走一步算一步的孤注一掷，不是吗？

他下意识地看向左腕上戴着的 N-phone。它仍在手腕上，但已不再发光。徒具其形的 N-phone 已经没有用处了。这个手环不会再告诉自己任何事情。

现在是再赌一把的时候了。

宽治解开座位上的安全带，对其他三人说："大家解开安全带，确保不管遇到什么情况都能马上行动。接下来我会打开舱盖。我们要相信，无论发生什么事，大家都能得救！"

"知道了，我相信。"艾米说。宽治想，艾米的意思应该是相信自己。假如这里是大海，海水不会灌进来吗？如果是在海中呢？那会因水压而无法打开舱盖吧。

宽治与解开安全带的苏珊互相拥抱。他有十足把握，苏珊也相信着自己。

宽治挺直身体，旋转环状锁。锁环非常牢固。自己拧紧的时候用了这么大的力气吗？想来此前为了确保密闭，他竭尽全力旋紧了环状锁。宽治再次对着纹丝不动的锁用力一拧，环状锁瞬间转动了。他连忙继续旋转。阻力消失了。现在随时可以从内部打开舱盖了。宽治下定决心，从下往上推。舱盖很重，但慢慢被抬了起来。他如释重负，逃生舱沉入海中的担忧消除了。

下一秒，他什么都看不到了。由于一直窝在近乎黑暗的逃生舱中，如今脸庞突然暴露在日光下，眼睛被光线刺得睁不开。他维持着推高舱盖的姿势站在原处。

耳边响着不熟悉的声音。过了好一阵，他才反应过来，这是打在逃生舱上的海浪声。

逃生舱漂浮在海面上。宽治的眼睛逐渐适应了光线。

蓝天进入视野，有白色的东西飘在空中。宽治想，那就是"云"吧？

独特的气味钻进鼻腔。不知是什么味道。是大海的气味吗？

目之所及全是水。宽治回头望去，看不到陆地。这里是海洋正中吗？

"能看到什么吗？"苏珊在底下询问。

"是大海。哪里看去都是海。"

海面波光粼粼，无限延伸至远方。除此以外，什么都看不到。虽然可以顺畅呼吸了，但这样下去什么都做不了。其他坐上逃生舱的人都怎么样了？得救的只有他们吗？

艾米在舱内说："我听到了，有人在呼叫。"

宽治侧耳倾听，什么都没听见。只有波浪声，以及风抚过脸颊的声音。宽治大声呼喊，虽然他也不知道该如何呼喊。

"喂——有人吗——"喊完后，他认真聆听。没有回音。其他逃生舱的人无一幸存吗？

没有其他事情能做了。

宽治继续大喊。但要说话太费劲儿了，为减轻疲劳，他反复大喊："喂——"

刚才是艾米听错了吗？

宽治按照一定频率，呼喊了很多次。

突然，苏珊大叫："没问题！"

"什么？"宽治反问，"谁没问题？"

苏珊从舱内伸出左腕，她还戴着 N-phone。

"这个。刚才我试着打开电源,它启动了。这样就算不能通信,也能发出遇难求救信号。我听说 N-phone 也有作为救援信标的功能。"

可是,谁会接收那个电波信号呢?

"你有没有听说过,应许之地上存在着智慧生命? 也许它们会收到电波,过来拯救我们。"苏珊说道。

宽治有点儿惊讶,苏珊竟然把希望寄托在那种靠不住的事情上,然而他自己也没有资格去否定。无论多么微弱,只要有一线希望,都应该让她尝试。至于未知的智慧生命究竟会不会前来救助,这另当别论。

"知道了。"宽治如此回答。

这时艾米再次开口:"果然,还是能听到。"

宽治再次大喊:"有人在吗——" 接着,他挺直腰背,尽量站在比海平面更高的位置,将双手放在耳边仔细听。

不是幻觉。隐约可以听见什么声音。因为距离太远,听不清内容,但毫无疑问是人的声音。

宽治站在舱盖旁边,大力挥动双臂:"这里! 我们在这里!"

声音稍稍变大了。能断断续续听到"宇宙飞船"和"诺亚方舟号"等词语。

"听到了吗?"艾米在舱内喊道。

"嗯。听到了、听到了。应该是同时坐逃生舱逃出来的人。"

"是不是妈妈和爸爸呀。"艾米的声音满是兴奋。不过宽治并没有注意到。虽然不知道海潮的流向，但原本在远处的呼唤声似乎慢慢变大了。

"靠近了。声音变大了。"艾米激动不已。宽治也是同样的想法。他再次呐喊，并把身体探出舱盖，挥舞手臂。

看到了。

多么令人开心啊。那是一个年轻人，身上穿着的"诺亚方舟号"制服一目了然。他的逃生舱与宽治乘坐的型号似乎不太一样。还能看到一个少年手中挥舞着棒子，棒尖上系着像是旗帜一样的东西。

能听到声音。宽治也朝他们用力挥手致意。

不对，声音是从背后传来的。背后也有人在招手。再往后的右侧也有一个小小的人影在招手。宽治一行并不孤独。

可是，接下来该怎么办？陆地在哪里？眼前甚至没有任何东西能指明坐标。

市政厅正在召开局长会议，研议有关来自地球的世代飞船消失的分析结果。然而，讨论正处于停滞状态。

现在，新伊甸已进入戒严状态。除此以外，没有更多消息。

身为首长，安德斯·瓦根辛有了危机感。他们面对的事态如此紧急，然而局长会议却缺乏紧张的气氛。大家嘴上不说，却都没有敌人已经降落的现实感。他们认为,宇宙飞船发生了不明原因的爆炸,已经炸毁了。同时,也没有观测到宇宙救生艇。看来是恶魔后裔遭到天谴,自取灭亡了吧。

自然,安德斯眼下仍打算说明各种方针,让新伊甸进一步加强警戒态势,可局长们究竟能不能听进去?

这时,副总务官进入会议室,对总务官低声耳语后,将一张便条递给了高斯副官。

高斯副官当场站了起来,用所有人都能听见的音量向瓦根辛首长报告:"当前接到报告,海面上捕捉到多道发出地不详的电波。分析认为,这是宇宙飞船生还者的求救信号——"

会场上懒洋洋的氛围瞬间冻结了。这正是安德斯翘首以盼之事。他以尽可能冷静的语调说道:"如今需举全国之力,将艾迪森后裔尽数剿灭。要不惜一切手段,确保作战成功。"

老托马斯的追忆

　　老托马斯走上市民礼堂的舞台。他停下脚步,环顾了观众席一圈,坐到椅子上。

　　照明正从礼堂后方打在自己身上,因为太耀眼,他看不清坐在会场中的听众的情况。

　　大部分听众都是十三岁。老托马斯的孙子中也有一个十三岁的男孩子,或许同样在这些听众中侧耳倾听。他叫埃里克,见面也不打招呼的埃里克。

　　老托马斯听说,这场演讲是安排在学校的《伊甸正史》教育课程中的一节附加课。

　　小孩子通过学习得知,从前,人类在遥远的宇宙彼岸——太阳系中诞生。后来，地球被卷入一场无可避免的灾难，人类便逃离无法居住的太阳系，将这颗行星作为新的地球不断开拓至今。

关于人类使用何种方法逃离地球，现在教给孩子的是什么说法？老托马斯忽然回想起自己的童年时代。

他从小被灌输的概念是，得知地球将要化为一颗火球，时限步步逼近时，有一群人抛弃其余人类，搭乘世代飞船逃跑了。其后不久，新伊甸人的祖先奇迹般地利用超科学的技术发明出了传送装置，抵达新伊甸。因此，新伊甸的人类应向世代飞船上的人类报仇雪恨。

老托马斯生活的时代，"诺亚方舟号"正巧抵达了新伊甸。

听说学校如今没有对孩童详细教授这段历史。然而，当老托马斯接到演讲邀请时，担任教育委员的人却说："你可以畅所欲言。将你在那个时代中体验到的、看到的、感受到的，毫无保留地分享出来。"

这也是他对老托马斯的回答。

老托马斯问过："考虑到对小孩子的教育，讲述那个时代针对宇宙飞船幸存者的杀意，刺激性是不是太强了？"

老托马斯还是第一次像这样站在讲台上。直到去年为止，都是他的前辈，老欧文·乔姆斯基负责演讲。今年老欧文表示自己年事已高，恐怕无法长时间站在演讲台上，婉言谢绝了邀请。也是由于老欧文的推荐，老托马斯才接受了演讲的委托。

他不能拒绝。毕竟老欧文还是他在瓦根辛少年队时的前辈。而老欧文之所以收到邀请,也是因为他的前辈将他介绍给了教育委员。

一切都依次传递下去。而今,一个时代即将落下帷幕。

老托马斯寻思,他想不到有谁能接替自己讲下去。那么,自己便是目睹世代飞船"诺亚方舟号"乘客抵达行星,并亲口讲述这件事的最后一人了吧。他完全没有准备讲稿。

脑中只有教育委员交代他畅所欲言的话语。他觉得,如果事先写下演讲内容,自己的讲话也会受到限制,无法跳出讲稿的局限。而若自由发挥,在叙述过程中,自己忘却的记忆也许会再次苏醒。如此想来,不做准备的话,这场演讲反而可能给人留下更深的印象。

远远地传来了人声。声音介绍完老托马斯的经历后,正向听众说明,能倾听见证了历史瞬间的目击者演讲,是一次多么宝贵的机会。

老托马斯宛若在脑中重新咀嚼着讲话顺序般喃喃自语着。

首先是自我介绍,谈自己迄今为止度过了什么样的人生。不对,小听众根本不会对这个感兴趣。他们想听的,难道不是那个历史性的瞬间发生了什么吗?

这时,会场中的声音呼唤了他的名字:"有请托马斯·柯林斯先生。"

对他的介绍结束了。终于得上台演讲了。

会场中响起了热烈的掌声。是时候了，在听众面前讲述自己所见所闻的时候。

这时，他隐约察觉的事情再次清晰浮现在心中。

听众为什么是十三岁？

对此感到在意的同时，他也回想起自己隶属瓦根辛少年队时，不也正好是十三岁吗？当时家人和朋友叫自己汤米。

老托马斯起身走到台上，清了清嗓子。仿佛以此为信号，掌声一下子停止了。

灯光刺眼，这时老托马斯觉得有无数视线集中在自己身上。

他缓缓开口："大家好，我是托马斯·柯林斯。我在各位这个年纪的时候，见证了一件具有历史性的大事，因此被请求今天站在这个讲台上，跟大家讲一讲。那么，首先我想从当时社会上的情况开始谈起……"

听众席鸦雀无声。每个人都静静聆听着老托马斯的讲述。老托马斯告诉自己，有些对自己而言是常识的事情，对这些孩子来说是无法想象的事，应讲得尽可能详细，且易于理解。

首先，老托马斯从人类来到这颗行星的经过讲起。由于地球被太阳烈焰灼烧，人类即将灭亡；一小部分人类抛弃了其他同胞，搭乘世代飞船朝新伊甸飞来；被遗弃在地球上的人则诅咒那些丢下自己乘坐宇宙飞船逃跑的人；随后，由于开发出了近似奇迹的技术，留在地球上的人类反而更早"跳跃"到了新伊甸，代价是失去一切文明，以原始状态在这颗行星上艰难求生，于是新伊甸人的祖先发誓报仇：假若有一天，那些抛弃了自己祖先的人类后代抵达这颗星球，新伊甸人就会让他们以鲜血偿还祖先的罪孽。

血偿的理念由父及子、由子及孙。后来，新伊甸居民把对那些来自地球，眼下尚无踪影的宇宙飞船上的恶魔施予残虐的制裁当成了自己的人生目标。

必须让听众在理解这一点的基础上听讲。

接着，新伊甸迎来了那一天。原本真实性令人怀疑的"诺亚方舟号"当真来到了这颗行星的卫星轨道上。

宇宙飞船没能抵达行星，它在卫星轨道上发生了神秘的爆炸事故。不过，有些幸存者乘坐逃生舱逃离了飞船。

逃生舱降落在大海上。

当时新伊甸的领导者是安德斯·瓦根辛，一个强硬的复仇主义者。就是他，把来自地球的虚幻世代飞船描述为应该实际憎恨的对象，并灌输进民众心中。

正是这个首长再次向新伊甸全体居民下达命令："凝聚国民之全力，将降落到地面的恶魔一个不落地揪出来消灭掉。对方是人神共弃的艾迪森子孙，使用何等残虐的方法都不过分。每个人都要拿起审判恶魔的武器。"

那时，逃离"诺亚方舟号"的乘客正在海洋上漂流。

讲到这里，为了润一润干渴的喉咙，老托马斯在杯子里倒上水一口气喝下。他觉得自己讲了很久，但听讲的少年似乎没有什么反应。他们会不会觉得无聊？自己有没有传达出那个时代的氛围？

这时老托马斯清楚听见，观众席中传出几声叹息。他稍微放下了心。如果觉得无聊，他们不可能像这样叹气。正是因为老托马斯停下喝水，听众的紧张在这一瞬间得以缓解，才不由得松了口气。

老托马斯再次开口。

没错，就是那样的时代。对现在的年轻人来说，不知能让他们有多少切身之感。

当时大家都称呼托马斯为汤米。现在他仍记得自己的瓦根辛少年队队员编号。毕竟每次训练都得写下它，因此即便过去六十多年，只要听到"瓦根辛少年队"，两个符号与五位数字自然就能从嘴里蹦出来。

那时他在学校也有学籍编号。虽然末尾三位数共通，但在他心底留下强烈印象的还是队员编号。

那个时候，几乎所有学校都不再上课了。

一开始是在放学后以课外活动的形式接受训练。仅限课业免除日那天，以正义人类党瓦根辛少年队一员的身份参加训练。

起初是每七天训练一天。正义人类党的党员轮流担任讲师，比学校课程更加深入地为少年讲授必须接受这种训练的缘由。

听完课，托马斯逐渐认识到憎恨世代飞船上的人是理所当然的事情。

这就是教育吧。尽管上课时间有限，讲师还是一遍又一遍地向少年灌输，卑鄙的艾迪森和他的后代是多么该被肃清的存在，同时要求少年反复念诵一些如口号般的句子，内容是该如何杀死恶魔后裔，一直念到他们能脱口而出为止。这是为了在小孩子的潜意识中，植入某些杀人行为是能够获得允许的观念。

身为瓦根辛少年队的一员，汤米在少年时期也背下了所有关于杀死恶魔宇宙飞船乘客的口号。不过，能否真正理解自己嘴里蹦出的那些口号则另当别论。正所谓庙前的孩子会念经，汤米虽能将如何咒杀恶魔后裔的话语倒背如流，其中却不含有任何真情实感。对他而言，把讲师要求背诵的东西一字不差地念出来才更重要。

直到后来他才明白那些需要背诵的词句是什么意思。那时，据称正绕行于卫星轨道上的世代飞船的消息如雨后春笋般冒了出来，内容虚虚实实，而战斗训练也随之提高了频率。此前每七天训练一次，后变为每三天一次。原本以上课为主的训练也发生了变化，每个人都得到了配发的武器。

汤米也拿起了长枪。这是汤米第一次拿起能杀伤他人的武器。他完全不知道该如何使用。

每三天一次的训练在室外举行。汤米需要穿上训练服前往室外训练场。当时正义人类党派来的讲师净是些身材壮硕且长相凶恶，看上去就十分残暴的人物。他们在党内也属于武斗派^①的一分子。

他们说："为了对恶魔施以天谴，你们必须学会致命杀招，而要施展出致命杀招，重点在于完美运用基本招式，再加上势在必得的气势。"

汤米双手握住与他身高相差无几的长枪，在没有取下枪鞘的状态下学习了基本架势。左脚踏出身前半步，左手放在左腰前方三十厘米处，握住枪柄靠近枪尖的一端，右手握住枪柄，固定在自己的腰部，这就是讲师严格训练他们掌握的基本架势。

拿起武器后，接着做出一连串动作，并无数次重复这一过程。

此时每三天一次的训练已不再是课外活动了，一整天都要耗费在战斗训练上。

而后，训练变成了每两天一次。从此枪术在基础架势之上增加了各种攻招和守招。

不知恶魔后裔何时降落。但少年被教导，无论何时何地都不能慌张，要摘下枪鞘，勇猛地发起攻击。

瓦根辛少年队并非自愿参加，十岁以上的儿童都有义务加入少年队。因此，汤米自然有很多朋友持各种不同的看法。

"那艘宇宙飞船在宇宙中航行了几百年抵达这里，他们可是拥有相应的科学技术的人啊。着陆行星的时候，他们肯定装备齐全，

① 认为不应妥协，而是使用暴力手段来贯彻自我主张的群体，亦称鹰派。

身上的衣服肯定也是用长枪无法刺穿的材料制成的。而且他们一个人就要对付我们十几个，所以应该带着我们难以想象的武器。"

话题转到具体是何种武器后，朋友们七嘴八舌地说出了形形色色的妄想——"只要我们举起长枪显示出敌意，恶魔后裔就能马上用炮筒射出可以杀伤人的光线。世界上速度最快的就是光，所以谁都没法保护自己。听说以前在地球上就已经有那样的杀人武器了。""不，听说还有一种类似振动炮的东西，只要对准敌人，一切坚硬的物体都会慢慢瓦解。倘若打到人身上，则全身的骨头都会粉碎，人将像果冻一样倒下去。""不，我听邻居叔叔说，他们也可能拥有只消灭生物的武器。用了那种武器后，新伊甸的人类都会消失，只有他们之前穿着的衣服落在路上，而那些衣服还能穿，空置的房子也能直接住进去。"

闲聊这些事的朋友一个接一个被讲师叫走。不知被告诫了什么，但自那以后，他们不再自由谈论任何随意的妄想。

之后，少年队按照个人能力分成多个小队，隔日进行的训练计划也发生了变更，所以后来汤米再也没有和那些吐露了真实心声的朋友见过面、说过话。

朋友提出的长枪是否对宇宙飞船上的敌人有效的疑问，确实留在了汤米心中，但随着训练密度越来越高，他逐渐把重心放在了如何提高自己的长枪技术上。这也是由于愈发繁重的训练接连不断，甚至让人没有工夫去思索那些问题。当前自己能做的唯有磨炼技艺，并对降落到地面的恶魔后裔施以致命一击。教官的反复叱责抹去了汤米的思想，他的双臂肌肉慢慢转化成了最佳屠杀工具。

不知道从宇宙飞船中下来的恶魔后裔是什么模样。汤米宁愿他们是教官描述敌人时让人联想到的鬼或恶魔的形象。若自己得用长枪贯穿敌人，那么希望他们的长相能轻易引起憎恶。

在某个时期以前，教官谈到将来会从宇宙飞船降落地面的敌人时，常常使用"丑恶""可憎"等描述。然而从某个时间点起，教官的描述发生了变化。

一开始汤米不太清楚他们这样做的原因。

——恶魔并非一直以恶魔的姿态示人。

以某日为界，敌人的形象发生了如此变化。

教官开始说："自古以来，诱惑圣人走向邪恶之物，都不会以丑恶骇人的形象出现。"在地球的宗教中，试图将人引诱至罪恶之途的家伙总是以极具魅力的身姿亲切待人。如果被他们的魅力蒙骗，则正中恶魔下怀。

教官为何突然开始改变对敌人形象的描述，汤米觉得自己似乎懂了。

那些据称乘坐着宇宙飞船的恶魔后裔，或许与新伊甸居民别无二致吧。

——恶魔会藏起真心，带着假笑接近我们。而当人们松懈下来，对他们打开心扉的瞬间……他们就会挥起藏在背后的匕首。恶魔会化为亲近之人的样貌，模仿深爱之人的表情。

——要记得安德斯·瓦根辛首长的话语。记得祖先遭到背叛的过往。即将降落而来的人，他们身上流淌着背叛者的血液。

——为此，要封闭心灵，堵住耳朵。想象祖先的怨恨。

从这时起，枪尖的枪鞘就摘下了，训练内容变成如何刺杀敌人。

刺杀对象是以设想的敌人为基础制作的大约等身大的假人。假人身上穿着衣服，头部没有面孔。但在远处举起长枪时，假人的衣服和身形看起来既可以是少女，也可以是老人。

尽管如此也不要犹豫。接到突击命令后，就必须全力冲向假人，将枪尖捅进要害。

假人没有表情，也没有脸庞，但当汤米一边呐喊一边冲刺时，总觉得它们是少女也是老人。因此每回刺出长枪时，他总有一种闭上眼睛的冲动。然而，发起攻击的人绝不能闭上眼睛，为确保真的刺死敌人，必须睁眼，否则枪尖就会瞄偏，也无法如安德斯·瓦根辛首长所说，饱含真切的憎恶杀死对方。汤米做不到。虽然明知那是假人，并在心中说服自己那是应该憎恨的存在，到最后关头还是禁不住闭上了眼。为了不被周围其他人和教官发现，自从开始这种训练后，汤米就一直眯着眼，这样即使在贯穿假人的瞬间闭上了眼睛，也不至于太过明显。

可即便闭上眼睛刺出的时间只有一瞬，从长枪传来的触感依然无法欺骗自己。

假人究竟是用什么材料制成的？

此前训练长枪攻招时使用过稻草人，有时教官也准备了人形沙袋。那时汤米没有任何抵触，能够竭尽全力刺出枪尖。

但这个假人的触感明显不同。可以感觉到刺破了衣服，以及刺穿人体皮肤时的弹力。教官怒吼道："只要大声呐喊、集中精神，那些都不算什么！"但汤米实在没法儿做到无动于衷。他想，若是因这种事情得到称赞，被叫作窝囊废不知要好多少呢。

一个小队每天用掉两个假人。假人被枪尖无数次贯通，训练结束时变得七零八落的，简直让人无法相信它曾经保有人形。这时，汤米也发觉自己的精神状态正在发生巨大的变化。

习惯是非常可怕的事。在遭到教官无休止的谩骂、否定人格，又被反复灌输少年队的存在理由唯有虐杀恶魔后裔这一点后，汤米不知不觉开始认为，除此以外再无其他正义。那时他已处于停止思考的状态，应该说，教官所施行的洗脑已经完成。

就连同个小队队员间的闲聊，也变成了互相吹嘘自己有多大的杀伤能力，能给敌人造成多大的痛苦。而谈论这些时，他们的目光也与之前迥异。

他们是当真那么认为吧。

从开始训练一直到能熟练挥舞长枪，汤米都没想过，要实际使用长枪突刺他人。然而，现在他觉得，如果对方是敌人，自己就可以用枪锋贯穿对方。至于能否满怀憎恶地刺穿，他不敢保证，但只要扼杀感情，总有办法完成使命。

小队持续开展实战训练时，某天汤米难得在家里碰见了父亲。

父亲在市政厅议会事务局工作，最近每天都无比忙碌。有时好几天都不能回家，哪怕回一次家，也只是简单处理完该办的事，又马上赶回市政厅去。由此，汤米就能切实感到，事态骤变不停，气氛越来越紧张了。一种紧迫感支配着整个新伊甸，人们都如热锅上的蚂蚁一般。

那天汤米回到家，发现父亲正在吃饭。父亲说，他吃完饭又得马上回市政厅去。注意到汤米的表情，父亲问他："怎么了？闷闷不乐的，是不是训练太辛苦？"

父亲指出这一点，汤米很是意外。

"不是，不会。"嘴上如此回答，汤米却发现最近自己的心情确实不快，但并非由于训练太累。

他察觉到，是因为某个教官的话一直在自己脑海一隅不断回响——

"刺杀敌人时不可迟疑。祖先在地球上的时候，一直把祖辈父辈的仇恨当作自己的仇恨，不断厮杀。"

一开始汤米只是心不在焉地左耳进右耳出。但其实他没有将其当作耳边风。随着时间流逝，那句话仿若从淤泥最深处涌上来般浮现出来，如诅咒般在汤米的耳边回响。

这话为什么会深深烙印在自己心中？教官说的是真的吗？

"我听说了一件事。过去地球上一直都有战争吗？"

父亲停下手，凝视着汤米。

"他们说，'跳跃'到这颗行星之前，地球上一直有国家发生战争，人们不断厮杀。对人类而言，那是理所当然的事情。地球上不存在全人类友好相处的时代。如果祖先互相憎恨，那么自然连他们的子孙后代都会互相憎恨、互相杀戮。他们说人类就是这样。"

父亲默默地听着，而后终于开口："我小时候也听说，地球上永远有发生争端的地区。人类发生纠纷必定有其原因，如果原因没能解决，不断扩大，就会成为纷争，变成人们所说的战争状态。原因，或者说理由，有些是听了也无法理解的事情，有些是当事者也不知情、从遥远的过去纠缠至今的事情。一开始，也许只是自己的想法遭到否定，也许是受到信任之人的背叛，也许是欲望得不到满足。也许因为领土、因为信仰的神明、因为必要的资源，也许出于对折磨自己家人和朋友之人的憎恨。"

"可自从人类跳跃到新伊甸后，为什么根本没有产生过纷争？又是为什么，事到如今开始鼓吹互相残杀？"

"确实，跳跃到这颗行星上的祖先没有发生过纷争，他们在地球上原本是互相憎恨的民族、互相残杀的不同宗教的信徒，据说那是因为他们几乎是以原始状态被扔到了同一个环境中。祖先在地球上的确互相争斗，其中也有人认为，彼此残杀是人类与生俱来的宿命。可是，跳跃到行星上的人失去了家人、国家、朋友、财产，失去了之前拥有的一切。同时，他们得在未知环境中，在过往经验无法奏效的情况下，互帮互助地生存下去。一切欲望和憎恨都被重置了。他们唯一能做的只有同舟共济而已。因此新伊甸没有发生过纷争。"

"也就是说，在这颗行星上，总有一天人们也会互相憎恨、互相打斗吧。"

"祖先为何没有发生争斗？他们应该是已经明白，人与人之间总是能够合作的。因为新伊甸人有一个共同的敌人。祖先的恨意传承至子子孙孙。于是，生活于新伊甸的人要为祖先遭到的背叛报仇雪恨的思想流传至后世；同时，当那个时刻来临时，一定要替祖先复仇。这种怨恨之情不断被放大，一直延续到了现在。眼下就是如此。眼下便是'那个时刻'。所以我想，拿起武器复仇的憎恨，如今正要在祖先的仇恨的影响下开花结果。"

父亲仰望着虚空说道。感觉他不是在向汤米解释，而是在不自觉地自言自语，吐露自己的想法。作为在市政厅为公务鞠躬尽瘁的人，父亲说的这番话真的没问题吗？

甚至连汤米都不由得如此思忖。

"如果按我的想法如实回答你的疑问，就是这样子。我并不认为这是唯一正确的解答，但也许可以帮你找到正确答案。差不多就这样吧。"父亲说完便站了起来，没有再碰剩下的饭菜，"我该回市政厅了。现在的排班真是要命。"

对此，汤米只说了一句"谢谢"。

父亲朝汤米摆摆手，表示没什么，接着问道："长枪练得怎么样了？能用好吗？"

"勉强吧。"

父亲闻言点点头，但汤米知道，他对自己的长枪技术并没有什么兴趣。

其后不久，汤米所在的小队接到了转移命令。几乎在同一时刻，坊间传出了卫星轨道上的宇宙飞船消失了的流言。

并非所有小队都接到了转移命令。

那时汤米碰巧遇到曾在同一小队的少年，因此得知了这个情况。少年告诉汤米，他不是参加训练，而是在住宅区执行防卫任务。每个区域以小队为单位，分成三个班次轮流守卫。他接到指令的时间与汤米大致相同。汤米觉得，有什么大事正在发生。自然，他没有从父亲那里听到任何消息。这时候父亲应该在为职务而奔忙，家中多数时候见不到父亲的身影。

汤米的小队接到的任务是前去搭乘工厂联合舰中型渔船"德尔·索尔号"。

"德尔·索尔号"是一艘从事远洋渔业的船只。它与工厂联合舰一同出海，捕捞脂鱼并提供给母船——工厂联合舰的制油设备。

几十艘这样的小型渔船以母船为中心不断捕鱼,并通过母船得到燃料供应。工厂联合舰是漂浮在海面上的巨大工厂,利用小型渔船捕来的脂鱼榨出鱼脂、加工制油,在能源方面支撑着新伊甸的运转。不过,当前工厂联合舰都停工了,运输船和渔船也承担起守卫新伊甸的职责。

换句话说,作为瓦根辛少年队的一员,少年汤米也变成士兵,离家从军了。汤米不明白自己的小队为何被选中。那时组织结构也发生了变化。此前担任汤米教官的其中一人以小队长的身份赴任。在汤米的意识中,这与一直以来的训练并没有什么不同。只不过必须离开家,二十四小时在船上执行任务罢了。

任务没有设置结束日期。此时新伊甸已向全域及全体居民宣布进入紧急状态,汤米听小队长说,等紧急状态结束后,任务才会结束。

接到乘船任务的命令后,汤米立即告诉了母亲和外公,接着马上就得赶到指定码头。要带走的物品唯有配发的长枪。母亲扑到将要出门的汤米身上号啕大哭,更令人吃惊的是,她甚至开始咒骂无法阻止汤米出征的父亲。

汤米告诉外公自己接到任务必须离家时,外公深深点头,说:"不是训练啊。"然后伸出双手用力握紧汤米的手,一字一句地说,"一定要平安回来,让我再看看你的笑脸……"现在的外公看上去比之前汤米认识的不知聪明了多少倍。

汤米赶到码头，看到十几艘平时自己难得一见的渔船停在岸边。除了自己所在的瓦根辛少年队，各个区域团体的士兵也应召陆续在码头集合。也不知召集时有何标准。那些坐上运输船的人看起来都变小了。这时汤米觉得自己心情无比沉重。

很早之前便一直听到的事情，一遍又一遍被告知的事情，并不是传说。眼下恶魔后裔真的降落了。

敌人降落在海上。而自己要和其他应召的士兵一起，凝聚过往训练中培育出来的力量，准备与恶魔后裔打海战。

教官们说过："没什么好怕的，我们只是为祖先报仇雪恨而已。"

随后汤米得知，自己是被随机抽中的队员，至于海上的敌人处于何种状态，则没有详细说明。

到了指定编号的码头，报告了登记姓名、小队编号及个人编号后，汤米登上了舰船。

那是一艘中型渔船。当然，登船的不只汤米所在的小队，还有几十名与汤米的父亲年纪相当的男人，似乎是处于农闲期的农民。聊天时得知，他们全都来自安德斯·瓦根辛出身的聚落，打从心底信奉着安德斯首长。还有一些人来自志愿团体，不以职业或地区编组。他们留着同样的发型，眉毛十分特别，由于是安德斯首长思想的忠实拥趸，团体成员长期自行开展活动。

汤米始终与小队共同行动。在原教官、现长官的指挥下，船内轮番开展战斗训练，连续进行情报传达。通过长官的讲话，大家确切了解了自己被赋予的使命究竟为何。

——搭乘世代飞船从地球来到这里的人，他们之中有幸存者降落到了海上。不知人数有多少，也不知以何种武装降落海面。但瓦根辛首长早已给出结论，我们该做的只有一件事，那就是找出漂流在海面上的艾迪森残党，将他们逼上绝路、对他们施以残虐的制裁。在场全员应该共同伸张正义。

汤米和其他少年在甲板上努力练习长枪，没有当班的成年士兵则在一旁围观。搭乘"德尔·索尔号"的士兵，无论是崇拜瓦根辛的志愿兵，还是以农民青年团组织起来的队员，在没有当班的时候都是善良的大人，得知少年们正在休息时，便会亲切地同他们聊天。成年士兵对少年队员全都平等相待。毕竟所有人都是为了同胞而登上了自己不习惯的海船，这也许显示出了他们敬重彼此的态度。

"不管哪个少年，长枪都耍得像模像样。"汤米等人坐在甲板上休息时，一个肩膀宽阔、胡子浓密的士兵对他们说。

汤米忍不住吐露心声："可是，我只用长枪刺过假人，不知能不能对真人下手。"

大胡子男人一行似乎是志愿兵，年纪与汤米的长官差不了多少，给人的感觉却更加亲切。

"我也从未伤害过别人，也没有杀过人。但我相信我们能做到。只要相信这件事是正确的，是身为人类必须完成的，我们就一定能施行正义。这与年龄无关。只要我们相信自己的行为正当，哪怕只刺过假人，也能斩除邪恶。"

汤米觉得，比起长官的训话，大大方方说出自己没有杀伤他人经验的志愿兵更值得信赖。

"还好现在是农闲期，"一个农家男人说，"我才能以这样的形式完成断绝艾迪森血脉的任务。新伊甸的区域防卫队数不胜数，接到斩除行动命令的却是我们，不得不说，实在是太幸运了。无数人都为了一雪祖先的屈辱而奋力训练、修习至今，但被选中参加此次征讨的人应该只有一小部分。贯彻指令杀死艾迪森后裔不仅仅是我们这一小部分人的事情，我们肩负着送我们出海、支持鼓励我们的新伊甸全体人民的夙愿，这点我一直铭记于心。一想到这里，我甚至会激动得颤抖起来。"男人如此说道。

最初他看着汤米等人，后来则望向了大海，并且是眺望着地平线的另一边。因此汤米无法看清他的表情。这也许是他的心声，也许只是场面话。不过，他虽然信奉瓦根辛的思想，但也从未有过伤害他人的举动。他应该是个彻头彻尾的好人。尽管看不清表情，但汤米发现，农家男人在提到"杀死"或"斩除行动"时，手指总会开始哆嗦。

"听说在地球上，有一种叫飞机的交通工具。"有人说起父母教给自己的知识。

不知谁提了个主意："如果能飞到天上搜索敌人在哪儿就好

办了。"

对此另一个人回答:"这颗行星上哪有什么飞机。"行星上的陆地只有两座相互连接的小岛而已,就算有能飞上天空的机器,也没有移动到任何地方的需求。新伊甸虽然开发了直升机形状的升降装置,其性能却没有高到能够绕行整个行星的程度。因为毫无必要。

有人问:"你们听说过'飞龙'吗?"

"似乎是一种很像飞机的玩具。"汤米从没听说过。

"那个是'飞龙'吧?"一个人指着调查船说。可以看见虫子似的东西从调查船中起飞、远离。

之后,他们在海上遇见了许多船只。每艘船都为了搜索疑似逃离"诺亚方舟号"的幸存者而持续航行。

渔船、运输船、调查船。各种船只如今的用途都与原来迥然不同。这颗行星上的人不存在朝远方航海的必要,也不为军事目的而航海。普通人乘船顶多是为了观光,因此仅限于新伊甸都市部周边,船上也只有乘船游览所需的基础装备。

每艘船的甲板上都能看见监视海面的人影。汤米乘坐的中型渔船"德尔·索尔号"也不例外。有时其他船只都看不见了,过一会儿又发现许多船都聚在一块儿。

汤米没有详细听说"德尔·索尔号"是往哪个方向前进,也不知道船只的目标海域由什么人决定,但他觉得,也许"德尔·索尔号"与海上碰见的其他船舶的指挥系统都不一样。有一艘运输船超越"德尔·索尔号",急速朝地平线另一边冲了过去;还有一艘调查船朝反方向前进,与"德尔·索尔号"擦身而过。汤米甚至怀疑,其实所有船只的航线都乱成一团。不过,从某一刻开始,汤米的视野中出现了大量船舶集聚的场景,数量之多,几乎令他不敢相信。

然后他明白了个中缘由。

甲板另一头也有人在叫喊些什么。汤米的目光一下子被海面上漂浮着的东西吸引了。

他的第一反应是:怎么会有这种东西?

东西不止一个。圆筒形的金属上面系着八个气球般的球状物体。金属表面刻着字母和数字,不知有何含义。由于类气球物体存在浮力,金属才能在海浪间漂浮吧。此外还漂着似乎是被烧焦了的垫子似的东西。海面上还有许多用途不明的生活用品堆在了一起。

无须解释汤米就能明白,自地球飞抵新伊甸的世代飞船在空中炸了个粉碎。飞船残骸变成碎片坠落到行星上,全都沉入了海底。

大人们你一言我一语,纷纷说出自己的看法。

"宇宙飞船在空中爆炸了吧,所以才会烧焦。"

"降落的时候,飞船会因为大气摩擦而产生高温,像这样毫无损伤地抵达地面堪称奇迹。"

"烧剩下的生活区猛地撞上海面,只有里面的东西被甩了出来,其余就沉到海底了。那边不是也漂着数不清的东西吗,像是宇宙飞船乘客的私人物品。"

"那宇宙飞船上的人全完了吧。"

"全完啦。没有幸存者。"

"自作自受啊。"

"这应该是天谴。替他们祖先赎罪了吧。"

"难道不是因为他们有逃生的可能性，我们才出动这么多船只前来搜索吗？"

汤米凝眸细看，远方的海面仍能望见无数漂流物。

调查船放下数艘小艇，几个人一组，拿着长竿状的东西调查浮在海面的物体。

"这样一来，我们也会返航吧？既然恶魔的宇宙飞船上没有幸存者，我们就没用了嘛。"同队的少年耸耸肩。这似乎是他的真心话。汤米也隐约产生了这种想法。

远方能看到许多类型各异的搜索船队。不久后，汤米发现，方才漂流着的人造物，不过是小小的序曲罢了。随着"德尔·索尔号"不断前行，汤米从甲板放眼望去，整个视野都被未知的人造物填满了。这是宇宙飞船的残骸在高空中大范围散落的结果。

"调查船小艇上的人很危险呀。"一个志愿兵抚着下巴，面带得意地说。

"这是为什么？"

"这些零乱的宇宙飞船遗留物里，会不会有陷阱呢？"

"陷阱？"

"是呀。他们不必亲自动手就能消灭我们的陷阱。既然恶魔子孙带着恶意降落，我们还是考虑得更加深入一点儿为妙。"

汤米不禁感叹，原来是这样吗？但他觉得，这事是真是假都无所谓。

那个志愿兵止住话题，随后指着调查船说："'飞龙'回来了。"

汤米一看，调查船上方有数架方才飞出去的人造飞行物，飞行方式像极了昆虫。

"飞龙？"

"对，是一种中程飞行探测装置。刚才有人提到了吧。你没听说过吗？"

"第一次听说。"

"哦。毕竟我们在日常生活中不怎么需要它，跟那种东西也无缘。再说了，它的飞行距离也不尴不尬的。"

这时传来了在甲板上集合的指令。所有搭乘"德尔·索尔号"的人在船上整齐列队。此前汤米也轮流参加了训练和海上警卫，却不曾像这样全员整队，场面十分壮观。

站在最前方的不是汤米等人的长官，而是"德尔·索尔号"的船长与志愿兵团长。团长如呐喊般高声说道："首长刚刚下达了最新指令：海面上发现了艾迪森残党，所有船只立即迅速前往敌船所在海域，将其歼灭。首长安德斯·瓦根辛。"

随后大家分散成各个小队，汤米所在的小队也听长官说明了详情。接下米全体船只将朝 X 点前进,并投入一切战力发动总攻击。指示变得更加具体了,但与志愿兵团长出示的首长指令几乎完全相同。汤米寻思,应该是"飞龙"带回的情报起了决定性作用吧。"飞龙"都看到了什么? 看到了凶暴的恶魔后裔吗? 它究竟发现了多少幸存者? 成百? 成千?

汤米无法把握"德尔·索尔号"是朝哪一方向航行的。他只知道,漂浮着的大量宇宙飞船残骸的海面的另一侧,正是恶魔子孙降落海面的地点,这一事实让他兴奋到了无以复加的程度。

同时,每个人都收到了从现在起,一刻也不能放下手中武器的命令。

"这个时候终于来了,我们终于要参加决战了!"汤米身旁有个少年发出高亢的声音。

可是……碰上宇宙飞船的幸存者时,该怎么用长枪刺杀他们? 从甲板上能攻击到多远的敌人? 一切都还未知,当前唯有情绪高昂到了极点。

就这样,所有船只朝同一个方向航行。"德尔·索尔号"的航速似乎比其他调查船和渔船更快。当时在甲板上的汤米,至今仍能清楚回想起其他船只于后方急速赶来的身影。

"我刚听说,是调查船接收到了求救信号,所以才派'飞龙'过去确认。"

"求救信号?"汤米反问道。

这是出乎他意料的消息。恶魔子孙为何要发出求救信号？既然彼此敌对，不是应该避免暴露自己的存在吗？难道说，他们正处于危难之中？

汤米、志愿兵、农民，几乎所有人眼睛眨也不眨，凝聚全副心神在甲板上盯着地平线。

有人大喊："看到了！"但汤米并没有看见任何情况，反而注意到海面发生了变化。海面有什么东西。不是脂鱼。好似果冻般透明的东西漂浮在海面上。

"那是什么？"疑问顿时脱口而出。

一个志愿兵答道："我也没见过这种东西。但我听说过，以前地球的海洋中也漂浮着这种生物。它看上去很像果冻吧，据说人们称之为'水母'。"

虽然叫作水母，但男人好像也不清楚它与地球的水母是否相同。汤米自然也不可能懂。

最初仅看到一只水母，后来是四只、十二只，出现频率越来越高。但它们只是漂浮着，没有四处游动，也没有对船上的人造成任何危害。

又有人喊："看到了！"这回汤米也清楚看到了。相比迄今为止那些漂荡在海面上的疑似人造物，浮在远处的是性质完全不同的东西，仿若巨大的救生圈集合体。

此外，有什么东西飞上天空，在几米高的地方绽开了火花。是烟花。他们以此告诉船队：我们在这里！这是他们制作的救援烟花，是照明弹。

而在烟花的正下方，有球体、长方体等形状不一的巨大容器相互连接着漂浮在海面上。远远吹来的风声中夹杂着什么声音。

同时，可以看到"德尔·索尔号"正与搭乘了士兵的渔船、运输船、调查船并排前进。

这时汤米才明白，刚才听到的是一大群人的声音。人群浮在海面上方，隐约有什么东西在动。汤米还觉得，他看见了忽明忽灭的刺眼亮光。

"我猜，那个是逃生舱的集合体吧。逃生舱单独待在海中会沉没，但互相联结、集合之后浮力就会变大。"有人如此喊道。

"那么，他们就是恶魔后裔残党？"

问答间，船上的人发出了热烈的欢呼声。甲板上交织着"全员拿起武器！""准备战斗！"的声音。

汤米与同队的少年并排站在甲板上，握着长枪的双手因紧张而汗湿，感觉滑溜溜的。他甚至担心交战时长枪会因汗水而打滑。

此时人造物集合体已经清晰可见了。在汤米看来，那果然像是逃生舱的群落。不过，它们并非按照某一标准制成，制作者似乎竞相将他们的想法自由发挥到了每个逃生舱上。

逃生舱的数量简直多到不可计数。并且，和之前某个人指出的一样，所有逃生舱都连接在一起。舱体上有人影在动。

人影在挥手。他们看到了船队，并向船队求助。

如今汤米看得一清二楚。

站在逃生舱上挥舞双手的男子，骑在男子肩膀上呐喊的少女，还有老人。与汤米外表毫无二致的少年看见船队，开心地在逃生舱上蹦蹦跳跳。

要亲手对他们处以极刑。杀死他们。汤米如此告诉自己。

但同时，他也觉得内心中涌出了相反的想法。

自己亲眼见到的每一个人，都与自家附近的熟人看上去并无任何不同，不是吗？自己对他们每一个人都没有任何仇恨，真的能杀掉他们吗？

正当汤米察觉自己的犹疑时，不知是谁开始唱起了歌。

某个人开始唱后，接着又一个，再一个，大家不断加入合唱中。

——名为艾迪森的恶魔、飞上天空……

——恶魔的后裔、再次来临……

这是自古传承至今的歌曲，也是安德斯·瓦根辛的主题歌。船上已开始了大合唱。

这时汤米成功地振奋了自己的精神。这不是个人的恩怨，而是这颗行星的居民必须践行的使命。那些人虽然外表像人类，实质乃非人之物。现在就算是我也能杀掉他们！理应能够杀掉！

此刻汤米预见了屠杀的情景——自己和志愿兵一同跳进大海，举起长枪捅进艾迪森后裔的身体。他们无路可逃，也难以抵抗。幸存者们哭天喊地，苦苦求饶。但汤米没有放过他们。他看到了自己劈开恶魔后裔，在飞溅的鲜血中笑着的身影。

船队所有船只均朝"诺亚方舟号"生还者所在处集结。

汤米已预见，屠杀马上就要开始了。

此时异常情况突然出现。航行在最前头的调查船如同浮出海面般升上了天空。

合唱停止了，甲板上响起了惊恐的声音。汤米也不敢相信自己的眼睛。

调查船被高高举到了空中。接着，调查船旁边的渔船也浮了起来。甲板上的士兵一个接一个掉进海里。海面上波涛翻滚、浪花四溅，汤米无法确切知晓眼前究竟发生了什么。似乎发生了什么不可能的事情。这是艾迪森后裔的反攻吗？

不，不对。船队是遭到了未知生物的袭击。那是个外表看上去又滑又黏的巨大怪物，浑身呈半透明状。不知它的躯体有多庞大？从海面上能看到的巨大身躯只不过是一小部分罢了，海中肯定还潜藏着数倍大的主体躯干。把船只举起来的是怪物的触手。调查船旋即在空中转了几圈，同时猛然撞上海面。

还有几十名士兵在半空中飞舞。不对，他们是被那个生物吸收到透明的果冻状的体内了。可以看到，他们的肉体正急速溶解。

"那是传说中的怪物，从前让祖先受尽折磨的蛇鲨！不对，算蛇鲨的近缘种！"汤米的长官大喊道。

汤米只在故事中听过这个名字。传说祖先惧怕黑夜。而有一种怪物仅出现于夜晚，徘徊于海滨周边。听说它被称为"夜行怪"，也被称为"蛇鲨"。但人们认为那是已经灭绝的动物。

"蛇鲨不是藏身在沿海的洞窟中吗？"

"虽然样子很像，但种类不同吧。这个怪物比蛇鲨更大，活动时间不分昼夜，也没有在海边徘徊，它应该属于不会离开大海的种类吧？"

汤米思索。这会不会是眼前在海中漂游的水母的最终形态？相比刚开始遇见的水母，现在看到的净是些块头很大的个体。位于这些水母中心的，不正是那只袭击船队的巨大水栖蛇鲨吗？而且，这种蛇鲨应该只生活于这片没有人类活动的海域吧？

水栖蛇鲨也许是想排除侵入它领地的人类，开始变得狂暴。然而它的力量过于强大。此时此刻它的触手还在不断卷起下一艘沦为饵食的船只。最初它在海上的身影仅是一道不清晰的轮廓，现在汤米已经可以清楚分辨它的样貌了，也许是由于愤怒，蛇鲨的姿态才变得鲜明。

最糟糕的是，人类没有任何能打败蛇鲨的武器。他们的武器是长枪和大刀，以及发给士兵的枪械。无论哪一种都过于脆弱，无法给怪物造成伤害。虽然在给予恶魔后裔残酷的制裁方面也许正合适。

触手接着卷起一艘运输船，并以猛烈的势头将它砸向海面。蛇鲨肆意地伸出触手，寻找着下一艘牺牲品。

面对这样的庞然大物，汤米脑中已经没了恶魔残党，只想着该如何从传说中的怪物带来的恐惧中逃离。

"趴下！武器不要离手！"

虽能听见长官如此呐喊，但这个命令能发挥多少效果，汤米无比清楚。

不知目击了多少次半透明的巨大触手在自己头上来来回回，每次汤米都做好了死亡的心理准备。

这时传来一阵怪声。声音接连不断，是汤米从未听过的声音，他几乎以为是蛇鲨的叫声。但不对。奇特的轰鸣声从远处逐渐靠近。汤米忍不住抬起头看。

有什么东西飞了过来。

飞向了巨大的海洋怪物。

声音停了。有什么东西击中了蛇鲨。下一瞬间，蛇鲨体内出现了一道闪光。渔船从蛇鲨的触手中落下。

汤米看见，逃生舱群落中发出第二阵怪声的物体正要起飞。接着又是一个。怪声留下了白色的轨迹。

蛇鲨就在轨迹前方。

看到下一道闪光时，汤米也清楚目睹了蛇鲨被消灭的场面。同时，从逃生舱的方向传来了欢呼声。

汤米明白了，那道闪光是刚才的烟花！似乎是那些遇险的人为求助而准备的强力照明弹。而他们将它用作了武器。

为了打败蛇鲨。为了拯救遭到袭击的船队。

照明弹发挥了超出想象的效果。船队摆脱危机，避免了进一步的损害。随后，为救出被蛇鲨毁坏的船只上的士兵，不知耗费了多长时间。

船队必须执行下一个任务了。

杀死全体"诺亚方舟号"残党的任务。

这时，汤米听见安德斯·瓦根辛首长的声音。不知是哪艘船用大音量播放了出来。

——如今正是为祖辈报仇雪恨之时。举起枪械，拿起长枪。杀！杀！

汤米的长官再次让少年兵在甲板上列队齐整。

而眼下，船队已经来到逃生舱群落的近处。接下来士兵将把枪口朝向艾迪森子孙，让他们偿还罪孽。

汤米听到举起枪械的命令。每一支枪都对准了海面上的人。他想，自己已经不需要出场了。接下来将是单方面的屠杀。宇宙飞船的幸存者有几百人？除了打败蛇鲨的应急照明弹以外，他们没有任何防身武器。他们只身降落在海面，所有人相互依偎，漫无目的地漂流着，也不知能否到达陆地。

随着距离不断拉近，汤米看清了他们的情况。所有逃生舱都用绳索系在一起，仿佛一个巨大的圆环漂浮在海面。逃生舱形状各异，每个逃生舱上分别坐着几个人，也有人待在舱内，只露出一张脸。

有人挥手，有人大张着嘴呼喊。汤米原以为相互连接着的逃生舱构成了一个圆环，其实不然。圆环中也系着一些逃生舱，但多数都沉入了海中，幸存者则在海里拼命抓着仍浮在海面的逃生舱。显然，假如就这样束手旁观，大部分幸存者都将力竭而亡。

汤米觉得自己甚至看到了正在挥手的人脸上的表情。看得出来，他们相信船队来到这里只是为了将他们救出困境，因而开心地招手、呼喊，一点儿也没有想过船队正策划着发起一场屠杀。所有人的表情都在述说，他们迫切祈盼船队救助走投无路的自己的心情。可想而知，此前他们全员漂浮在大洋中心，几乎失去了一切希望。

然而……汤米想着，尽管处于绝望的边缘，他们却仍不顾自身安危，去拯救被未知怪物袭击的船队。他们不知道船队是为了屠杀自己而集结前来，但他们认为这是自己应该采取的行动。

这些恶魔后裔如今朝船只挥舞手臂，呐喊求救。

自己能对这些人举起长枪吗？

确实，训练中教官一直强调，不能被恶魔后裔的外表所迷惑。

但是，不，办不到。作为一个人类，汤米十分清楚，自己绝对办不到。

安德斯·瓦根辛首长以嘶哑而浑浊的嗓音高声叫道："开火！

消灭他们！"

一瞬间，时间静止了。所有人都一动不动的。

没有响起枪械齐射的声音。汤米看到的是……

几个士兵接二连三地从渔船、调查船上跳入海中。

接着，船只朝海面放下救生艇。安德斯·瓦根辛的声音躁狂地重复着射击命令，但汤米眼前却是完全相反的景象。

士兵游到逃生舱旁边，朝那些人伸出手，并引导他们上了救生艇。

船队成员率直地采取了自己身为人类应该采取的行动。

汤米感觉膝盖一下子软了下来，同时伴随着一阵强烈的安心感。

讲到这里，老托马斯哽咽着停下了。不知听众是何反应？

自那以后过去了多长时间？最后汤米长大成人，并有了伴侣。不可思议的是，他的妻子正是少女时期从"诺亚方舟号"上搭乘逃生舱来到新伊甸的女性，名叫艾米。

如果当时人们只执着于复仇而遵守了首长的命令，自己也许就不会与妻子相遇了。后来新伊甸还发生了由于某些误会而引起的事件和政变。就结果而言，它们在事实上促成了世代飞船幸存者与新伊甸居民的融合。至于这是否正确，老托马斯无法评判。不过，他能够尽可能客观地讲述自己目睹的历史性一幕——人类发生了什么样的事件，又是如何应对的，那才是当前自己能够做到的事，尽管自己的讲解断然不算高明。

听众席后方首先响起了掌声。直觉告诉他，掌声来自孙子埃里克。他能感到埃里克的视线。掌声扩散开来，最终响彻了全场。

在场的十三岁少年对当时人们的行动感到骄傲。老托马斯觉得自己好像也听过，有史学家称若是在地球上，当时发展成大屠杀也毫不奇怪，而新伊甸却成功避免了那种情况。相比在地球上的时候，人类也许进化了吧。不是肉体上的进化，而是失去故乡之人获得的精神上的进化。倘若真是如此，再没有比人类更美妙的生物了。

背对经久不息的掌声，老托马斯走下讲台。

在后台，新任首长斯嘉丽·艾迪森正等待着老托马斯。

"您的演讲真是太棒了，孩子们都深受感动。这件事证实了人与人之间肯定能互相理解、彼此宽恕。"

"能帮上忙是我的荣幸。首长肩负着今后引领行星上全体人类的重任。在我有生之年还不要紧，但那之后的方向全都掌握在那些十三岁的小孩子，以及斯嘉丽首长和您的继任者手中了。至于我讲的这些，我自己都觉得屁事不顶。"老托马斯自嘲地答道。

没错，时间已所剩无几。

四十多年的时间感觉上很长，实际却是转瞬即逝。

在几年前，新伊甸所在星系发现了一颗未知的行星。那颗行星沿着大椭圆轨道远远飞走了，但根据计算，四十多年后它将猛地撞上新伊甸。尽管情况不同，但与过去人类在地球上遇到的考验未免过于相似了。

届时所有人都要逃离这颗行星吗？或是利用其他技术来避开危机？这点老托马斯就无从得知了。

斯嘉丽·艾迪森首长握住老托马斯的手，承诺道："您放心，人类决不会灭亡。我们已经考虑了各种可能性，也启动了多个计划，虽然不知道最终将使用哪种方法，但只要人类相互信任，就一定能找到最佳方案。我相信，今天的演讲也为那些孩子带来了勇气。"

首长送老托马斯出门，孙子埃里克正等在外面。

在母亲爱丽丝的陪伴下，埃里克等待着老托马斯走出来的一刻。

"爷爷，讲得太棒啦！"埃里克的双眼熠熠生辉。

老托马斯感觉自己许久不曾像这样开怀大笑了。

后 记

梶尾真治

感谢您读完《怨仇星域》全三卷。

当编辑给我寄来用作最终检查的无标记校样时，我几乎要惨叫一声。

"咦，我竟然写了这么多吗?！"

想到这些全都得一一校对，我这个讨厌工作的人简直要晕过去了。

是了，每章写了六七十张稿纸，一共三十一章，大概也有两千张了嘛!! 接下来必须检查两千张稿纸吗! 苍天啊。

随后我就开始工作了。重读过程中，我察觉到一件出乎意料的事。

经过十年时间，自己最初的文章读起来感觉像是别人写的一样。

这可真叫人吃惊。因此校对第一卷《怨仇星域Ⅰ：诺亚方舟》时，我甚至只添改了几页便停下了手。要说为什么，我直接埋头读到了第一卷结尾。

而后我又回到最开始的部分重新校对，所以比平时花了加倍的时间。

事实上，这也是某种互相矛盾的读书时间。

一方面是抛开工作，以读者的身份阅读，另一方面则是边读边回想自己撰写各章时的情况。每读一章我就能忆起，那个时候我遇到了什么事，社会上发生了什么事。然后，就连当时的精神状态也鲜明地在脑中复苏了。

能够同时获得两种如此极端的阅读体验，对我来说也十分珍贵。

我想起自己年轻时，熊本的评论家藤川治水先生对我说过："时代背景必将对该时代的作品产生影响。"

那时我是这么认为的：这是对普通小说而言的规则吧？它对科幻小说并不适用。因为科幻小说是仅依靠人类的想象力而构筑起来的娱乐文学，它应当与现实中发生的事情泾渭分明。

然而，即使表面上没有体现，我依然真实地感受到，创作之时，真相已深深铭刻在我的心中。

果然还是会受到影响。

比如第二卷《七十六分钟的女孩》一章是在东日本大地震发生不久后写的。尽管我住在远离灾害现场的九州，这一事件仍在我心中留下了前所未有的巨大伤痕。

期间，为躲避在新闻报道中目睹、听闻的地震灾难造成的影响，我写下了那个故事。故事本身与地震灾难毫无关系，但开始阅读校样后，地震时的记忆便如奔流般涌出，泪水也止不住地落下……这点还请保密。

即便没有直接描写，创作时的时代背景肯定会潜藏在作品中。如今我对此有了切身体会。

那么，各位读者，不知您想象的是什么样的结尾？

不仅是以宇宙之涯为舞台的本作，在我们生活的地球上，也有许多从上古时期便世代传承而来的互相憎恨、互相杀戮的历史。

民族、宗教、领土、资源……

人类利用各种形式的艺术不断描绘、传达了这一点。

实际上，在我们生存的世界中，那些不幸的事件也同时毫无间断地延续着。

在这种情况下，故事应该迎来何种结局？

犹豫了很久后，我在本作中也给出了自己的解答。

各位读者怎么看待这个结局呢？

或许觉得：不能接受！

也许以为: 不可能!

或者认为: 这是梶尾的风格!

请自由发表您的感想。

我会洗干净脖子恭候您的批评。

同样产自熊本的 toi8 先生设计了本书的装帧画;连载时承蒙早川书房阿部毅先生的多方关照;编辑奥村胜也先生在整合书稿时提供了诸多想法和建议,在此向各位致以诚挚的感谢。